MICHELA MARZANO

Ich warte noch immer auf eine Entschuldigung

Weiterer Titel der Autorin:

Falls ich da war, habe ich nichts gesehen

MICHELA
MARZANO

Ich warte noch immer auf eine Entschuldigung

Roman

Aus dem Italienischen von
Jan Schönherr

eichborn

NACHHALTIG PRODUZIERT

Die Bastei Lübbe AG verfolgt eine nachhaltige Buchproduktion. Wir verwenden Papiere aus nachhaltiger Forstwirtschaft und verzichten darauf, Bücher einzeln in Folie zu verpacken. Wir stellen unsere Bücher in Deutschland und Europa (EU) her und arbeiten mit den Druckereien kontinuierlich an einer positiven Ökobilanz.

FSC www.fsc.org MIX Papier | Fördert gute Waldnutzung FSC® C014496

Eichborn Verlag

Titel der italienischen Originalausgabe:
»Sto ancora aspettando che qualcuno mi chieda scusa«

Lektorat: Anna Valerius, Köln
Umschlaggestaltung: Manuela Städele-Monverde nach einem Design von:
Illustration: © Diego Fernandez; Designer: Laura Dal Maso/theWorldofDOT
Satz: hanseatenSatz-bremen, Bremen
Gesetzt aus der Adobe Garamond Pro
Druck und Verarbeitung: GGP Media GmbH, Pößneck

Printed in Germany
ISBN 978-3-8479-0191-4

5 4 3 2 1

Sie finden uns im Internet unter eichborn.de

Für alle, die glauben, alles hat seine Zeit, Zerreißen und Flicken, Schweigen und Sprechen, Lieben und Hassen. Dieses Buch ist für euch.

Wo nichts am rechten Platz liegt, da ist Unordnung. Wo am rechten Platz nichts liegt, ist Ordnung.

Bertolt Brecht

ERSTER TEIL

#QuellaVoltaChe

Welche Worte fehlen euch noch? Was wollt ihr sagen? Wie sieht sie aus, die Tyrannei, deren Zumutungen ihr täglich aufs Neue schluckt und die ihr zu verinnerlichen versucht, bis sie euch, noch immer schweigend, krankmacht und tötet?

Audre Lorde

1

Ich heiße Anna: kein H am Anfang, keins am Ende, einfach nur AN-NA, so einfach, dass man es von hinten wie von vorn lesen kann, ohne dass sich etwas ändert. Aber schweifen wir nicht ab, ich heiße also Anna, und was Sie hier vor sich haben, ist meine Geschichte. Die *wahre* Geschichte, darum erwarten Sie keine unbeschwerte Kindheit oder glückliche Ehe, denn so ist das Leben nicht; Romane, die sind vielleicht so, aber das hier ist kein Roman. Wobei. Jedes Leben ist irgendwie auch ein Roman, aber die Schreibenden beschönigen ihn, schleifen die Ecken und Kanten ab. Das hier ist die wahre Geschichte von Anna, die beschlossen hat zu sagen, dass sie die Nase voll hat.

Früher oder später kommt man an den Punkt, an dem man Klarheit schaffen muss, und zumindest für mich ist dieser Punkt jetzt da. Keine Ahnung, ob das daran liegt, dass ich auf die fünfzig zugehe, oder daran, dass Frauen seit einigen Jahren »freier sprechen«, wie man hier in Frankreich sagt, auch wenn die Freiheit noch in weiter Ferne liegt – aber immerhin versuchen sie es! Oder auch nicht, wer weiß das schon so genau. Der Punkt ist: Für mich ist es so weit, egal, welche Konsequenzen das hat, und sogar egal, was *er* davon hält. Ohnehin tue ich es ja auch für ihn, auch in der Liebe muss man früher oder später alles auf eine Karte setzen.

Obwohl wir schon seit fünfzehn Jahren zusammenleben, hat *er* noch immer keine Ahnung, wie ich wirklich bin, hat es womöglich nie auch nur geahnt, denkt vielleicht bloß, ich sei schräg, aber das ist ja nicht schlimm, eine Journalistin darf ruhig schräg sein. Und ich bin müde, das weiß er dann doch, jede Woche placke ich mich ab, im Funkhaus, bei Reportagen, auf Dienstreisen, fast bis zum Kollaps, so stark ich auch sein mag, denn ja, diese Anna, die ist zäh, die lässt sich nicht unterkriegen, wenn die umfällt, steht sie sofort wieder auf!

Seien wir ehrlich: Er liebt mich. Wobei.

Er liebt die »Frau mit Eiern in der Hose«, obwohl er das nie so ausdrücken würde – und ich eigentlich auch nicht, schließlich leben wir ja nicht mehr in den Achtzigern, als die Frauen im Namen der Gleichheit noch die Männer nachgeahmt haben.

Doch auch wenn er sich gewisse Begriffe verkneift, liebt er nun mal Anna, die Starke: die Anna, die tapfer zur Arbeit geht, obwohl er sie am Abend zuvor noch aus der Notaufnahme abgeholt hat, aber so ist sie eben, ein bisschen schräg. Als er sie zum ersten Mal gesehen hat, war sie im Fernsehen, und alle droschen auf sie ein. Was hat denn diese Trulla bloß für ein Problem mit Pornos? Noch nie was von sexueller Befreiung gehört, oder was? Und Anna ist standhaft geblieben, hat sich nicht aus der Ruhe bringen lassen. Wobei. Hinterher, in der U-Bahn, da sind mir schon die Tränen gekommen, aber die hat *er* nicht gesehen, vor der Kamera war gar nichts, da habe ich mich nicht aus der Ruhe bringen lassen, bin standhaft geblieben.

Seien wir ehrlich: Nicht mal er weiß, wie kaputt ich innerlich bin.

Er hat keinen Schimmer, dass ich, als die mich im Fernsehen als arme Irre von vorgestern abgestempelt haben, gerade in einer Affäre mit einem verheirateten Mann steckte: Jedes Wochenende wie auf Kohlen auf ein Lebenszeichen warten, Trost-

Sex mit Fremden, *wie schaffen die anderen das bloß, dass sie immer respektiert werden?*

Seien wir ehrlich: Mit Scham lebt es sich leichter, wenn man sich schon in der Kindheit dagegen wehrt, als wenn man sich fügt und den Krieg von Anfang an gegen sich selbst führt – ach, wie schön wäre das gewesen, wenn ich ein dickeres Fell gehabt hätte, wenn alles an mir abgeprallt wäre wie an *ihm* oder an meiner Mutter. Aber was soll ich dagegen tun, dass ich nun mal ein Schwamm bin? Was soll ich tun, wenn ich nicht die bin, für die man mich hält, wenn tief in mir diese Stimme schreit, die ich immer sofort unterdrücke, weil es, sobald ich die Wut doch mal rausließe, jede Menge Tote und Verletzte gäbe?

Aber jetzt: Runter mit der Maske! Schluss mit Lügen, Schluss mit den Märchen, jetzt wird sie endlich erzählt, diese Geschichte, die ich schon so viele Jahre unter den Teppich kehre, obwohl ich nachts manchmal schweißgebadet aufwache und dann den ganzen Tag im Bett bleibe, nein, heute nicht, heute geht gar nichts, kannst du dich bitte drum kümmern? Einkaufen, Putzhilfe, Rechnungen, Blumen gießen, ich pack das heute nicht, ich hab Kopfweh, mir ist schlecht, du weißt doch, wie das bei mir ist, wenn ich meine Tage habe.

Runter mit der Maske. Ich bin nicht immer nur nett und vernünftig. Wobei.

Nett und vernünftig bin ich schon, und wenn ich mir Mühe gebe, bekomme ich sogar ganz brauchbare Ratschläge hin.

Aber ich bin auch verlogen. Kaputt. Und schuldig.

Zum Beispiel, wenn ich *ihnen* gegenüber nachgebe. Was nicht dasselbe ist wie einwilligen. Aber wann und wie erklärt man sich tatsächlich einverstanden? Wie lernt man das?

2

Stellen Sie sich ein elfjähriges Mädchen vor.

Einen roten Haarreif und eine Hose mit Schottenkaros.

Es ist 1985, und Anna ist in der Schule: erste Reihe, Tintenkleckse auf den Fingern, die Ohren gespitzt, während der Mathematiklehrer die Mengenlehre erklärt.

Der Lehrer ist so um die vierzig. Er wendet der Klasse den Rücken zu, hat eine Hand in der Tasche vergraben und schreibt mit der anderen an die Tafel: $A \subset B$.

Kann mir jemand sagen, was das Zeichen zwischen dem A und dem B bedeutet?, fragt er die Klasse und dreht sich um. Langsam geht er durch die Reihen, dann macht er kehrt, geht zurück zum Pult, stellt einen Fuß auf das Podest und sieht die Kinder herausfordernd an.

Schweigen.

Der Lehrer setzt ein sarkastisches Schlaumeiergrinsen auf: Wisst ihr das nicht, weil ihr selber zu unfähig seid, oder weil eure Grundschullehrerin unfähig war?

Stellen sie sich vor, wie der Mann noch einen Augenblick abwartet und schließlich genervt herunterbetet: A ist Teilmenge von B, folglich gehören alle Elemente der Menge A gleichzeitig zur Menge B. Fragen?

Schweigen.

Gut. Wer kann mir dafür jetzt ein Beispiel geben?

Schweigen.

Wie viele von euch bilden die Teilmenge »unfähig« der Menge »Klasse«? Die Lehreraugen blitzen.

Stellen Sie sich vor, wie er erneut durch die Reihen geht, einem Schüler nach dem anderen direkt in die Augen sieht – nur den Jungs, die Mädchen ignoriert er –, dann aber plötzlich vor einer Brünetten stehen bleibt und sie zur Tafel schickt. Und wie er ihr, kaum dass sie aufgestanden ist, mit schräg gelegtem Kopf hinterherschaut.

Stellen Sie sich vor, wie Anna aufatmet: Schwein gehabt, heute hätte ihr das gar nicht gepasst, so rot zu werden wie Federica jetzt, Professore Donnos Blick ist allen Mädchen unangenehm, wieso glotzt der sie bloß immer so an? Einmal, in der Pause, hat Anna das Francesca gefragt, von der Federica allerdings meint, dass Donno sie sowieso nie anschaut: Francesca hat eine Zahnspange, darum lässt er sie in Ruhe.

Stellen Sie sich vor, wie Donno auf seinem Stuhl sitzt und die Klasse auffordert, die Biologiebücher aufzuschlagen.

Stellen Sie sich vor, wie er das elfjährige Mädchen jetzt, wo alle die Nasen in das Kapitel über Zelltheorie stecken, ans Pult ruft und sie bittet, einen Abschnitt vorzulesen. Und wie Anna gehorcht, wie sie direkt neben dem Lehrer steht.

Stellen Sie sich vor, wie sie liest: »Die Zelltheorie besagt, dass der Unterschied zwischen Lebewesen und unbelebten Dingen in der Existenz von Zellen besteht.«

Stellen Sie sich vor, wie der Lehrer dem kleinen Mädchen langsam die Hand in die Hosentasche schiebt.

Stellen Sie sich vor, wie Anna dabei »Leberwesen« liest statt »Lebewesen«.

Stellen Sie sich vor, wie die Klasse in Gelächter ausbricht.

3

Schon als Kind hatte ich das Bedürfnis, mich schön zu fühlen. Wobei. Nicht unbedingt schön, aber sexy. Wobei. Nicht unbedingt sexy, aber imstande zu verführen. Genau: verführerisch. Wobei.

Es gab auch lange Phasen, in denen ich versucht habe, mich unsichtbar zu machen, in denen ich nach meinem Können beurteilt werden wollte, das sagte ich mir zumindest oft als Jugendliche: Zeig, was du kannst!, ganz wie es meine Mutter predigte, die womöglich bereute, dass sie nicht mehr arbeiten ging, auch wenn sie das nie so sagte. Hör nicht auf die anderen, Anna!, mahnte sie immer, hör lieber auf deine Mutter, die meint's gut mit dir, nur auf deinen Kopf kommt's an, darauf, was du denkst und tust.

Es gab Phasen in meinem Leben, in denen ich wirklich an Gleichberechtigung geglaubt habe. An eine Gleichberechtigung, die unabhängig vom Geschlecht entlohnt, die sich weder für Make-up noch für lange Beine interessiert und der egal ist, ob man leicht zu haben ist oder auf seinen Ruf achtet – an eine Gleichberechtigung, die Äußerlichkeiten ignoriert und Männer und Frauen auf dieselbe Stufe stellt.

Es gab lange Phasen, in denen ich den ganzen Tag gebüffelt habe, denn nur so bringt man's zu was im Leben, Töchterchen, also ab auf deine vier Buchstaben und ran an die Bücher!

So Phasen eben.

Bis ich mich dann Hals über Kopf in das Bedürfnis gestürzt habe, gesehen und gehört zu werden – tja, Mama, nichts zu machen, ich bin nun mal verkorkst zur Welt gekommen. Wobei. Bin ich das? Oder bin ich erst dazu geworden? Bin ich schuldig oder unschuldig?

Heutzutage ist die Unschuldsvermutung groß in Mode, und davon sollte doch auch ich was haben. Trotzdem: Wieso hat Donno ausgerechnet mich ans Pult gerufen? Warum sind manche Dinge mir ständig passiert und meiner Mutter nie?

Wenn es etwas gibt, das meine Mutter seit jeher charakterisiert, dann, dass sie sich nie auch nur den kleinsten Fehltritt leistet. Niemand würde jemals auch nur ansatzweise glauben, etwas in ihr könnte zu Bruch gehen, es gäbe da irgendwo einen Knacks, einen Sprung, eine Möglichkeit, in ihre Rüstung einzudringen. Bei mir war das Gegenteil der Fall, ich bestand bloß aus Rissen und Sprüngen, und jeder konnte jederzeit hinein, *wieso war meine Mutter immer so perfekt und ich so ein Totalausfall? Was habe ich falsch gemacht, Mama?*

Natürlich habe ich sie das niemals in echt gefragt. Als hätte ich meiner Mutter je erzählt, wie der Friseur – *ihr* Friseur, Alberto, zu dem sie schon seit Jahren ging, weil er »der allerbeste« war – mir ins Ohr geflüstert hatte, ich sei sexy, und wie ich knallrot anlief, zu ihr rüberlinste, nein, sie hatte zum Glück nichts bemerkt, dabei hatte ich diesmal wirklich nichts gemacht. Du bist jetzt dreizehn, Anna, hatte sie gesagt, da kannst du nicht mehr so zerzaust rumlaufen, Alberto kriegt das hin, wirst sehen, der kennt sich aus. Aber womit kannte Alberto sich da eigentlich aus? Wie kam er auf die Idee, einem kleinen Mädchen zu sagen, es sei sexy, während ihre Mutter danebensaß, und bei ihm zu Hause eine Tochter im selben Alter?

4

Mama, heute hat Professore Donno mich ans Pult gerufen.

Meine Mutter war mit dem Haushalt beschäftigt.

Moment, ich muss nur schnell den Herd abstellen, dann bin ich bei dir, sonst brennt mir noch die Soße an, was hast du gesagt?

Meine Mutter war zu Hause permanent beschäftigt; mein Bruder und ich waren noch klein, und Papa kam immer erst spät von der Arbeit. Zum Putzen kam eine Dame vorbei, aber die Küche war das Reich meiner Mutter, und mit der Arbeit dieser Frau war sie ohnehin nie zufrieden, sie hatte einen veritablen Ordnungsfimmel, wollte alles unter Kontrolle behalten, ertrug nicht die kleinste Kalkspur auf den Wasserhähnen, nicht das winzigste Staubkorn auf dem Teppich oder dem Tafelsilber. Das Haus ist unser Spiegelbild, sagte sie immer, das zeigt, wer wir sind, wenn es sauber und ordentlich ist, heißt das, wir sind sauber und ordentlich, und jetzt räum endlich dein Zimmer auf, meine Güte, Anna, wie sieht's in deinem Schrank schon wieder aus!

Ähm, also, ich wollte sagen, als ich in der Stunde vorgelesen hab … Ich weiß nicht richtig, wie ich das erklären soll, aber

Moment mal, Anna, was treibt denn dein Bruder da schon wieder, was ist das für ein Krach, hörst du das auch?

Schon eilte sie in Alessios Zimmer, und ich stapfte hinterher.

Alessio, was soll das denn? O Freundchen, warte nur, bis dein Vater nach Hause kommt! Du räumst jetzt sofort die Legosteine in die Kiste und bringst die Kegel zurück, im Haus wird nicht gekegelt! Dann wandte sie sich wieder mir zu: Also, was wolltest du sagen?

Ähm, ich hab vorgelesen, und er hat mir die Hand in die Tasche gesteckt.

Wie, Anna? Wer hat was wohin gesteckt?

Ach nein, Mama, vergiss es, ich hab das falsch erzählt. Tut mir leid.

5

Bin ich geflohen? Vielleicht. Zumindest erkläre ich mir heute so meine Entscheidung, nach Paris zu ziehen, wo meine Großmutter herstammte, obwohl ich mir geschworen hatte, nach den desaströsen Praktikumsmonaten am Method Acting Center nie mehr dorthin zurückzugehen: Ich bin vor mir selbst geflohen. Wobei. Zumindest *wollte* ich ein paar tausend Kilometer zwischen mich und diese Idiotin bringen, die alles glaubte, was Männer ihr sagten, die sie ins Bett kriegen wollten. Aber dann habe ich Anna doch mitgebracht, tief im Gepäck verstaut. Auch in einem anderen Land kann man sich selbst nicht entkommen.

Es war alles nicht ganz so gelaufen, wie ich als Kind gehofft hatte, wie meine Mutter es sich vorgestellt hatte, die so stolz auf ihre Klassenbeste gewesen war, auch wenn die sich nach der Schule gleich für Geisteswissenschaften eingeschrieben hatte, ach Gott, was macht man damit überhaupt, kannst du nicht Jura studieren wie dein Vater und später bei ihm in der Kanzlei einsteigen? Oder Ärztin werden, Medizin fandst du doch mal so toll, Jura oder Medizin, da stehst du immer gut da, aber Geisteswissenschaften? Und hinterher, wie soll's dann weitergehen? Wenn du schreiben willst, von mir aus, aber das kannst du ja auch nebenbei machen, wenn du eine richtige Arbeit hast, vom Schreiben kann heutzutage kein Mensch leben – wie, Journalistin? Das ist doch keine richtige Arbeit! Wart's ab, du endest noch wie ich, nach der Hochzeit hab ich alles aufgegeben, und jetzt? Du weißt, was dein Vater immer über mich sagt, oder? Obwohl ich ja schon gern mal wüsste, was er gemacht hätte, wenn ich mich nicht um den Haushalt, euch Kinder, seine Geschäftsessen und die Ferien gekümmert hätte.

Es war alles nicht so gelaufen, wie es hätte laufen können. Aber nicht aus den von meiner Mutter genannten Gründen. Wobei. Dass vom Schreiben keiner leben kann, stimmte wahrscheinlich, aber das war nicht das Problem, das Problem war ich, die ich zunehmend den Glauben an mich selbst verloren, tausend Dinge angefangen und dann wieder geschmissen hatte, Malen, Theater, sogar die Filmhochschule, ich, die sich auf diverse mehr oder weniger unmögliche Affären mit miesem Anfang und noch mieserem Ende eingelassen hatte, falsche Masken, falsche Abenteuer, aber wirklich falsch war letzten Endes vielleicht doch nur ich selbst. Wäre ich doch nur wie meine Mutter gewesen, langweilig, okay, besonders witzig war sie nie, aber eben immer aufgeräumt, immer vernünftig, und außerdem, entschuldige mal, Papa, wenn sie wirklich so abgetakelt ist, wie du immer sagst, wieso bleibst du dann bei ihr? Ist doch klar, dass du sie nicht verlässt, natürlich hältst du an ihr fest! Mein Vater hatte sich ganz bewusst eine wie meine Mutter ausgesucht, das exakte Gegenteil seiner eigenen Mutter, die ihren Mann mit ihren Launen in den Wahnsinn getrieben hatte, eitel und chronisch miesepetrig wie sie war, ich will dies, ich will das, eine Pfeife bist du, ein Versager.

Als ich nach Frankreich kam, war ich frisch verheiratet.

Nein, geliebt habe ich ihn nicht. Ich weiß schon, dass Sie das gleich fragen wollten, aber die Antwort ist simpel: Ich habe ihn nicht geliebt. Genau genommen hat er mir nicht mal gefallen. Meine beste Freundin Carlotta sprach deshalb kein Wort mehr mit mir. Das hält doch eh nicht!, hatte sie gesagt und einfach aufgelegt, als ich ihr am Telefon erzählte, dass ich heiraten würde, und nein, ich würde nicht noch mal darüber nachdenken, würde nicht mal mehr den Abschluss an der Filmhochschule machen, obwohl ich ihr versprochen hatte, mir das gut zu überlegen. Auch meine Mutter dachte, es würde nicht halten, behielt das damals allerdings für sich, denn mich zur Vernunft bringen zu wollen schien ihr ohnehin aussichtslos, das Kind ist doch genauso störrisch wie sein Vater!

Mein Mann war völlig anders als die Männer, die ich zuvor geliebt hatte, obwohl auch er verschlossen war, verschlagen sogar, aber immerhin war er da, war zur Stelle. Als ich am Knie operiert wurde, wich er nicht von meinem Bett, ganz im Gegensatz zu Massimo, der sich, als ich im Jahr zuvor im Krankenhaus gewesen war, nicht mal die Mühe gemacht hatte, mich zu besuchen, die Arbeit, meinte er, und dann ist er mit seiner Ex verreist, na ja, du konntest ja wohl schlecht, mit deinen Krücken, oder? Aber zurück zu meinem Mann, der mir die ganze Nacht die Hand hielt und nach nur einem Monat einen Antrag machte. Er lehrte an der Universität, stellen Sie sich vor, ein Italiener als Professor in Paris! Im Gegensatz zu mir, die ich dank meiner Großmutter mit Französisch aufgewachsen bin, war diese Sprache für ihn keine zweite Haut.

Er muss wirklich was Besonderes sein, das hatte ich bereits gedacht, als wir uns kennenlernten. Ich war vierundzwanzig, mein Leben war schon damals ein einziges Tohuwabohu, und mir war ziemlich gleichgültig, was Carlotta von seinem trüben Blick und seinen ewig verschwitzten Händen hielt: Ist dir schon mal aufgefallen, dass er einem nie in die Augen schaut? Hast du bemerkt, wie er beim Sprechen pausenlos an seinem Krawattenknoten rumfummelt?

Als ich nach Paris kam, kannte ich dort keine Menschenseele. Meine Großmutter war gleich nach der Schule von dort weg. Nachdem sie meinen Großvater kennengelernt hatte, war sie nach Rom gezogen und fuhr nur noch selten nach Frankreich; wenn meine Mutter sie mal mitschleifte, zog sie immer eine Schnute. Sie war die einzige Tochter zweier Einzelkinder, liebte Croissants und Camembert, ihr Lieblingsfilm war Carnés *Die Kinder des Olymp*, und kein Schriftsteller der Welt konnte mit Proust mithalten, aber all das zählte nichts, sagte sie immer, Paris war dreckig, die Pariser unerträglich, niemand wusste sich mehr zu benehmen, und überhaupt, mein Kind, in Italien lebt es sich einfach viel besser. Diese Abneigung gegen Frankreich habe ich nie verstanden: Wenn ich sie danach fragen wollte, wechselte sie jedes Mal schnell das Thema, nicht einmal meine Mutter wusste, was es damit auf sich hatte, und dann ist sie gestorben, meine Großmutter, und die Sache war erledigt.

Ich kannte keine Menschenseele in Paris, und ich fühlte mich verloren. Nicht mal John lebte noch dort, ein Typ, mit dem ich mich angefreundet hatte, als ich für das Praktikum hergekommen war: Er war zurück in England und hatte einen Glanzstart in seine Bühnenkarriere hingelegt, erst mit kleineren Truppen, dann am National Theatre, als Ensemblemitglied der Royal Shakespeare Company.

Auf die erste Ohrfeige von meinem Mann habe ich gar nicht reagiert.

Sie kam völlig unerwartet, mitten auf der Straße, was hätte ich da sagen oder tun können? Was sollten die Leute denken? Zumal ich es ja sogar einsah, als er mir erklärte, die Weise, wie ich diesen Mann angelächelt hatte, sei peinlich, unverschämt gewesen: Ich musste aufpassen, wie ich mich vor anderen Männern benahm, das war eine Frage des Respekts ihm gegenüber.

Er wollte, dass ich ihm Hausmannskost kochte, am Sonntag mit ihm in die Kirche ging und ihn nicht wegen eines getrennten Kontos nervte, schließlich liebte er mich, wir waren eine Familie, was brauchte ich da ein eigenes Konto?

Als er mich an die Wand gepfeffert hat, habe ich die Zähne zusammengebissen. Er war betrunken, ich hatte Angst. Ich lag am Boden, hatte mir wehgetan, wollte ihm aber nicht die Genugtuung geben, mich weinen zu sehen. Ich schickte eine Mail an Carlotta, nur drei Worte, in der Hoffnung, sie würde sich melden: Du hattest recht. Nach dem Senden löschte ich die Nachricht umgehend – hätte mein Mann sie gelesen, wäre er gleich wieder durchgedreht. Und wirklich, als Carlotta versuchte, mich anzurufen, hat er sofort aufgelegt, unter keinen Umständen sollte ich mit der reden, was bildete ich mir eigentlich ein?

Wochenlang suchte ich nach halbwegs plausiblen Ausreden, allein aus dem Haus zu gehen, doch er bestand stets darauf, mich zu begleiten, und ich hatte in der achtundzwanzig Quadratmeter großen Zweizimmerwohnung mit per Vorhang abgetrenntem Bad und dem Bett direkt neben dem Wandschrank das Gefühl, ich würde ersticken.

Ich war noch kein halbes Jahr verheiratet und träumte nachts schon von Massimo. Ich träumte, er käme mich holen, würde sagen, ich sei die Frau seines Lebens, immer dasselbe Drehbuch – bis mein Mann mich aufweckte, um mit mir zu schlafen, und ich mir Nase und Augen zuhielt: Eheliche Pflichten, was für ein Krampf! Ich erstickte.

Ein paar Monate später, als er nachmittags wegmusste, bin ich durch die Tür gegangen und nie mehr zurückgekehrt. Carlotta wollte, dass ich wieder nach Rom käme, wohnen könne ich erst mal bei ihr, meine Familie müsse gar nichts erfahren.

Aber ich wollte nicht zurück nach Italien, sondern allein auf die Beine kommen. Ich fand eine bezahlbare Einzimmerwohnung im Banlieue Saint-Denis und ein Praktikum in der Maison de la Radio. Doch die alte Anna war in voller Pracht zurück, und ich benahm mich wieder ganz genau wie damals, als ich alles geglaubt hatte, was mir Männer erzählten, die mich ins Bett kriegen wollten, *wie schaffen die anderen das bloß, dass sie immer respektiert werden?*

Trotzdem war ich, als ich durch ein paar Zeitschriften für Teenager blätterte, zutiefst empört über die Ergebniskategorien der Psychotests: *super-extra-salope*, wörtlich »Megaschlampe«, und in der Charakterisierung ein »Herzlichen Glückwunsch«, denn warum sollte man verliebt sein, um mit einem Kerl ins Bett zu gehen, Sex ist Selbstzweck, und wer das nicht weiß, hat keine Ahnung von Freiheit; *ringarde*, alte Jungfer, wie, willst du keinen Spaß haben? Glaubst du wirklich, Unschuld sei angesagt?

Und ich, was bin ich? Das fragte ich meine Therapeutin.

Seit meiner Trennung ging ich jede Woche zu ihr. Anfangs nur montags, dann montags und mittwochs, dann auch am Freitag.

Salope oder *ringarde?* Schlampe oder alte Jungfer? Diese Worte hätte ich vor ihr natürlich nie in den Mund genommen. Selbst heute fällt es mir noch schwer, gewisse Wörter auszusprechen; sie aufzuschreiben ist leichter, da wirken sie weiter entfernt. Aber was die Männer angeht: Ging ich mit denen nun ins Bett, weil ich frei war, oder hielt ich mich für frei, weil ich mit ihnen ins Bett ging? Liebte ich sie, oder redete ich mir das nur ein?

Hm.

Jedenfalls tat es mir jedes Mal weh, wenn einer hastig in

seine Klamotten schlüpfte: Sehen wir uns denn mal wieder? Klar. Okay, und wann? Kann ich noch nicht sagen, ist kompliziert, verstehst du sicher, aber ich melde mich, wir hören uns, ist doch nicht schlimm, wenn wir erst mal ein paar Wochen ins Land gehen lassen, oder?

Es tat weh, und ich fühlte mich immer schmutziger.

6

Dass Missbrauchsopfer sich schmutzig fühlen, kommt oft vor. Wenn alle, die sexuelle Gewalt oder Belästigung erlebt haben, egal, ob jung oder weniger jung, dünn oder weniger dünn, lesbisch oder hetero, die Menge Q bilden, dann ist eine beachtliche Teilmenge von Q fest überzeugt, selbst daran schuld gewesen zu sein.

Denken wir noch einmal an die Elfjährige, die Sie sich vorhin vorgestellt haben und die 1985 in die sechste Klasse einer privaten Mittelschule im Zentrum von Rom ging. Gehört auch sie zur Menge Q? Was dachte sie, als Professore Donno ihr die Hand in die Tasche schob? Fühlte sie sich schmutzig? Und dann? Wie ging es weiter?

Stellen Sie sich vor, Anna ist inzwischen fünfzehn.

Stellen Sie sich vor, Donno ist zwar nicht mehr ihr Lehrer, unterrichtet aber an der Schule, deren Oberstufe sie jetzt besucht.

Stellen Sie sich vor, Annas Mutter hat beschlossen, sie zur Nachhilfe zu ihm zu schicken: Wenn wir dir einen Computer kaufen sollen, musst du erst mal Informatik lernen! Stellen Sie sich also vor, Annas Mutter erwartet, dass ihre Tochter algorithmische Prozesse und Programmiersprachen beherrscht, dass sie sich in die genauso reinkniet wie in Griechisch und Latein, und dass sie die Chance (die Chance?) ergreift, eine Methode zu erlernen, mit der sie später auch Probleme in anderen Bereichen bewältigen kann. Stellen Sie sich außerdem vor, dass sich Anna für das Zusammenspiel von Daten und Algorithmen gar nicht wirklich interessiert, ja, dass es ihr ungeheuer schwerfällt, aus Integralen, Exponentialfunktionen und Logarithmen schlau zu werden, und sie im Grunde bloß die Frage beschäftigt, ob Donno sie noch immer attraktiv findet – denn das steckte doch wohl hinter dem, was ihr mit elf passiert ist, oder?

Stellen Sie sich das mal vor.

Ich erzähle Ihnen inzwischen, was passiert ist.

Allem Anschein nach ist Annas Leben ganz okay, auch wenn es nicht immer leicht ist, oder zumindest nicht so leicht, wie Anna es bei ihren Altersgenossinnen annimmt. Die schminken sich, gehen aus und haben feste Freunde. Anna nicht. Sie schminkt sich nicht und hat auch keinen Freund. Vor ein paar Jahren hatte sie einen: Paolo. Aber das ging schnell auseinander, vielleicht fand sie ihn doch nicht so toll, oder er hat selbst Schluss gemacht, da war sich Anna nicht mehr ganz sicher, wenn jemand danach fragte, sagte sie nur, sie verstehe selbst nicht, was in den Sommerferien passiert sei. Als die Schule wieder anfing, war es jedenfalls aus. Nein, nein, gelitten hat sie nicht, sie war ja nicht verliebt. Wobei. In Wahrheit war die Sache komplizierter, aber sie sagte trotzdem, sie hätte nicht gelitten, zumindest damals nicht. Später, da schon, ja. Später war sie oft unglücklich verliebt, weil die Jungs einfach nicht auf sie standen. Wobei.

Im Grunde wusste sie gar nicht, ob die Jungs auf sie standen. Sagen wir mal: Zumindest standen nicht die Jungs auf sie, auf die sie selbst stand. Aber standen die nicht auf sie, weil sie nicht hübsch war, oder fühlte sie sich nur hässlich, weil die nicht auf sie standen? Oder gefiel sie ihnen anfangs, tat oder sagte dann aber immer was Falsches? War sie zu langweilig? Zu kompliziert?

Hm. Anna grübelte viel, aber vergebens. Und als Professore Donno sich dann neuerlich für sie interessierte, fühlte sie sich wieder schön. Wobei. Nicht unbedingt schön, aber wichtig. Er stand auf sie: ein reifer, ein *richtiger* Mann, nicht so ein verpickelter Teenager, der sich für toll hielt, weil er auf dem Klo heimlich rauchte. Dieser Mann erkannte, dass sie etwas Besonderes war. Und als sie dann eines Tages zu ihm zum Unterricht kam und sagte, sie hätte die Nase voll davon, sich minderwertig zu fühlen, sie wäre am liebsten ein Computer, der nie leidet, nichts fühlt, nur sein Ding macht, 0000, 0010, 0011, und als er ihr daraufhin eine Hand auf den Schenkel legte – was willst du denn als Maschine, so ein Computer hat keinen Körper, empfindet nichts, spürst du, wie warm meine Hand ist? –, da war sie sofort entflammt.

Und dann?

Dann treffen Anna und Professore Donno sich regelmäßig. Heimlich, klar. Ihren Freundinnen erzählt Anna kein Wort, und ihrer Mutter sowieso nicht. Niemand weiß, was in ihr vorgeht. Auch nicht, als er ihr die Hose aufknöpft und eine Hand hineinschiebt und sie zwar denkt, dass ihr das viel zu schnell geht, sie das aber nicht zu sagen wagt: Sie wird nur rot und schweigt.

Weißt du eigentlich, wieso ich mit Frauen meines Alters nichts anfangen kann?, fragt er sie eines Tages.

Wieso denn?

Wenn eine mit über dreißig keinen Mann hat, gibt es dafür garantiert einen guten Grund. Meine Letzte war zum Beispiel eine Nymphomanin.

Anna hat nicht die geringste Ahnung, was eine Nymphomanin sein soll – sie weiß ja nicht mal genau, was ein Orgasmus ist. Aber sie lässt sich nichts anmerken. Sie fürchtet, sonst alles kaputt zu machen. Will sich weiterhin kostbar fühlen. Auch wenn sie tief in ihrem Inneren spürt, dass da etwas faul ist. Es gibt Gerüchte, angeblich hat er eine Tochter, ist verheiratet.

Ich war grade dabei, eine Funktion auf Millimeterpapier zu zeichnen, da kam sie plötzlich an und meinte, sie sei schwanger. Wir müssten heiraten, hat sie gesagt, das hat mich total überrumpelt; mir hat die Hand so gezittert, dass ich mich verzeichnet habe.

Und Anna fühlt mit ihm, so wie als er ihr davon erzählt, dass sein Vater noch lang nach dem Tod seiner Frau jeden Abend ihr Nachthemd aufs Bett gelegt hat, um sich ihr nah zu fühlen. Diese Art ewiger Liebe, die suche auch er: Händchen halten noch nach vielen Ehejahren, genau wie die Paare, die Anna manchmal auf der Straße sieht, und so gar nicht wie ihre Eltern, aber wie sollte ihr Vater auch Hand in Hand mit seiner Frau spazieren gehen? Eines Sonntags, in der Kirche, hat er sie mal am Arm berührt, erinnert sich Anna, und ihre Mutter hat nur schroff den Kopf geschüttelt, strenge Augen, strenger Mund, den Mantel fester zugezogen, sich auf die Unterlippe gebissen und bis zum Ende der Messe kein Wort mehr mit ihm geredet.

Eines Tages sieht Anna, wie Donno im Laufschritt aus der Schule eilt, 11:30 Uhr, große Pause, alle sind auf dem Hof, und er rennt Richtung Schultor. Irgendjemand sagt, er sei ins Krankenhaus gerufen worden, die Fruchtblase seiner Frau sei geplatzt. Anna trifft das wie ein Schlag in den Magen, ihr bleibt die Luft weg: Seine Frau war also wieder schwanger und Donno ein Lügner.

Es ist aus!, teilt Anna ihm in der Woche vor Ostern mit.

An der Schule wird ein Kreuzweg inszeniert, und sie stiehlt

sich unauffällig davon, um ihn in einem Café in der Nähe zu treffen.

Sie hat einen Kloß im Hals, bleibt aber stark.

Ach, das sagst du jetzt, aber du kommst eh wieder. Donno glaubt ihr kein Wort. Gestern war doch noch alles in Ordnung, was soll denn dieser Unsinn?

7

Seit meiner Ankunft in Paris war einfach alles schiefgelaufen. Wenn ich an den Film denke, den ich vor meiner Abreise im Kopf gehabt hatte, tue ich mir heute noch leid. Aber was hatte ich auch erwartet? Hatte ich ernsthaft geglaubt, in Frankreich wäre ich nicht mehr dieselbe? Und dass ich, nachdem ich meinen Mann verlassen hatte, nicht in das alte Schema verfiele, außen hui, innen pfui?

Wie schon gesagt: In ein anderes Land zu ziehen bringt gar nichts, wenn sich im Inneren nichts bewegt. Man macht sich etwas vor, wenn man meint, man könnte einfach einen Schlussstrich ziehen und von vorn anfangen, wie man ein Programm neu startet – als würde das Gehirn funktionieren wie ein abgestürzter Computer, und man müsste bloß cmd+option/alt+esc drücken, damit es wieder läuft.

Aber das Gehirn ist ein heilloses Chaos, ganz ohne Bits oder Binärcode, und dazu kommt das Unbewusste, wirft alles noch mehr durcheinander, und dann noch der Körper mit seiner ganz eigenen Festplatte, und die Gewohnheit und

Charles, Mathieu, Alain, Jean-Philippe. In den ersten Jahren der 2000er war ich ständig verliebt und habe alle betrogen. Wobei.

Vor allem habe ich mich selbst betrogen, mich weggeworfen. Morgens ins Schwimmbad, hunderte Bahnen, bis meine Lippen blau anliefen, und abends viele Kilometer Joggen an der Seine, mit wild hämmerndem Herzen, dazu die absurde Angewohnheit, mir in die Wange zu beißen, bis ich das metallische Blut schmeckte; es war einfach stärker als ich, ich konnte nicht aufhören, mir wehzutun.

Wie konnte ich damals überhaupt arbeiten? Heute will mir kaum noch in den Kopf, dass ich in dieser Lebensphase nicht aus der Bahn geflogen bin, obwohl ich andauernd Vollgas gab, bis ich ins Schleudern kam, fast vor die Wand fuhr.

Anders hätte ich gar nicht gekonnt – das sagte ich mir damals wenigstens, und das sagte ich auch meiner Therapeutin, die genervt erwiderte: Jetzt aber mal halblang, ja? Und die mich, wenn ich lauter wurde, rügte: Merken Sie, wie aggressiv Sie grade werden?

Aber ich war ja gar nicht aggressiv, kein Stück. Wobei.

Ich war nicht aggressiv gegen sie, der ich mich unterlegen fühlte und der ich unbedingt gefallen wollte. Aggressiv war ich mir selbst gegenüber: *Mich* konnte ich nicht ausstehen.

Ich hasste meine innere Leere, meine Unsicherheit und vor allem meine Unfähigkeit, zu verhindern, dass Männer immer nur das Eine von mir wollten. Auch wenn es mit *ihm*, den ich ausgerechnet in dieser Zeit kennenlernte, offenbar anders war, aber wie lang konnte das mit uns schon gut gehen, wenn ich andauernd Mist baute? Und war es mit ihm wirklich anders, oder machte ich mir nur was vor?

Ich war ihm erst kurz zuvor begegnet.

Eines Abends sprach er mich an, er hatte mich erkannt, obwohl er mich noch nie live gesehen hatte, nur im Fernsehen. In der Académie française wurde ein Empfang gegeben, um den

Preis zu feiern, den ein in Italien spielender Roman erhalten hatte: ein junges Paar und ein Erzähler aus Amerika, so eine Art Salinger-Klon, der die Beziehung der beiden ruiniert. Der Sender hatte mich geschickt – ich glaube, das Buch spielt in Ponza, hatte der Chefredakteur gesagt, da kommst du doch her, oder?

Komme ich nicht, aber egal. Mich juckten weder der Roman noch die Académie française, ich musste nur mal den Kopf freikriegen, und ein kleiner Spaziergang zum Quai de Conti – etwa fünf Kilometer vom Sender, Voie Georges Pompidou, Port des Champs-Élysées, Pont de la Concorde, Quai des Tuileries – kam mir da gerade recht. An einem anderen Tag wäre ich womöglich gar nicht hingegangen.

Auch er war eher zufällig da. Ich bin ja sonst allergisch gegen diese »Tout-Paris«-Partys, sagte er und erklärte, »Tout-Paris« sei eine gängige Wendung und heiße so viel wie »Schickeria«. Wäre der Autor dieses Romans nicht der Freund eines Freundes, hätte er keinen Fuß in die Académie gesetzt, auch wenn ich gern glauben möchte, es sei Schicksal gewesen. Ja, ich glaube tatsächlich an das Schicksal: Mir ist schon zu viel auf diese Art passiert, Gutes wie Fatales.

Jedenfalls war er jetzt da und sprach mich an: Wie geht's denn C. B. so?

Bereit, ihn in Stücke zu reißen, wirbelte ich so schnell herum, dass ich mir die ganze Limonade über die Strickjacke spritzte: Was bitte wollte *der* denn jetzt von mir?

Aber *der* wollte gar nichts, wobei, zumindest wollte er mich nicht provozieren oder verspotten, bloß kennenlernen, er hatte nicht erwartet, dass die bloße Erwähnung des Namens der Regisseurin, die mich vor einiger Zeit im Fernsehen angegangen war, mich so auf die Palme bringen würde. Er zog ein Päckchen Taschentücher aus der Tasche, reichte mir eins, und ich tupfte mir die Limo von der Jacke. Normalerweise hätte er die Sendung gar nicht erst gesehen, meinte er und blickte betreten zur Seite, während ich mit dem Tuch über die Flecken rieb, tagsüber schalte er den Fernseher sonst nie ein. Reiner Zufall, fügte er hinzu, aber ich hab ein gutes Personengedächtnis und vergesse nie ein Gesicht – vor allem nicht, wenn's mir gefällt. Ich tat, als hätte ich ihn nicht richtig verstanden, und ging zur Toilette, tut mir leid, aber sonst krieg' ich die Limo nie raus.

Tja, Zufall. Oder Schicksal. Wie mein Umzug nach Frankreich. Letztlich hatte meine Nonna recht: Paris ist verdreckt, die Pariser sind schrecklich, und die Italiener genauso – sobald die nach Frankreich kommen, werden sie unausstehlich. *Er* aber war nett: Er wartete, bis ich vom Klo zurückkam, hatte mir eine neue Limo besorgt, und am Ende unterhielten wir uns den gesamten Abend.

Aber zurück zur Sache, sonst verzettele ich mich. Der Punkt ist: Als ich ihn kennenlernte, hatte ich diverse Affären mit anderen. Ich traf ihn immer öfter, im Café, zum Apéro, zum Abendessen, und eines Tages sind wir dann im Bett gelandet.

Ich rief Jean-Philippe an und erfand eine Ausrede, wieso ich ihn nicht treffen konnte.

Er ging solang ins Nebenzimmer. Ist schließlich deine Privatsache, meinte er, nachdem ich aufgelegt hatte. Aber es war auch seine ganz eigene Art Selbstschutz.

Es war schon immer besser für ihn, gewisse Dinge nicht zu wissen.

8

Ich weiß, ich weiß, ich weiß.

Ich weiß schon, dass ich dir gefalle, aber wie sehr? Und gefalle wirklich *ich* dir, oder würde es jede andere auch tun? Oder gefalle ich dir gar nicht richtig, und du hast bloß Bock auf Sex?

Ich weiß.

Begehren lässt sich nicht beziffern, wobei, wer zahlt, der beziffert, weist einen Preis zu. Soundso viel Geld bist du wert, auch wenn es heißt, Menschen hätten keinen Preis, sondern nur Würde, das wusste auch ich mal, aber dann ging dieses Wissen mir verloren, oder vielleicht war es ja rational noch da, im Kopf, aber mein Körper arbeitete auf eigene Rechnung – wenn du mich bezahlen würdest, wüsste ich, wie groß dein Begehren wirklich ist, es wäre klar, konkret, eindeutig, wie viel wärst du bereit zu zahlen?

Ich weiß, ich weiß, ich weiß.

Du sagst, ich sei schön, aber das sagen sie alle, immer vor dem Sex, nur: Was ist mit danach? Bin ich dann auch noch schön?

Sex und Spiel gehören zusammen, anders geht das nicht.

Man wird wieder Kind, und alles geht wieder von vorn los: Das Mädchen, das ich war, der Junge, der du warst, aber wer hatte damals die Oberhand, wenn du mit deinen Freunden gespielt hast?

9

In jenen Jahren machte die Pornografie einem das Spielen schwer. Die Hälfte aller elf- bis zwölfjährigen Jungs hatte schon mal einen Porno gesehen; es gab zwar noch Videokassetten, aber die Filme waren nicht mehr wie früher, wo man zwar alles sah, aber doch noch ein Rest Anstand blieb. Inzwischen gab es nur noch Doppel- und Dreifachpenetration, Sperma im Gesicht und Blut pinkelnde Frauen, und ihren Sexualkundeunterricht bekamen die Jugendlichen der Banlieues auf den Treppen der Plattenbauten, mithilfe raubkopierter DVDs, die unter den Ladentischen im Viertel verkauft wurden.

Und obwohl einer der Chefredakteure des Senders mich gewarnt hatte, das sei ein Minenfeld, beschloss ich, einen Beitrag über Jugendliche und Pornografie zu machen.

Es war 2002, und William, der mit zwölf seinen ersten Porno gesehen hatte, sagte, inzwischen, mit fünfzehn, würde er gar nicht mehr so viele schauen, höchstens zwei, drei pro Woche, kein Ding, ich hab schließlich 'ne Freundin, nicht wie diese Loser, die eine Möse nicht mal mit 'nem Fernglas zu sehen kriegen!

Es war 2002, und Stanislas, ein Vierzehnjähriger aus Lyon, meinte, er sehe am liebsten realistische Pornos, im Dokumentarstil, solche, in denen die Frau gar nicht unbedingt Spaß hat, wo sie beim Casting verarscht und gezwungen wird, erst mit dem Regisseur zu schlafen und dann mit den Tontechnikern. Diese Filme zeichnete er heimlich von irgendwelchen osteuropäischen Fernsehsendern auf und vertickte sie dann an seine Klassenkameraden; die Darsteller sprachen alle Russisch oder Bulgarisch, aber es gab ja sowieso nichts zu verstehen: Man schaut, masturbiert und fertig.

Es war 2002, und Malik, der gerade neunzehn geworden war, erzählte, wenn du mal ein paar dieser Streifen gesehen hast, hast du keinen Bock mehr, daheim zu sitzen und zu wichsen, also suchst du dir ein Mädchen, und wenn die sich verliebt, macht sie eh alles, was du willst, aus Schiss, du könntest sie absägen, auch wenn sie dir in Wahrheit scheißegal ist, und wenn du dann genug hast, widert dich die Alte an, die alles mit sich hat machen lassen, du willst sie gar nicht mehr sehen, und wenn sie deshalb wochenlang flennt, selber schuld, wär' sie halt mal nicht so versaut gewesen.

Es war 2002, und Samuel, zweiundzwanzig, war zum ersten Mal verliebt. Bloß schaffte er es einfach nicht, mit ihr zu schlafen; wenn er sie küsste, sah er immer Pornoszenen vor sich, und er wollte nicht, dass sie wird wie diese Darstellerinnen, sonst käme sie am Ende noch auf den Geschmack, und dann hat man den Salat, weil, man kann die Mutter seiner Kinder ja schlecht in den Arsch ficken, oder? Was hat Liebe denn bitte mit Sex zu tun?

Selbst wenn mein eigenes Liebesleben noch so desaströs war, gab es keinen Grund, dieses Grauen einfach hinzunehmen. All diese jungen Mädchen, die derart mies behandelt wurden: Es war nicht fair, dass sie so litten, wieso sah sich niemand bemüßigt, sie zu schützen?

Aber ich hatte nicht mit dem kulturellen Zeitgeist gerechnet, mit der kleinen Blase des Pariser »Radical-chic«, die nicht mal daran dachte, je einen Blick auf die andere Seite des Boulevard Périphérique zu werfen, wo junge Frauen von Freiheit nicht den leisesten Schimmer hatten. Und als ich versuchte, darüber Bedenken zu äußern, Fragen zu stellen, meine Ratlosigkeit zu formulieren – was bedeutet eigentlich diese Forderung »Sei frei«? Seid ihr auch sicher, dass das keine Falle ist, eine Methode, die Gewalt der männlichen Libido zu maskieren? –, stieß ich mit dem Kopf gegen die Wand.

Da war C. B., die einen Film mit dem italienischen Pornostar Rocco Siffredi gedreht hatte und dafür überall Applaus erntete. Angeblich wollte sie damit die Klischees der Pornografie untergraben und die Heuchelei der Erotik des Schönen entlarven. Und dann ließ sie den Kerl, der gerade Sex mit einer Frau auf der Treppe gehabt hatte, sagen: »Schlampe, ich hab dich gefickt.«

Da war Catherine Millet, die schrieb: »Es ist mir im Grunde egal, was man mit meinem Körper macht.« Und die schrieb: »Außerdem waren es fast zwei verschiedene Dinge, sexuelle Beziehungen zu haben und Verlangen zu empfinden.« Und die auch schrieb, sie sei doch etwas verstimmt gewesen, als ein Mann sich von ihr einen blasen ließ und das kommentierte mit: »Bei dir habe ich keine Hemmungen, ich nehm dich später.« Trotzdem riefen damals alle: Was für ein Freigeist! Und weil sie die bekannte Zeitschrift Artpress leitete, bekam sie für ihre Memoiren auch noch den Prix Sade.

Dann fielen sie live im Fernsehen über mich her.

Bitte, sagte C. B., tun Sie mir einen Gefallen und hören Sie auf, aus meinem Drehbuch zu zitieren. Meine Worte sind Musik, aber aus Ihrem Mund klingt alles nur noch ordinär.

Ich erinnere mich ganz genau an diesen Nachmittag. Der Moderator begrüßte mich in der Garderobe, es gab Getränke und Häppchen: Bitte, greifen Sie zu, sagte er und erklärte mir dann, wir würden einfach ein bisschen plaudern, Sie werden sehen, im Studio geht's ganz entspannt zu, aber Sie sind Livesendungen ja sowieso gewöhnt, nicht wahr? Gut, wir sind hier nicht im Radio, aber letztlich ist das doch ein und dasselbe. Gleich holt Sie jemand zum Schminken ab, ach, apropos: Wollten Sie sich noch was anderes anziehen?

Nein, wollte ich nicht. Wieso auch? Meine Jeans stand mir prima, und ich war Journalistin, kein Filmstar, war denn das mit dem Schminken wirklich nötig? Sonst schminke ich mich gar nicht, sagte ich der Frau von der Maske, bitte möglichst natürlich, genau, kein Lidstrich, danke, Lidschatten auch nicht, ein bisschen Wimperntusche reicht. Und die Haare, wirklich zurückgebunden? Wär mir lieber, ja, ist besser mit den Locken, aufgeräumter. Im Studio bereute ich das allerdings sofort: Die Regisseurin C. B. und die übrigen Gäste waren perfekt gestylt – zu Recht, wir waren nun mal nicht im Radio, sondern im Fernsehen. Das eigentliche Problem war aber nicht die Jeans, sondern die Falle, in die ich getappt war: Der Moderator und C. B. spielten einander die Bälle zu, und ich wollte nach einer Weile am liebsten im Erdboden versinken.

Die Sendung war noch keine Viertelstunde alt, da war das Urteil schon gefallen: Eine Zicke ist die, und ein Bauerntrampel obendrein, wie fläzt die sich denn da bitte auf den Stuhl? Checkt die überhaupt, dass wir hier vor der Kamera sitzen, oder glaubt sie, wir hocken in irgendeinem gammligen Büro bei Radio France?

10

Es ist Oktober 2022, und ich gebe ein Uni-Seminar. Seit meinem Bericht sind etwa zwanzig Jahre vergangen, und alles ist anders. Sexuelle Freiheit gilt nicht mehr als sakrosankt, und der Mythos der Pornografie, die die kleinbürgerliche Moral aus den Angeln hebt, ist Geschichte. Aber ist das wirklich so, oder trügt der Schein?

Bevor die Studierenden kamen, habe ich mit blauer Kreide an die Tafel geschrieben: WER? WO? WANN? WAS? WARUM?

Jetzt, wo sie zum Mitschreiben bereit vor ihren Laptops sitzen, kann ich loslegen.

Wer kann mir sagen, was das bedeutet?

Seit mir ein paar Kurse im Journalismus-Master der Elite-Hochschule Science Po anvertraut wurden, bin ich jeden Mittwoch hier, da habe ich im Sender frei. Mit den Anfängern spreche ich über das kleine Einmaleins unserer Arbeit, über halbstrukturierte und freie Interviews und wie man sie vorbereitet, mit den höheren Jahrgängen kann ich über Longforms und Reportagen reden. Dieses Jahr will ich mit ihnen über die Folgen von #MeToo diskutieren. Das Thema liegt ihnen bestimmt am Herzen, in Fernsehen und Presse ist ständig von Belästigung und Vergewaltigung die Rede. Vor ein paar Monaten gab es einen Riesenskandal an der École polytechnique, der Eliteuni für Ingenieure: über hundert Belästigungsvorwürfe, der Rektor hat das Lehrpersonal zum Besuch eines Workshops über sexualisierte Gewalt verpflichtet. Und jetzt, wo sogar der Koordinator der Partei France Insoumise sowie ein Abgeordneter der französischen Grünen auf der Anklagebank gelandet sind, bin ich neugierig, was diese jungen Leute, die meine Kinder sein könnten, über Sexualität und Freiheit denken: Haben auch sie den Sex durch Pornografie entdeckt? Was verstehen sie unter einvernehmlichem Geschlechtsverkehr?

Na? Alles vergessen? Leute, das sind die »Fünf W«! Die fünf Fragen, die Sie sich immer stellen müssen, bevor Sie sich ans Storytelling machen, ja sogar bevor Sie ein Thema vorbereiten und das erste Interview führen. Und zwar weil Sie sonst *was* riskieren?

Ich wirke sauer, bin es aber nicht. Auf meine Studierenden bin ich nie böse, ich finde sie toll. Die jungen Leute von heute sind auch nicht mehr so pampig wie die in meinen allerersten Kursen; vor zehn Jahren waren sie noch richtig arrogant – oder vielleicht habe ich sie bloß nicht verstanden, war selber noch zu jung und unsicher.

Also: Sie riskieren, sich im Kreis zu drehen, ohne zu wissen, worum es bei Ihrer Recherche eigentlich gehen soll. Klar?

Vor zehn Jahren war ich nicht nur gestresst – das bin ich heute noch –, sondern hatte obendrein nicht die leiseste Ahnung vom Unterrichten; es war mir unangenehm, vor einem Kurs zu stehen, und die nutzten das schamlos aus. Im Radio zu sprechen fiel mir leichter, da konnte niemand mich sehen, mich beobachten oder darüber lachen, wie albern ich das Gesicht verzog, wenn ein Hörer in der Sendung anrief und live abgedroschene Phrasen wiederkäute oder über das verlogene System schimpfte.

Das *Was* bezieht sich darauf, was Sie suchen: auf das Ziel, die

Absicht, den Zweck, nennen Sie es, wie Sie wollen. Was zählt, worauf es ankommt, ist, dass Sie zumindest eine grobe Vorstellung davon haben. Aber noch davor müssen Sie das *Warum* verstehen, den Grund, aus dem ein bestimmter Blickwinkel Sie eher interessiert als ein anderer: Was reizt Sie an dem Thema? Betrifft es Sie direkt? Oder indirekt? Steckt irgendein Wunsch dahinter, auch wenn Sie nicht recht wissen, welcher? Irgendein spezieller Grund? Wenn Sie nicht mit dem *Was* und dem *Warum* anfangen, brauchen Sie gar nicht erst zu überlegen, wem Sie welche Fragen stellen wollen, das bringt nämlich rein gar nichts. Sie vergeuden dann nur sinnlos Ihre Zeit.

Wenn ich heute vor den Studierenden stehe, ist mir, als würde alles sich einrenken, als bekäme alles einen Sinn – sogar das Unterrichten in einer Welt, in der offenbar alles gleich viel wert ist: all die Influencer, die nicht mal studiert haben, aber trotzdem mehr Follower als eine, die sich einen Wolf recherchiert, ehe sie auch nur ein einziges Wort schreibt. Seit ich neben meinen Sendungen auch unterrichte, habe ich endlich das Gefühl, etwas Sinnvolles zu tun und die Unsicherheit in mir in etwas anderes zu verwandeln.

Das *Wann*, das *Wo* und das *Wer* hängen immer vom *Was* und vom *Warum* ab. Sind Motiv und Ziel erst mal definiert, lassen sich die drei übrigen Fragen leicht beantworten. Und da wir dieses Jahr über #MeToo sprechen, kein Tag ohne neuen Skandal vergeht und alle sich verpflichtet fühlen, sich dazu zu äußern, hätte ich gern, dass sich das *Was* und das *Warum* Ihrer Longform-Stücke oder Reportagen um die Nachwirkungen dieser Bewegung drehen. Gab es überhaupt welche? Hat sich im Verhältnis der Geschlechter etwas getan? Gibt es heute noch Menschen, die sich für Einvernehmlichkeit nicht interessieren? Haben die Männer ihre Lektion gelernt, oder wurden sie sinnlos an den Pranger gestellt? Haben Frauen heute mehr Selbstwertgefühl?

Meinen Sie aus intersektionaler Perspektive?, erkundigt sich Maryse, die einen Intersektionalitätsfimmel hat, schon letztes Jahr kam sie andauernd damit an, egal, ob es gerade passte oder nicht. Ihre Mutter stammt aus der Elfenbeinküste, und sie reagiert sehr sensibel auf jede Form von Diskriminierung schwarzer Frauen.

Langsam, Maryse, nicht das Pferd von hinten aufzäumen! Noch ist es zu früh, über Intersektionalität zu reden; erst mal müssen wir uns das Konzept des Einverständnisses anschauen.

Die Wände der Sciences Po sind mit Plakaten tapeziert:

OHNE JA GEHT GAR NICHTS

EINVERSTÄNDNIS KANN MAN NIE VORAUSSETZEN

EINVERSTANDEN? FRAG DEINE*N PARTNER*IN!

In allen Grandes Écoles und Unis hängen solche Poster. Und alle Grandes Écoles und Unis bieten Fortbildungen für die Belegschaft an. Man weiß vorher nie recht, wer sie abhält, aber alle müssen hin; in ad hoc eingerichteten Rundmails werden die Leiterinnen und Leiter der Fakultäten aufgefordert, »unbedingt alle in Kenntnis zu setzen, die in Ihrem Fachbereich tätig sind«.

Er meint, nicht nur an den Unis herrsche inzwischen ein Klima der Angst, sondern auch in Unternehmen und Gewerkschaften, überall gebe es Kontroll- und Expertenkommissionen, anonyme Vorwürfe und Kollegen, denen was angehängt werde.

Man kann ja kaum noch atmen, sagt er. Und wer weiß, vielleicht ist da sogar was dran. Aber was soll man machen, wenn die Männer es so weit getrieben haben?

Und wenn eine Frau sich so was bloß ausdenkt? Denk doch nur mal an Nathalie – du weißt schon, die Freundin von Jean-Marc, die während ihres Praktikums beim *Figaro* mit allen in die Kiste ist und jetzt, wo sie nicht übernommen wurde, überall erzählt, man hätte sie belästigt. Glaubst du nicht, dass so eine bloß Rache will?

Pffft, schnaube ich. Du weißt doch, bei manchen Themen darfst du mich nicht provozieren.

Ich will dich gar nicht provozieren, Anna, ich mein's wirklich ernst! Erst gestern hab ich darüber mit Eric gesprochen. Du ahnst ja nicht, wie viele Frauen es gibt, die auf so was nur gewartet haben! Solche, die einen erst ranlassen und es hinterher bereuen. Oder nicht mal das, sie ergreifen einfach nur die Chance, einen fertigzumachen. Eric hat mir eine furchtbare Geschichte erzählt: Einer seiner Kollegen an der Uni wurde von einer Studentin bezichtigt. Seine Frau hat ihn verlassen, im Department sprach keiner mehr ein Wort mit ihm, und er musste sich krankschreiben lassen. Dann kam bei der Verhandlung raus, dass alles erstunken und erlogen war. Genau so was meine ich! Immerhin haben sie die Tussi wegen Verleumdung drangekriegt.

Und was beweist das jetzt? Wir wissen doch alle, dass es hinterhältige Menschen gibt – und notorische Lügner, die auf jeder Welle mitreiten. Aber das heißt doch noch längst nicht, dass man »nicht mehr atmen kann«! Wie kommst du bloß auf so was?

Ich hätte gern, dass Sie in Kleingruppen zusammenarbeiten, zu viert, höchstens zu fünft, damit wir ein möglichst breites Spektrum haben und am Ende des Semesters eine klarere Vorstellung davon erhalten, was sich in Sachen Sexualität und Geschlechterverhältnis getan hat.

Ich gehe durch die Reihen, alle schreiben mit, wirken voll und ganz bei der Sache. Also fahre ich fort: Vermutlich haben Sie nicht so genau mitverfolgt, was im Oktober 2017 los war, als das mit #MeToo losging, Sie waren damals ja noch klein, aber

Klein?, fällt mir Cyndelle ins Wort. Sie blickt von ihrem Laptop auf, sieht mich irritiert an. Also, ich war damals achtzehn, und meine Mutter hat über nichts anderes geredet.

Gut, nicht klein. Sagen wir: noch jünger. In Ordnung?

Gelächter. Sie wissen, dass ich sie gern wegen ihres Alters aufziehe. Dass ich, die ich längst nicht mehr jung bin, auf diese Weise der vergehenden Zeit ein wenig den Zahn ziehen kann.

Jedenfalls hätte ich gern, dass wir gemeinsam ein paar der Probleme, Zusammenhänge und kritischen Punkte herausarbeiten, sage ich und nehme hinter meinem Pult Platz. Was haben sexuelle Revolution, Freiheit und Einverständnis miteinander zu tun? Gehen wir doch einfach mal von den Begriffen aus, die da benutzt werden. Was ist zum Beispiel gemeint, wenn man von einer *»libération de la parole«* spricht, also sagt, die Rede sei freier geworden? Hat die Rede sich von selbst befreit, oder stand da irgendwer dahinter?

11

»Mehrere Schauspielerinnen und ehemalige Assistentinnen erzählten uns mit kleinen Abweichungen dieselbe Geschichte.« Es war Anfang Oktober 2017, und Megan Twohey und Jodi Kantor, zwei Journalistinnen der New York Times, bereiteten die Veröffentlichung einer exklusiven Story über den Hollywood-Mogul Harvey Weinstein vor. Genauer gesagt war es der 2. Oktober 2017, und Megan und Jodi saßen an der Überarbeitung ihres eben fertiggestellten Texts. »Da Weinstein oft in seinem Hotelzimmer arbeitete, fanden die Frauen sich häufig allein mit ihm wieder, ohne jeden Ausweg. Über Jahre ist es ihm gelungen, fast alle zum Schweigen zu verpflichten, indem er Frauen, die sich wehrten, drohte und Angestellte zum Unterzeichnen von Verschwiegenheitsvereinbarungen zwang.«

Nach Monaten der Recherche, unzähligen Mails und vor der Nase zugeschlagenen Türen, aber auch etlichen Treffen und Interviews, hatten die beiden Journalistinnen ausreichend Material beisammen, um den Produzenten festzunageln. Um der Zeitung einen möglichen Rechtsstreit zu ersparen, warteten sie jedoch darauf, dass wenigstens eine der Frauen, mit denen sie geredet hatten, sich bereit erklärte, im Artikel mit vollem Namen zitiert zu werden.

Zum ersten Mal legte sich die Presse direkt mit Weinstein

wegen des Missbrauchs an, den er über mehr als zwei Jahrzehnte hinweg völlig ungestört an einer erstaunlichen Anzahl von Models, Mitarbeiterinnen und Schauspielerinnen verübt hatte. Megan und Jodi wollten sich nicht den kleinsten Schnitzer erlauben.

Über Weinsteins Untaten wussten alle Bescheid; man wusste es und sprach davon hinter den Kulissen seiner Filme; man wusste es und hatte oft in den Fluren und Büros von Miramax und der Weinstein Company darüber geredet. Doch niemand hatte je gewagt, sich öffentlich zu äußern. Die Opfer hatten Angst oder waren mundtot gemacht worden: Einige hatte man gefeuert, andere hatten freiwillig gekündigt, wieder andere hatten auf Rat ihrer Anwälte beträchtliche Abfindungen angenommen, für die sie Verschwiegenheitsklauseln unterschreiben mussten. Und warum hätte irgendwer sonst den Mund aufmachen sollen, wenn sogar die Opfer schwiegen?

Unter #WhyWomenDontReport hatte Rose McGowan am 13. Oktober 2016 getwittert: »Weil es in Hollywood/den Medien ein offenes Geheimnis ist und man mich an den Pranger gestellt und meinen Vergewaltiger beweihräuchert hat.« Ohne seinen Namen zu nennen, warf die Schauspielerin dem Produzenten Weinstein vor, er habe sie vergewaltigt. Trotzdem rührte niemand einen Finger. Rose wurde im Stich gelassen.

Warum reden, wenn man damit nur die eigene Karriere in Gefahr bringt?, sagten sich viele Schauspielerinnen. Da stünde ja sowieso nur wieder Aussage gegen Aussage, und das Ganze würde sich letztlich in Luft auflösen. Zumindest für Weinstein, klar. Die Frau wäre danach genauso abgeschrieben wie Rose McGowan.

Vielleicht wollten die Models und Schauspielerinnen, die Megan und Jodi im Laufe des Jahrs 2017 ihre Geschichte erzählt hatten, genau deshalb – wenigstens anfangs – lieber nicht zitiert werden. Sie alle wollten, dass die Wahrheit ans Licht kam, aber jede wartete darauf, dass eine andere den ersten Schritt machte. Sie waren sicher, dass sich auch diesmal die Vorstellung durchsetzen würde, sie hätten es entweder selbst herausgefordert oder dürften sich jedenfalls nicht hinterher beklagen, wenn sie sich damals nicht gewehrt hätten: Sie hätten protestieren müssen – oder Weinstein früher anzeigen.

Tatsächlich versuchten manche Akteure, die Fakten durch dreiste Anschuldigungen zu verdrehen: Woher will man denn wissen, dass die nicht nur zu gern mit einem berühmten Produzenten ins Bett sind, um ihre Karriere zu pushen?, entgegnete ein Vorstandsmitglied der Weinstein Company, als Jodi und Megan ihn im September 2017 anriefen, um ihm mitzuteilen, dass die New York Times ihren Artikel bringen würde.

Und im Grunde dachten so doch alle: Super, erst schön Karriere machen und hinterher das arme Opfer spielen!

Schließlich war es die amerikanische Schauspielerin, Produzentin und Aktivistin Ashley Judd, die Gesicht zeigte.

Als Jodi Kantor sie am 3. Oktober zum wiederholten Male kontaktierte, während der über die bevorstehende Veröffentlichung informierte Weinstein und seine Anwälte noch mit dem Herausgeber der New York Times und deren Rechtsabteilung stritten, beschloss Judd, dass es Zeit war, aus der Deckung zu treten.

Wer hat da geredet?, brüllte Weinstein ins Telefon. Hat irgendwer sich offiziell geäußert? Langsam wurde er nervös.

Und während die sich ihrer Sache nun ganz sichere Ashley einer namentlichen Nennung im Artikel zustimmte, schien er weder imstande, die Vorwürfe zu widerlegen, noch sich zu entschuldigen.

Knapp zwei Wochen nach Veröffentlichung des Artikels rief die amerikanische Schauspielerin Alyssa Milano mit einem Tweet alle zum Mitmachen auf: »Wenn du sexuell belästigt oder vergewaltigt wurdest, antworte auf diesen Tweet mit #MeToo. Wenn alle Frauen, die schon einmal belästigt oder missbraucht wurden, ›Me Too‹ in ihren Status schreiben, bekommen die Menschen vielleicht einen Eindruck vom Ausmaß des Problems.«

Ungefähr gleichzeitig schuf die französische Journalistin Sandra Muller einen anderen Hashtag: »Schließ dich uns an und erzähle mit Namen und Details von den Belästigungen, die du am Arbeitsplatz erlitten hast. #BalanceTonPorc«.

Verpfeif dein Schwein. Wenige Tage später hatte jede Sprache ihren eigenen Hashtag gefunden, und neben #MeToo und #BalanceTonPorc sah man auch: #QuellaVoltaChe, #YoTambien, #AnaKamen, #YoTeCreo und #KeineKleinigKeit.

[50] Verschiedene Schattierungen derselben Absicht: Das Schweigen brechen und die Täter anklagen.

Aber das weiß ja heute jeder. Muss man gar nicht mehr drüber reden.

Man muss nicht zum hundertsten Mal erzählen, dass der Ausdruck »Me Too« erstmals 2006 von der amerikanischen Aktivistin Tarana Burke benutzt wurde – einige Jahre zuvor hatte die mit einer jungen Frau gesprochen, die ihr erzählte, wie der Freund ihrer Mutter sie missbraucht hatte, und Burke wusste nicht, was sie sagen sollte; erst hinterher ging ihr auf, dass es genügt hätte zu sagen, dass auch sie als Kind sexuelle Gewalt erfahren hat, einfach nur, damit die junge Frau sich nicht allein damit fühlt.

Man kann es gut sein lassen. Fürs Erste.

Ich selber habe damals nichts gepostet, nichts gesagt, habe nur im Radio von den Ereignissen berichtet, ausgehend von

Twitter, Facebook und den Websites der großen internationalen Zeitungen. Eine seltsame Unruhe hatte mich gepackt: Einerseits freute mich, was da geschah, andererseits war ich in Sorge, als wiederholte in mir ständig eine Stimme, dass früher oder später doch wieder alles unter den Teppich gekehrt würde. Wie mutig diese Frauen sind, dachte ich. Hoffentlich geben sie nicht klein bei, bleiben am Ball.

Aber warum schwieg ich? Warum sprach nicht auch ich darüber, was mir passiert war?

Tja, weil ich eben nichts Konkretes vorzubringen hatte.

Was hätte ich auf Twitter oder Facebook schon schreiben können? Was erzählen? Ich war ja schließlich nicht missbraucht oder vergewaltigt worden wie all diese anderen. Oder hatte doch auch ich ein Schwein, das ich hätte verpfeifen können?

Ich konnte die Gunst der Stunde nicht nutzen, um jemanden anzuklagen. Und weshalb hätte ich das auch tun sollen? Ich war ja schließlich kein Opfer.

Alles, was mir je passiert war, war meine Schuld gewesen.

12

Jener Nachmittag Ende März 2001 – oder auch 2002 oder 2003, letztlich spielt das keine Rolle – war meine Schuld gewesen.

Es goss wie aus Kübeln, ich trug Ballerinas, und da ich schon eine halbe Stunde unter einem Regenschirm an der Straße gestanden hatte, war ich ziemlich durchnässt.

Der Typ, den ich in der Woche zuvor bei einer Veranstaltung der französischen Arbeitgebervereinigung Medef kennengelernt hatte, wollte mich an der Ecke Boulevard Garibaldi/Rue Cambronne treffen, ließ aber auf sich warten. Als ich gerade gehen wollte, bereits die Metro anpeilte, rief hinter mir jemand meinen Namen. Ich drehte mich um, und da, vor einem Bistro in der Rue Cambronne, neben dem Eingang zur Metrolinie 6, stand er mit seinem Auto.

Ich stieg ein, setzte mich neben ihn auf den Beifahrersitz. Er hatte ein Zimmer in einem Hotel gleich außerhalb von Paris reserviert, in der Nähe des Boulevard Périphérique: kein Aufzug, der Teppichboden im Zimmer miefte, und beim Betreten musste ich mich fast übergeben.

Ich hatte mich noch nicht mal abgetrocknet, da fing er bereits an, mich auszuziehen. Warte, wollte ich sagen, lass uns reden. Zumindest habe ich es versucht.

Was gibt's da noch zu reden? Das haben wir doch schon.

Was. Gibt's. Da. Noch. Zu. Reden.

Stimmt, dachte ich, für das, worüber ich reden will, ist es jetzt zu spät. Ich konnte ja schlecht sagen: Tut mir leid, ich will nicht mehr. Dabei wusste ich nicht mal, ob ich je wirklich gewollt hatte. Gesehen werden, ja, das wollte ich schon, dringend sogar, es war Monate her, dass mich irgendwer richtig gesehen hatte. Wie steht mir der Rock?, fragte ich, und sie sagten gut, ohne auch nur vom Buch, dem Laptop oder der Zeitung aufzublicken. Und ja, auch auf eine Hand zwischen den Beinen hatte ich Lust, ich hatte extra einen Rock angezogen.

Aber mehr nicht.

Ich wollte mich nicht ausziehen, ich wollte keinen Sex.

Punkt, aus, basta.

Und ich habe auch versucht, ihm das zu sagen, irgendwann hab ich's gesagt, Nein hab ich gesagt, da bin ich sicher, aber warum hat er mir nicht zugehört, warum hat er weiter gedrängt? Du tust mir weh, hab ich gesagt, definitiv, aber vielleicht doch zu leise, und dann hab ich geweint, und er hielt mir den Mund zu, pst, sonst hören dich doch alle, sagte er, ja, da stehst du drauf, was? Aber ich stand ganz und gar nicht darauf, überhaupt nicht.

Er riss mir den Slip weg, ich rannte aus dem Zimmer, und er mir hinterher, was hast du denn auf einmal?

Draußen goss es immer noch aus Kübeln. Den Regenschirm hatte ich im Auto gelassen, aber das war mir egal. Ich rannte.

Wo ist die nächste Metro?

Ich rannte.

Was für ein Arschloch.

Ich rannte.

Und jetzt?

Ich rannte.

Das wird mir eine Lehre sein.

13

Das erste Mal. Hm. Können Sie denn mit Bestimmtheit sagen, was Ihr erstes Mal war? Der erste Kuss? Die erste Zärtlichkeit? Die erste Penetration? Eine Hand? Ein Finger? Die Vagina? Der Mund?

Mama, stimmt das, dass man zum Kinderkriegen dieses Ding, das die Männer haben, in das Loch reintun muss, das wir haben und die Männer nicht?

Wahrscheinlich habe ich nicht exakt diese Worte benutzt; ich vermute deutlich mehr Gestammel, gefolgt von Verlegenheit, Schweigen und Ekel. Überhaupt erinnere ich mich am besten an meinen Ekel – und an die Verlegenheit meiner Mutter, die über bestimmte Dinge nie hat reden wollen und immer nervös wurde, wenn ich darauf beharrte.

Wann sie das letzte Mal Sex hatte, will ich mir nicht mal ausmalen. Ob sie wohl je gekommen ist? Sich selbst befriedigt hat?

Aber das Sexualleben der Eltern ist nun mal das einzige echte Tabu – für alle. Erst vor ein paar Tagen dachte ich das wieder, als ich eine Folge einer neuen Netflix-Serie guckte: *Alpha Machos*. Titel und Trailer hatten mich neugierig gemacht, auch wenn *er* nur verächtlich schnaubte – meine Güte, Anna, so ein Trash! Aber ich wollte zumindest mal reinschauen, mal sehen, wie das Thema behandelt wurde, diese Vierzigjährigen, deren Rollenverständnis plötzlich infrage steht, also ließ ich ihn meckern und sah es mir an, wenn auch nicht besonders aufmerksam, okay, ich hatte es wirklich schnell satt, aber dann kam diese Szene, in der einer der Kerle in einem Swingerclub plötzlich vor seinen Eltern steht, beide nackt, die Mutter mit gepiercten Nippeln, und ihm kommt das kalte Grausen, und mir auch, o mein Gott, rief ich und kniff die Augen zu, stell dir vor, so was passiert dir wirklich, und *er* nur: Schalt endlich aus! Du siehst doch, dass das Käse ist.

Aber zurück zum ersten Mal. Und weil wir klären müssen, was wir darunter überhaupt verstehen, beginnen wir am besten mit dem Anfang: mit dem ersten Kuss. Der in meinem Fall enttäuschend war. Gut, anfangs war es noch ganz schön, die Erwartung, die Vorfreude, die Neugier – Sollen wir's probieren? Echt? –, doch das war schnell vorbei, das weiche, geschmacksneutrale Ding im Mund fand ich eklig, und zum Glück funkte Mario dazwischen, brachte mich zum Lachen, und Paolo murrte: Mann, musstest du gerade jetzt kommen, wo wir fast schon so weit waren? Wie, »so weit«?, stutzte ich, obwohl wir im Schwimmbad waren, ich im Badeanzug, er in der Badehose. Tja, vielleicht wäre ich wirklich besser mit Paolo weiter gegangen, der immerhin in mich verliebt war, als später dann mit

In Wahrheit weiß ich gar nicht, wann mein erstes Mal war. Sie etwa? Das ist kein Witz, ich meine es ernst: Ab wann genau ist man keine Jungfrau mehr? Wenn man blutet? Oder kann man auch bluten, ohne dass der Mann in einen eindringt?

Mama, ab wann ist ein Mädchen keine Jungfrau mehr?

Anna! Was ist passiert? Was hast du angestellt?!

Gar nichts, Mama, echt, ich wollt's nur wissen.

Er hieß Pierfrancesco, und alle Mädchen fuhren auf ihn ab, damals im Sommer, als ich vierzehn Jahre alt war. Er war der schönste Junge am Strand und hätte jede haben können, doch er wollte nur mich, das sagte er zumindest, der mich »Tracy« nannte, nach der Sängerin, der ich seiner Meinung nach ähnlich sah. Wenn er mir auf der Straße begegnete, schmachtete er immer *run, run, run to me*; dann kam er mich besuchen, wenn ich mit Fabio Tennis spielte, beziehungsweise es versuchte. Fabio hatte eine Engelsgeduld, er stand neben einem Korb voller Bälle und schlug mir einen nach dem anderen zu, er wollte mir die Rückhand beibringen. Ich erwischte nur etwa jeden zehnten, aber er ließ sich nicht beirren, nicht einmal, wenn Pierfrancesco kam und sang *in my dreams I can see your eyes*, und ich mich nicht mehr richtig konzentrieren konnte und sogar noch miserabler spielte. Anna, was ist denn los mit dir?, rief Fabio vom anderen Ende des Platzes, während Pierfrancesco drängte *run, run, run to me.*

Also ging ich an jenem Nachmittag schließlich mit zu ihm nach Hause – sein Onkel und seine Tante waren nicht da, sturmfrei, komm schon, wir quatschen nur, wieso verschwendest du deine Zeit mit so einem wie Fabio? Und dann hielt er nicht mal einen Moment inne, als ich sagte, sein Finger tue mir weh, und als ich ins Bad ging, war Blut auf dem Toilettenpapier. Danach hat er nicht einmal mehr mit mir geredet. *Wie schaffen die anderen das bloß, dass sie immer respektiert werden?*

Wann fahren wir endlich in die Berge?, fragte ich meine Mutter, der schleierhaft war, wieso ich dieses Jahr schon so früh wegwollte, es war ja gerade erst Anfang August, sonst waren Alessio und ich doch vom Meer gar nicht wegzubekommen, die Berge, wie öde, können wir nicht einfach hierbleiben? Doch dieses Jahr, nach Pierfrancesco, wollte ich so schnell wie möglich verschwinden.

Warum isst du denn nichts, Anna, ist alles okay? Ich hatte mir in die Wange gebissen, einmal, zweimal, dreimal, bis es wehtat, und kein Wort gesprochen. Von dem Blut auf dem Papier konnte ich ihr nicht erzählen, ja nicht mal, dass er, wenn er mir am Strand oder am Tischkicker begegnete, jetzt tat, als würde er mich gar nicht kennen. Ihr war so etwas bestimmt nie passiert. Aber der Blutgeschmack im Mund, der beruhigte mich, das war, als hätte ich die Kontrolle über meinen Körper wieder.

Sag mal, Mama, nachdem du geheiratet hast, hat dich da noch mal einer angebaggert?

Anna! Was fällt dir denn ein?!

Ja, nein, vergiss es, tut mir leid, stammelte ich und wechselte schnell das Thema. Wie kam ich bloß auf so einen Blödsinn? Als hätte jemals irgendwer bei meiner Mutter was versuchen können, gewisse Dinge SIND IHR NIE PASSIERT, kein Knacks, kein Sprung, niemals der kleinste Spalt in ihrer Rüstung, *wieso war sie nur immer so perfekt und ich so ein Totalausfall? Was habe ich falsch gemacht, Mama? Kommt das von dem Heft, in dem ich als Kind geblättert habe?*

14

In dem Lebensmittelgeschäft in den Bergen, oben in dem Dorf in den Abruzzen, wo wir, als ich klein war, immer die Weihnachtsferien und die letzte Augustwoche verbracht haben, gab es auch Zeitungen und Zeitschriften.

Überhaupt gab es bei Nino einfach alles, nicht nur Wurst und Käse: Es gab Ski und Schneestiefel für Männer, Frauen und Kinder, Waschpulver und Sonnencreme, Schmirgelpapier und Lack für die hölzernen Fensterläden, die jedes Jahr geschmirgelt und gestrichen werden mussten, wovon Alessio und ich allerdings immer schnell die Nase voll hatten, sodass meine Mutter es zu Ende bringen musste; sie konnte den ganzen Tag mit einem einzigen Fensterflügel verbringen, duldete nicht die winzigste Macke, während mein Vater nicht mal im Traum daran dachte, sich in Arbeitsklamotten einen abzuschwitzen: Er überwachte, sagte er immer, organisierte – schließlich konnte er seine kostbare Zeit nicht mit solchen Kinkerlitzchen verschwenden, oder?

Jedenfalls: Bei Nino gab es einfach alles, und bei ihm stand immer eine Menge Kunden Schlange. Wenn man erst mal im Laden war, wusste man nie, wann man wieder rauskäme. Und eines Tages, ich muss neun oder zehn gewesen sein, vielleicht auch jünger – doch, garantiert jünger, aber wie alt genau, könnte ich nicht mehr sagen –, jedenfalls, eines Tages, während meine Mutter wartete, dass sie an die Reihe kam, und manisch Punkte auf dem Einkaufszettel strich und ergänzte, schlug ich ein Comic auf: Sieht lustig aus, dachte ich und merkte zuerst gar nicht, dass das kein Heft für Kinder war, ein nackter Herr war da zu sehen, der zu einer nackten Dame sagte, er wolle sie »nehmen«, und ihr überall die Zunge reinsteckte; eklig, dachte ich, las aber weiter, Schweinkram, dachte ich, blätterte aber tapfer voran, obwohl ich nicht alles – ach wo, praktisch gar nichts – verstand, nur immerzu dachte, ich sollte es weglegen, manche Dinge tut man einfach nicht, stellt man sich nicht mal vor, und was hieß das eigentlich, »sie nehmen«, und warum leckte er die Frau überall ab? Tja, das würde ich wohl nie erfahren, denn meine Mutter würde ich schlecht danach fragen können, wenn wir aus dem Laden kämen.

Was hast du denn die ganze Zeit getrieben, Anna?

Nichts Besonderes, Mama, ich hab bloß ein bisschen die Kinderzeitung gelesen.

15

Von dem Comic hab ich noch nie irgendwem erzählt, sagte ich zu meiner Therapeutin. Fast hatte ich's selber vergessen, aber seit ich an diesem Bericht über Jugendliche und Pornografie arbeite, fällt mir alles Mögliche ein, an das ich lange nicht mehr gedacht hab.

An drei Nachmittagen pro Woche nehme ich die Metro, Linie 13, bis zur Station Duroc und spaziere durch die schönsten Straßen des schönsten Viertels von Paris. An drei Nachmittagen pro Woche bin ich bei meiner Therapeutin, in ihrer Praxis in der Rue de Sèvres; meine Fahrt mit der Metro beginnt an der Station Mairie de Saint-Ouen, in einer bezahlbareren Gegend, in der ich mich wohlfühle, obwohl das Haus hässlich und schlecht in Schuss ist. Achtzehn Quadratmeter für mich allein, ohne dass ich mich jedesmal vor meinem Mann rechtfertigen muss, wenn ich auch nur aufs Klo gehe.

Für den Bericht lese ich viel. Mit am frappierendsten finde ich *Intimszenen*, das Buch der ehemaligen Pornodarstellerin Raffaëla Anderson, die mit zarten neunzehn Jahren ins Porno-Universum eingestiegen ist und vor laufender Kamera entjungfert wurde.

Von dem Buch kann ich mich kaum losreißen, auch wenn

mir an manchen Stellen speiübel wird, zum Beispiel in dem Kapitel, in dem Raffaëla erzählt, wie zwei Männer sie auf der Straße erkannt, entführt und vergewaltigt haben: Warum auch nicht, die macht doch Pornos, sie ist dran gewöhnt und steht sogar darauf! »Das muss man sich vorstellen: vier Typen von allen Seiten, das Mädchen auf allen vieren kriegt kaum Luft«, schreibt Anderson an einer Stelle, in der es um die jungen Osteuropäerinnen geht, die in der Hoffnung auf ein besseres Leben nach Frankreich kommen und sich dann nackt und in Tränen aufgelöst an Pornofilmsets wiederfinden.

Nachts träume ich, wie ich ins Nichts stürze – ich falle, falle, falle und staune beim Aufwachen, dass ich noch heil bin.

Pornografie widert mich an, Punkt. Ganz egal, wie viele Leute finden, es sei blöd von mir, sie zu kritisieren. *C'est pas cool*, sagen mir manche Kollegen. Das tut man nicht, mahnt mich ein Chefredakteur. Und dieser ganze Müll da, der ist »cool«, oder was?

Stellen Sie sich vor, wie ich in dem Fernsehstudio sitze.

C. B. fällt mir ins Wort: Jetzt reicht's aber! Was haben denn Pasolini und *Die 120 Tage von Sodom* mit alldem zu tun?

Stellen Sie sich vor, wie ich C. B. ansehe, die mich ansieht. Selbstsicher. Sie, nicht ich. Ich zittere, stecke es weg, heulen kann ich später noch, wenn ich aus diesem Studio raus bin, ja, dann kann ich getrost zusammenbrechen, aber nicht jetzt, jetzt beiße ich die Zähne zusammen, ich muss ihr sagen, dass Missbrauch und Unterwerfung mit Freiheit nichts zu tun haben, immer wieder muss ich das sagen, auch wenn der Moderator alles abnickt, was C. B. darauf erwidert, ständig nickt er, sogar noch, als sie faucht: Faschistin!

Sie behandeln mich von oben herab, sind derart sicher, auf der richtigen Seite der Geschichte zu stehen, dass schon ein

Bruchteil meiner Worte ausreicht, um sie davon zu überzeugen, dass ich von der sexuellen Befreiung und den feministischen Kämpfen der Siebziger nichts verstanden habe, dass ich eine Reaktionärin bin. Und sind in Italien nicht sowieso alle Faschos?

Heute sieht man überall Plakate wie:

ZULASSEN HEISST NICHT ZUSTIMMEN!

MISSBRAUCHSOPFER? MELDE DICH BEI UNS!

Heute findet man haufenweise Bücher, die sachkundig darlegen, wie die Forderung nach einem entspannteren Umgang mit Sex zu blinden Flecken geführt hat.

Heute hört man ständig, männliches Begehren rechtfertige nicht den Missbrauch von Frauen, und alle rufen von den Dächern: Lust hat nichts mit Trieben zu tun!

Heute.

Damals sprach davon kein Mensch. Jede Kritik an der Parole »Verbietet die Verbote« war verboten, und vor allem war verboten, den Leuten mit der Fragilität des Einverständnisses auf den Keks zu gehen, oder mit der nachträglichen Rekonstruktion angeblicher Vergewaltigungen.

Damals wurde ausnahmslos alles als Ergebnis einer diskursiven, symbolischen Konstruktion verstanden; sogar den Körper hielt man für sozial konstruiert. Wenn wir ihn von all den Zeichen befreien, die ihm von Kindheit an aufgeklebt werden – wie man geht, wie man isst, gestikuliert, ja sogar Gefühle ausdrückt, all die kulturellen, regionalen Unterschiede –, bleibt vom Körper nur ein Kadaver übrig, erklärte uns Georges Vigarello, der angeblich den Schlüssel dafür entdeckt hatte, die Geschichten der Schönheit und der Sauberkeit zu erzählen, die der Müdigkeit und die der Vergewaltigung, der aber nicht verstand, dass der Körper auch ohne diese Spuren der Gesellschaft noch der Ort der Subjektivität sein kann.

Auch ihn hatte ich interviewt, aber auch vor ihm fühlte ich mich wie eine totale Null. Warum also schickte der Chefredakteur ausgerechnet mich zu der Veranstaltung, auf der Ian Hacking sein neues Buch *Was heißt »soziale Konstruktion«?* vorstellte?

Hacking, einer der wichtigsten Philosophen Kanadas, spezialisiert auf Epistemologie und Wissenschaftstheorie, sprach an jenem Tag über den Missbrauch von Minderjährigen. Seine These war simpel, wobei, eigentlich nicht, er stellte sie nur dar, als wäre sie simpel: Wenn, so erklärte er, etwas auch *nicht* hätte passiert sein können, heißt das, es ist das Ergebnis sozialer Konstruktion – was kontingent ist, kann nicht evident sein. Trotz aller Einigkeit, dass der Missbrauch Minderjähriger ein Gräuel ist, etwas Furchtbares, das nie passieren sollte, könne man also nicht behaupten, die Opfer von heute seien auch früher wirklich Opfer gewesen.

Irgendwann bin ich ausgestiegen.

Irgendwo zwischen meinem rostigen Englisch, den philosophischen Begriffen, an die ich mich nur diffus erinnerte, und dem Thema der Gewalt gegenüber den Kleinsten hatte ich den Faden verloren. Worauf wollte Hacking hinaus?

Ich glaubte, verstanden zu haben, dass er nicht die Realität des Missbrauchs selbst infrage stellte. Warum aber meinte er dann, was uns heute inakzeptabel erscheint, sei es nicht immer gewesen? Hielt er es für falsch, dass man Missbrauch früher nicht inakzeptabel gefunden hatte, oder war es falsch, das heute so zu sehen?

Ich war verwirrt.

Doch verwirrt wirkten auf mich auch die anderen, die riefen: Bravo! Schluss mit der Kriminalisierung von Sexualität! Irgendwann seufzte da auch Hacking. Dass wir uns richtig verstehen, sagte er, ich spreche nicht von der Tat selbst, von Gewalt, die für den Menschen, dem sie angetan wird, objektiv verheerend ist, vor allem, wenn es um kleine Mädchen und Jungen geht. Ich meine lediglich, dass man heutzutage nur auf diese Art darüber spricht, weil über das Konzept von Missbrauch gesellschaftliche Einigkeit besteht.

16

Virginie Despentes zufolge gibt es Frauen, die Sex einsetzen, um es den Männern heimzuzahlen und ihnen das Geld aus der Tasche zu ziehen – schließlich sind wir ja nicht alle so bescheuert, die Dominanz der Kerle zu akzeptieren und sie gratis ranzulassen! Als Despentes ihre *King Kong Theorie* schreibt, ist mein Bericht über Jugendliche und Pornografie erst wenige Jahre alt. Das Buch widmet sie Raffaëla Anderson, die sie am Set von *Baise-moi* kennengelernt hat, dem Film zu jenem Roman, in dem Depentes erzählt, wie sie mit siebzehn zusammen mit einer Freundin vergewaltigt wurde – nur dass die beiden sich in *Baise-moi* an ihren Peinigern rächen und einen Haufen Leute abmurksen. Aber bleiben wir bei *King Kong Theorie*, wo Virginie ein Loblied auf Pornos und Prostitution singt und meint, es gebe eben Frauen, die die Macht einfach an sich reißen, ohne irgendwen um Erlaubnis zu fragen. Aha. Und was heißt das jetzt?

Ehrlich gesagt habe ich nie ganz verstanden, wen oder was genau sie da eigentlich verteidigen oder kritisieren wollte. Aber da, wo sie von Pornos und Prostitution spricht, zieht sie vor allem über Feministinnen her, die Huren und Pornos aus wohlfeilem Moralismus heraus hassen, statt zu akzeptieren, dass die Wahrheit der Sexualität darin besteht, dass Prostituierte sich dafür wenigstens entschädigen lassen und Pornos uns bloß unsere eigenen Fantasien unter die Nase reiben. Nur deshalb finden wir sie erregend, schreibt Despentes. Also immer her mit Pornos und Prostitution! Sie befreien die Sexualität, verleihen uns Macht über unsere Lust und machen uns unabhängig von den Männern. Und das, so fügt sie hinzu, obwohl Prostituierte und Pornodarstellerinnen in der gegenwärtigen Gesellschaft ausgegrenzt werden und niemand ihnen einen Job gibt, wenn sie eines Tages nicht mehr drehen oder auf den Strich gehen wollen.

In den Tagen und Wochen nach Erscheinen von *King Kong Theorie* ging für mich alles wieder von vorn los, kam alles wieder hoch: die Streite, die Schuldgefühle, all die Neins, die ich nicht über die Lippen brachte, die Repressalien meiner Kollegen.

Zuerst war da die Redaktionssitzung, bei der sie mir verboten, Despentes zu interviewen, und mir mitteilten, statt meiner Sendung würden sie eine Podiumsdiskussion an der École des hautes études en sciences sociales bringen, bei der Kritiker und Fernsehstars die *King Kong Theorie* als Anfang einer neuen Ära des Feminismus feierten. Lass du mal lieber die Finger von solchen Themen, sagten sie, sonst geht das nur wieder so in die Hose wie 2002. Ist besser so, für dich und für den Sender, France Inter hat schließlich einen Ruf zu verlieren – also, du bist super, keine Frage, die Hörer lieben dich, aber eben darum! Jetzt, wo sie diesen peinlichen Bericht endlich vergessen haben, müssen wir sie ja nicht extra mit der Nase drauf stoßen. Geht nicht gegen dich, das verstehst du doch, oder?

Dann, als hätte ich es bestellt, kam auch noch ein echt blödes Telefonat mit Carlotta dazu. Ich hatte wieder mal Ärger mit einem Typen, wollte getröstet werden, aber sie spielte nicht mit, und ich, der es sowieso schon mies ging, klappte jetzt ganz zusammen.

Mir war schleierhaft, was Carlotta da nicht verstand, wieso sie nur andauernd fragte: Und dann?

Na ja, dann war es spät.

Und dann?

Seit dem Studium war Carlotta der einzige Mensch auf der Welt, mit dem ich zwei Stunden am Stück telefonieren konnte. Wir hatten uns im ersten Jahr kennengelernt, in einem Kurs zur Ästhetik der Performance, schlecht besucht und völlig anders als die übrigen Seminare. Carlotta und ich vergötterten die Dozentin, die mit uns über Diderots *Paradox über den Schauspieler* sprach und uns flammend erklärte, das Herz der Schauspielkunst sei die Fähigkeit, sich in einen ganz anderen Menschen zu verwandeln. Später wurde Carlotta selbst Schauspielerin, besuchte die Akademie und machte danach vor allem Theater. Gelegentlich ging sie jedoch auch mal zu einem Casting für Film oder Fernsehen – und da, Anna, das kannst du dir ja denken, trampeln alle über dich weg, wenn du nicht souverän auftrittst!

Na ja, weil's so spät war, hab ich ihm gesagt, dass ich müde bin und schlafen will; ich dachte, er ruft sich ein Taxi, aber

Aber?

Er hat keins gerufen, und ich ... Na ja, ich fand's unhöflich, ihm selber eins zu rufen, also hab ich's gelassen und

Bei den letzten Worten wurde ich immer leiser, fast so, als wollte ich mich entschuldigen, obwohl mir nicht klar war, bei wem eigentlich, bei Carlotta oder bei mir.

Aber du wolltest, dass er geht?

Carlotta wurde ungeduldig, wie immer, wenn sie den Eindruck hatte, dass ich mich benahm wie ein ertapptes Kind: Mensch, Anna, ich bin doch nicht deine Mutter!

Ja, schon, aber wie hätte ich ihm das sagen sollen?

Ich bin müde, ich ruf dir ein Taxi! So hättest du's sagen können, ganz einfach. Was ist denn daran bitte so schwer?!

Schon gut …

Eigentlich wollte ich sie anschreien, sie solle den Mund halten, doch stattdessen sagte ich nur: Schon gut. Was wusste sie auch davon, wie schwer es mir zeit meines Lebens gefallen war, gewisse Dinge zu sagen, selbst wenn sie noch so einfach waren?

Von wegen »schon gut«! Gar nichts ist gut! Er hat sich total danebenbenommen, aber du hättest es ihm sagen müssen, sonst

Sonst *was?*, fiel ich ihr ins Wort. Vielleicht habe ich auch »Es reicht!« geschrien, genau weiß ich das nicht mehr, aber plausibler ist Ersteres, auch wenn ich am liebsten hätte schreien wollen: Es reicht, ich halt's nicht mehr aus, was soll dieses Kreuzverhör? Wieso konnte nicht einmal *sie* mich in Ruhe lassen?

Vielleicht habe ich Virginie Despentes ja einfach falsch verstanden. Aber wie sollten Pornos und Prostitution die Frauen freier machen? Was machte Despentes mit den Worten ihrer Freundin Raffaëla und den Tränen der jungen Osteuropäerinnen, die vor laufender Kamera herausfanden, was eine Doppelpenetration ist? Mit den Frauen, die sich prostituierten, um die Miete zu bezahlen?

Gut, vielleicht hatte ich in meinem Bericht nicht die richtigen Worte gefunden, um zu beschreiben, was ich aus den Gesprächen mit den jungen Leuten in Saint-Denis erfahren hatte. Vielleicht habe ich mich schlecht ausgedrückt – ja, ganz bestimmt sogar –, aber mich ärgerte eben, dass diese Jungs, die Pornos fast schon mit der Muttermilch aufsogen, ihre Freundinnen behandelten wie Nutzvieh. Mein Ton war zu scharf, meine Wut unangemessen, ich hätte mir verkneifen sollen, C. B. zu erwähnen und über Pasolinis *120 Tage von Sodom* zu sprechen, aber die Freiheit, auf die sich die Männer da beriefen und die in den Pornos inszeniert wurde, hatte mit echter Freiheit nichts zu tun, und das machte mich schon damals wütend, lang vor der *King Kong Theorie* und lange, lange vor #MeToo. Ich hatte sie getroffen, diese Jugendlichen, die sich tonnenweise Müll reinzogen – die Jungs, aber auch die von ihnen gestressten Mädchen: Wie soll ich ihm das denn sagen, dass ich's eklig finde, wenn er in meinem Mund kommt? Ich wollte auf ihrer Seite stehen, auf der Seite dieser Mädchen, ihrer Freiheit. Was juckten mich da die Bedenken von vier »lächerlichen Preziosen«, die sich der Rohheit ihrer eigenen Fantasien nicht stellen wollten?

Damals sagte man mir, ich sollte mich besser mit anderen Dingen befassen, von sexueller Freiheit verstünde ein Snob wie ich wenig bis gar nichts. Es gab sogar eine Petition, die forderte, dass man mit öffentlichen Geldern keine Pfeifen wie mich finanzieren sollte. Und eines Tages bekam ich eine Mail, in der stand: VERZIEH DICH NACH HAUSE!

Noch ehe irgendwer etwas von #MeToo ahnte, hatte auch ich einem Mann gegenüber nachgegeben, war unfähig gewesen, mich auszudrücken oder auch nur ernst nehmen zu lassen.

Aber diese anderen kannten mich ja letztlich alle gar nicht, während Carlotta … ja, Carlotta. Ich hatte keine Ahnung mehr, was sie wirklich über mich dachte, welchen Ruf ich mir mit der Zeit sogar bei meiner besten Freundin erworben hatte.

17

Wie entsteht der Ruf einer Person?, frage ich die Studierenden. Die Atmosphäre im Kurs ist gut, und das Thema scheint sowohl die Frauen als auch die Männer zu interessieren, selbst wenn manches daran für niemanden leicht ist. Manchmal fällt mir auf, wie eine Studentin plötzlich mit feuchten Augen zu Boden schaut, manchmal bittet mich eine, kurz vor die Tür gehen zu dürfen. Aber sie alle sind immer voll bei der Sache, niemand tuschelt, niemand gähnt, sogar die Handys bleiben stumm gestellt in den Taschen. Heute will ich allerdings die Perspektive wechseln und über eine berühmte amerikanische Anwältin sprechen, die in Megan Twoheys und Jodi Kantors Recherche über Harvey Weinstein eine größere Rolle spielt. Ein kniffliges Thema. Um es so objektiv wie möglich anzugehen, habe ich Folien vorbereitet.

Auf welcher Basis kann man einen Anwalt, eine Journalistin oder überhaupt irgendeine Persönlichkeit ernst nehmen? Haben Sie sich das schon mal gefragt?

Ich schalte den Beamer ein und starte die Präsentation. Die erste Folie zeigt einen Screenshot des Twitter-Profils der Anwältin Lisa Bloom.

@LisaBloom
Prozessanwältin für Opfer von Diskriminierung, Belästigung und Missbrauch. Wandelnde Zielscheibe für Shitstorms.
IG: LisaBloomEsq TikTok: LisaBloomAttorney
📌 Los Angeles 🔗 TheBloomFirm.com

Wie Sie sehen, präsentiert sich Madame Bloom hier als jemand, der sich für die Opfer von Diskriminierung und Missbrauch einsetzt. Haben Sie von ihr schon mal gehört?

Ich gehe durch die Reihen, sehe sie einzeln an. Sobald mein Blick auf sie fällt, schauen sie weg. Niemand hat je von Lisa Bloom gehört. Das überrascht mich nicht, ich habe es sogar erwartet. Ich kannte sie auch nicht, bevor ich *Me Too* gelesen habe, das Buch, in dem die beiden Journalistinnen der *New York Times* die wichtigsten Etappen ihrer Weinstein-Recherche schildern.

Ihre Mutter ist keine Geringere als Gloria Allred, sage ich mit Nachdruck. Auch eine Anwältin, und zwar eine knallharte.

Knallhart?, fragt Cyndelle. Inwiefern?

Sie hat 1973 Jane Roe verteidigt und den amerikanischen Frauen die Legalisierung der Abtreibung erkämpft. In den USA ist sie eine richtige Heldin, so ähnlich wie Gisèle Halimi hier in Frankreich. Die kennen Sie aber, oder?

Nein, niemand kennt sie. Niemand außer Clementine.

Die weiß von ihrer Mutter, dass Gisèle Halimi 1971 das Manifest der 343 unterzeichnet hat: Am 5. April war das, genau an dem Tag, als meine Mutter auf die Welt kam, vor ein paar Jahren hat sie mir beim Kuchenbacken erzählt, dass ihr Geburtstag ein wichtiger Tag für alle Französinnen ist. Halimi war eine der Frauen, die damals ihre Abtreibung öffentlich gestanden haben, um eine Änderung des Gesetzes zu fordern. Meine Mutter meint, dank des Manifests hätte man dann später, 1975, das Veil-Gesetz erlassen.

Sehr gut. Wirklich niemand im Kurs weiß aber, dass Halimi außerdem zwei junge Frauen vor Gericht vertreten hat, die einer Gruppenvergewaltigung zum Opfer gefallen waren, und dass kurz nach diesem Prozess, der Ende der Siebziger für viel Aufsehen in den Medien sorgte, ein Paragraph zur Vergewaltigung ins Strafgesetzbuch aufgenommen wurde. Das war 1980: Bis zu dem Zeitpunkt hatte Vergewaltigung nicht als Verbrechen gegen die Person gegolten.

Unwillkürlich muss ich an den Tag denken, an dem ich Gisèle Halimi für ein Interview getroffen habe und sie hinterher plötzlich meine Hand nahm. Ich hätte da ein paar Dinge gesagt, die sie sehr berührt hätten, meinte sie, wie um sich zu entschuldigen. Und fügte dann ernster hinzu: Aber Sie müssen mutiger werden! Man darf sich nicht von Leuten einschüchtern lassen, die keinen Schimmer davon haben, was es für eine Frau bedeutet, nicht für voll genommen zu werden – oder schlimmer noch: plötzlich selbst auf der Anklagebank zu sitzen. Sie müssen mir unbedingt versprechen, dass Sie in Zukunft mutiger sind! Versprechen Sie mir das?

Gemurmel im Raum. Erst jetzt merke ich, dass ich zu lang geschwiegen habe. Ich spreize ein paarmal kräftig die Finger, wie um die Erinnerung abzuschütteln, und ergreife wieder das Wort.

Gut, so viel zu Halimi, jetzt aber zurück zu Lisa Bloom. Die hat mehrere Frauen in öffentlichkeitswirksamen Prozessen vertreten, hat sich mit #BlackLivesMatter solidarisiert und legt sich momentan mit Elon Musk an. Werfen wir jetzt mal einen Blick auf ihre Website, also die ihrer Kanzlei, der Bloom Firm. Was sehen Sie da?, frage ich und klicke weiter zur nächsten Folie.

Das Foto einer jungen Frau, sagt Juliette. Da steht, sie sei eine Klientin der Kanzlei, und darunter ist ein Zitat von ihr.

Und was sagt sie in diesem Zitat?

Dass die Leute von der Kanzlei einem Mut machen, wenn man am liebsten alles hinschmeißen will, antwortet Juliette.

Und dann noch was aus einem Text von Céline Dion!, ruft Clementine. Das steht da zwar im Plural, aber es ist hundertpro aus *Because You Loved Me*, das kenn ich nämlich in- und auswendig, das ist ein Lieblingslied von meiner Mutter.

Genau! Clementine hat vollkommen recht, das stammt aus dem Text von Céline Dion, nur wurde das »you« durch ein »they« ersetzt: »They were my voice when I couldn't speak.« So. Und was meinen Sie, wessen Stimme möchte Lisa Bloom gern sein?

Na, da sie als ihr Spezialgebiet »sexual discrimination, sexual harassment, civil rights and whistleblowers« nennt, wird sie wohl auf der Seite von Frauen und People of Color stehen – vielleicht auch auf der der LGBTQ+-Community.

Das kam von Cyndelle, die auch sofort fragt, ob ich über die Pressemeldungen der Kanzlei sprechen will – oder etwa über einen Fall, an dem Bloom gearbeitet hat. Aber nein, heute geht es mir um etwas anderes: Ich will ihnen eine Mail zeigen, die Lisa Bloom im Dezember 2016 an Harvey Weinstein geschickt hat.

Ich klicke weiter zu einer Folie mit ein paar Auszügen aus dieser Nachricht.

> Ich fühle mich gewappnet, Ihnen gegen die Roses dieser Welt zu helfen, weil ich so viele von ihnen vertreten habe. Sie fangen als eindrucksvolle, kühne Frauen an, aber wenn man sie dann dazu drängt, Beweise zu liefern, kommen die Schwächen und Lügen ans Licht.

Die Rose, die Bloom da anspricht – darum habe ich den Namen unterstrichen –, ist Rose McGowan. Über die haben wir schon geredet, wissen Sie noch? Das war die Schauspielerin, die im Oktober 2016 getwittert hat, dass Frauen schweigen, weil ihnen niemand zuhört, vor allem, wenn der Missetäter berühmt ist, ein »wichtiger« Mann. Namen hat sie zwar nicht genannt, aber allen war sofort klar, dass es um Harvey Weinstein ging, der sich jetzt für seine Gegenoffensive an Lisa Bloom wendet.

Ich erzähle ihnen, dass Bloom mehrere Missbrauchsopfer des Schauspielers Bill Cosby und des Fox-News-Moderators Bill O'Reilly vertreten hat. An ihren Mienen sehe ich, dass diese Namen ihnen rein gar nichts sagen, und ich rate ihnen, sie einfach mal zu googlen.

Als ich klein war – *laaang* bevor Sie alle geboren waren! –, war Bill Cosby weltberühmt. Damals gab es noch kein Netflix, nur die *Cosby-Show*, eine Sitcom, in der er einen Arzt gespielt hat. Ach, und davor gab es noch *Happy Days* mit Fonzie und Richie, aber Sie haben bestimmt weder von der einen noch der anderen Serie gehört, was?

Ich blicke in leere Mienen, nur hier und da zückt jemand ein Smartphone, und mir geht das Herz auf vor Zuneigung für diese jungen Leute: Für die mieft das alles nur nach Antiquariat.

Inzwischen hat Bloom sich neu erfunden und steht wieder an der Seite der Frauen – oder wenigstens scheint das so, nachdem sie einige beim Prozess gegen den Modezar Paul Marciano und vor allem gegen Jeffrey Epstein vertreten hat. Ach, apropos, kennen Sie diese Geschichte eigentlich? Der Fall Epstein und der Prozess gegen Ghislaine Maxwell, seine Ex-Partnerin, wären ein möglicher Stoff für Ihre Longforms; ja, ich fänd's eigentlich sogar echt super, wenn eine Gruppe sich das Thema vornehmen würde. Aber dazu ein andermal, heute bleiben wir bei Lisa Bloom. Als Amber Heard verurteilt wurde, Johnny Depp Schmerzensgeld zu zahlen, gab Bloom sich empört und hat die sozialen Medien mit giftigen Kommentaren geflutet. Aber als Weinstein bei ihr anklopfte, hat sie nicht mal mit der Wimper gezuckt, ehe sie sich auf seine Seite geschlagen hat!

Ich halte einen Moment inne. Alle im Raum wirken baff, unabhängig vom Geschlecht.

Wie kann das denn sein?, fragt Juliette.

Zum Kotzen, schnaubt Clementine.

Genau deshalb ist es für angehende Journalistinnen und Journalisten so wichtig, ihre Quellen zu checken und die Daten zu prüfen, erkläre ich, statt nur an der Oberfläche zu bleiben und im ewigen Strom der Tickermeldungen mitzuschwimmen. Erst recht heute, wo man dank der vielen Fakes kaum noch wahr und falsch auseinanderhalten kann – sogar Videos lassen sich fälschen, und wer nicht aufpasst, fällt drauf rein, das passiert sogar alten Hasen.

Ich öffne die nächste PowerPoint-Folie, eine weitere Passage aus Blooms Mail an Weinstein.

> Sie und ich gehen vorab mit einem Interview an die Öffentlichkeit, in dem Sie darüber sprechen, wie Sie sich im Hinblick auf Frauenthemen weiterentwickelt haben, ausgelöst vom Tod Ihrer Mutter, Trumps Pussy-Grapsch-Tape und, eventuell, widerlichen, unbegründeten, schmerzlichen Gerüchten über Sie. Das wird Stoff für Schlagzeilen, wenn Sie den Frauen gegenüber, denen Sie wehgetan haben, echte Reue zum Ausdruck bringen und zugleich betonen, dass es sich stets um einvernehmliches Verhalten unter Erwachsenen gehandelt hat. Sie dachten zu diesem Zeitpunkt, das würde ausreichen, Ihnen ist jedoch inzwischen klar, dass es da mehr Nuancen gibt, dass ein Machtungleichgewicht etwas bedeutet etc. Sie haben sich an mich gewandt, damit ich Ihnen helfe, die gesellschaftlichen Gepflogenheiten im Zusammenhang mit sexuellem Fehlverhalten zu verstehen, die sich derartig schnell verändert haben, weil Sie ein guter ehrbarer Mensch sind (wie Ihr Lebenswerk beweist, denn

das besteht schließlich darin, dass Sie Filme zu wichtigen gesellschaftlichen Themen gemacht haben und ein extrem spendabler Menschenfreund sind).

In diesem Text zählt jedes Wort, sage ich. Aber der Kern von #MeToo liegt in dem Satz, den ich unterstrichen habe. Lange dachte man, ein einfaches Einverständnis würde genügen, um Geschlechtsverkehr zu legitimieren, übersah dabei allerdings den Kontext und – vor allem – die Machtverhältnisse. Diesen Gedanken stellt Bloom hier im Dienst des Täters auf den Kopf und ergreift damit Partei für die Mächtigen.

Lisa Bloom dreht sich wie ein Fähnchen im Wind. In meinen Augen – und auch in denen von Twohey und Kantor, die ihre Masche entlarvt haben – hat sie jede Glaubwürdigkeit verloren. Wer sich aber ausschließlich in den sozialen Medien informiert, an Twitter-Trends hängt und sich nur an Blooms Empörung nach dem Urteil im Rechtsstreit Depp gegen Heard erinnert, weiß in Wahrheit überhaupt nichts. Wer auf die Homepage ihrer Kanzlei schaut und dort den Vers aus dem Lied von Céline Dion findet, geht ihr auf den Leim und ist überzeugt, Madame Bloom sei tatsächlich die Stimme der Sprachlosen.

Sie müssen immer wachsam bleiben! Heuchelei und Lügen sind nicht nur Männern vorbehalten, sondern lassen sich auch prima im Femininum durchdeklinieren.

Viele der Studierenden nicken, und ich verspüre wieder diese Zuneigung: Als ich in ihrem Alter war, gab es noch keine sozialen Medien, das Internet spielte noch keine große Rolle, und oft musste man mit Agenturmeldungen vorliebnehmen oder sich selbst vor Ort die Füße wund laufen, um die Infos zu überprüfen. Aber man hatte auch mehr Zeit, war nicht so getrieben wie heute, alles so schnell wie möglich zu veröffentlichen und jeden Mist zu erzählen, nur um nicht zu spät dran zu sein, auch wenn die Informationslawine im Netz es manchmal unmöglich macht, die Quellen vernünftig zu prüfen.

Ich rufe meine letzte Folie auf.

Wie Sie sehen, habe ich hier eine Liste mit Fragen erstellt, um aus dem Fall Weinstein-Bloom Bilanz zu ziehen.

Wie verhalten sich heute mächtige Männer?
Wie haben sie sich in den vergangenen Jahren verhalten?
Wer hat von der sexuellen Befreiung in den Sechziger- und Siebzigerjahren profitiert, wer hat verloren (und verliert vielleicht heute noch)?
Wer ist frei, wer nicht?
Ist es sinnvoll, von systemischer Gewalt zu sprechen?

Aber

Cyndelle will etwas einwenden, doch ich stoppe sie.

Denken Sie erst mal in Ruhe darüber nach, nächste Woche machen wir dann weiter. Ach so, Moment, ein Punkt fehlt noch auf der Liste, bei der Vorbereitung hab ich daran nicht gedacht, aber ich glaube, es ist wichtig. Ja, auf jeden Fall ist das wichtig: Da wir schon vom Fall Depp gegen Heard gesprochen haben, denken Sie auch mal über die Institution der Ehe nach. Ehe und Scheidung haben Juristen und Philosophen veranlasst, über Einverständnis nachzudenken. Mit was erklärt man sich also Ihrer Meinung nach einverstanden, wenn man jemanden heiratet?

18

Wenn Ihr die Absicht habt, den Bund der Ehe einzugehen, reicht einander die rechte Hand und gebt euch das Jawort, sagt der Priester (oder Diakon) den Brautleuten bei der Trauung. Das Einverständnis, diese Grundlage jeder Beziehung und jedes Vertrags, ist auch der Eckpfeiler der Ehe. Auch wenn man heute offenbar nicht mehr sagt »Ich nehme dich« zum Mann oder zur Frau, sondern »Ich nehme dich *an*«, was vermutlich den Aspekt des gegenseitigen Geschenks unterstreichen soll. Soll. Ich bin da allerdings skeptisch, weiß nicht so recht, was es eigentlich zu verschenken gibt. Den Körper? Die Zeit? Sich selbst? Hm. Ich finde, wer heiratet, entscheidet sich eben füreinander. Wobei.

Tatsache ist, die gängige Formel lautet heute wie folgt: Ich, X, nehme Dich, Y, an als meinen Mann/meine Frau und verspreche dir Treue in guten und in bösen Tagen, in Gesundheit und Krankheit, ich will dich lieben, achten und ehren alle Tage meines Lebens. Nur ganz selten verlangt der Priester (oder Diakon) noch ein ausdrückliches Jawort in Form der Frage: X, willst du Y zu deinem Mann/deiner Frau nehmen? Allerdings ist der Unterschied minimal, reine Formsache, und er ändert nichts am ausgedrückten Willen und dem gegebenen Versprechen und folglich auch nichts daran, dass der Mensch, dem wir unsere Treue geloben, uns eines Tages darauf festnageln und uns vorwerfen kann, dass wir das gegebene Wort nicht gehalten haben – und uns dann womöglich dafür bezahlen lässt.

Wenigstens diesbezüglich tut es auch nicht viel zur Sache, ob man kirchlich oder standesamtlich heiratet. In beiden Fällen gibt man ein Versprechen, und zwar öffentlich, egal, ob vor dem Volk Gottes oder vor der irdischen Herde, und dieses Versprechen beinhaltet in beiden Fällen genau dasselbe: eine Insel der Sicherheit im drohenden Meer des Ungewissen zu bieten, wie Hannah Arendt schreibt; die Vorstellung, dass wir morgen noch dieselben sein werden wie heute, unabhängig von körperlichem Verfall, geistiger Umnachtung und allem Unbill. Ein Versprechen als Heilmittel gegen die Unabsehbarkeit der Zukunft, als Vergebung der unaufhebbaren Vergangenheit – immer noch Hannah Arendt, die, wenn sie über die Grammatik menschlichen Handelns spricht, alles in Poesie verwandelt.

Der Unterschied zwischen dem religiösen und dem weltlichen Ritual macht sich erst hinterher bemerkbar. Während beim Standesamt die Möglichkeit zur Scheidung bleibt und alles sich korrigieren lässt, besteht die Kirche auf der Unwiderruflichkeit des Versprechens und der Unauflösbarkeit der Ehe: Was Gott zusammengeführt hat, soll der Mensch nicht trennen. Allerdings liegen die Dinge hier wie dort in Wahrheit immer komplizierter. Scheidungen laufen (fast) nie ohne Scherben ab, und eine annullierte Ehe endet manchmal schlicht mit einem Tschüss, bis bald, wir bleiben Freunde.

Ich für meinen Teil habe kirchlich geheiratet, und mein Mann und ich wurden unauflösbar miteinander verbunden, bis dass der Tod uns scheidet. Wobei.

Hat uns damals wirklich Gott zusammengeführt? Hat er unser Einverständnis tatsächlich bezeugt? Und wusste ich bei meinem Jawort wirklich, was ich tat?

Klar, die Zeremonie war schön, meine Mutter gehörte damals der Charismatischen Bewegung an, und bei der Messe waren alle da, beteten inbrünstig und sprachen in Zungen. Zwei Jungs waren sogar am Vortag zu uns nach Hause gekommen, einer hatte die Bibel aufgeschlagen und deklamiert: »Darum wird ein Mann Vater und Mutter verlassen und an seinem Weibe hangen, und sie werden sein ein Fleisch«, und das hatte mich tief bewegt, diese Vorstellung, mein Zuhause, meine Heimat, meine Familie zu verlassen und am Anfang einer neuen Geschichte, eines neuen Schicksals zu stehen. Und auch wenn ausgerechnet Alberto, der immer noch der Stammfriseur meiner Mutter war – und sich nicht mal zu diesem Anlass verkneifen konnte, mir ein »Du wirst immer sexyer« ins Ohr zu flüstern –, mir die Haare gemacht hatte, war doch auch ich schön, mit weißen Röschen im zu einem lockeren Dutt gebundenen Haar und einem langen Schleier, zehn Meter lang hatte ich ihn haben wollen, genau wie der meiner Mutter, die auf ihren Hochzeitsfotos so umwerfend aussah. Alles perfekt also, außer dem Anlass: Ich war nämlich gar nicht mehr so sicher, dass ich wirklich heiraten wollte. Aber na ja.

Ich konnte ja schlecht im letzten Moment einen Rückzieher machen, oder?

Ich habe immer geglaubt, dass nur ER, Gott, wusste, was da wirklich passiert war: ER allein weiß Bescheid, sagte ich mir immer wieder, ER hat uns vereint, oder nicht? Ein irdisches Gericht wusste es jedenfalls bestimmt nicht besser, nicht mal ein kirchliches, und schon gar nicht mein Mann, der erfolgreich beantragt hat, die Ehe für »nichtig« erklären zu lassen, um erneut kirchlich heiraten zu können, aber dieses Mal richtig, eine verlässliche Frau. Mir hat die Annullierung nie viel bedeutet: Ich habe das Urteil nie ganz gelesen, besitze nicht mal eine Kopie. In Frankreich gibt es zum Glück sowieso kein Konkordat, und wenn man heute eine Annullierung beantragt, muss man sich erst mal scheiden lassen.

Geschieden: So steht es in meinem *livret de famille*, meinem Familienstammbuch, und theoretisch auch in dem meines Ex-Manns, auch wenn mich häufig der Verdacht beschleicht, die entsprechende Zeile könnte mit seiner Rückkehr nach Italien verschwunden sein. Ob er seinen Kindern je von seiner Ex in Paris erzählt hat?

Vielleicht wird er das ja eines Tages mit Gott klären müssen.

Aber vorerst ist alles in Butter, nichts zu verzollen: Wo am rechten Platz nichts steht, ist Ordnung, um es mit Brecht zu sagen. Und später? Was mag an dem Tag geschehen, an dem uns – in der Hölle oder im Paradies – die Summe unserer Taten vor Augen geführt wird? Die guten und die bösen Dinge, die Konsequenzen all unserer Taten und Entscheidungen, des Gesagten und des Ungesagten und all dessen, dem wir zugestimmt haben oder nicht?

19

Zustimmen. Heißt was? Akzeptieren. Heißt was? Ja sagen. Heißt was? Wollen. Heißt was?

Was hinter einem Einverständnis steht, ist nie eindeutig, auch wenn manche Leute sich beharrlich dumm stellen. Sie sind sogar stolz darauf, dass sie die Sache vereinfachen, und verspotten einen, weil angeblich doch alles so sonnenklar ist: Du verkomplizierst ohne Not etwas völlig Banales! Aber wie gesagt, da ist gar nichts eindeutig, denn so ein Einverständnis erteilt man manchmal explizit und manchmal stumm; oft gibt es Indizien, aber ebenso oft existiert nicht einmal die kleinste Spur eines Beweises. Einverständnis ist so nebulös wie eine Wolke, es kann schriftlich oder mündlich erfolgen, interpretiert oder erzwungen sein, unterstellt oder wortlos verstanden werden. Aber wann bekommt man es wirklich zu fassen? Wann löst es sich auf? Und wann wird es überhaupt eingefordert?

Hinter einem Einverständnis stehen:

eine lange Reihe von Überlegungen, Unsicherheiten, Entschlüssen und Entscheidungen,

die Vernunft, die allerdings gestört wird vom Begehren (und sei es nur ein flüchtiges), das früher oder später stets nach seinem Recht verlangt,

eine stillschweigende, seidenpapierzarte Abmachung mit

sich selbst, die jederzeit zergehen kann, wenn *er* vor uns auftaucht oder *ihr* Anblick uns blendet,

ein großer, dunkler Raum, in dem sich das Dazwischen abspielt: Ich will, aber ich kann nicht; ich kann, aber ich will nicht.

Wer sagt da eigentlich: »Ich bin einverstanden«, wenn ein Mensch sagt: »Ist in Ordnung«?

Weiß man denn je wirklich, wer spricht, wenn ein Mensch etwas sagt?

Mir bleibt verborgen, wer spricht und wer schweigt, wer fragt und wer antwortet, wer nachgibt und wer profitiert, wer jeden hereinlässt und sich danach übergibt, und wer einfach froh ist, wenn er seine Ruhe hat. Was aussieht wie ein simpler Sprechakt – »Ich bin einverstanden«, so sagt man das doch –, das in einem bestimmten Moment gegebene Einverständnis, ist in Wahrheit das Ergebnis eines kniffligen Dilemmas, ein sonderbares Ding, hinter dem manchmal ein souveräner Wille steht und manchmal bloß Raub. Drückt sich darin also Freiheit aus, oder doch nur ein Machtverhältnis? Einverständnis oder Zugeständnis: Wie soll man das Rätsel knacken? Ja, ist es denn ein Rätsel, oder doch nur unnötiges Kopfzerbrechen? *Meines* Kopfs, klar, schließlich ist Kopfzerbrechen genau mein Ding, das haben mir immer alle gesagt: Mach dir nicht so einen Kopf, bleib mal locker.

Vereinfachen wir die Sache also: Akzeptieren heißt einwilligen.

Okay.

Aber wenn ich gar nicht akzeptiere, sondern nur zulasse, ist das dann auch noch Einwilligung? Oder bloß Duldung? Und wenn ich etwas dulde, bin ich dann damit einverstanden, oder gebe ich nach? Und wenn ich nur nachgebe, was soll das für ein Einverständnis sein?

Ähm, wolltest du das nicht vereinfachen?, werden jetzt viele denken, während sie vielleicht ein paar Randnotizen machen – oder das Buch zuschlagen und mich zum Teufel jagen: Diese Nervensäge, was hat die eigentlich für ein Problem? Glaubt die echt, ich hätte die Zeit, jeden Satz zweimal zu lesen, oder verarscht die mich nur?

Was ich nicht weiß, macht mich nicht heiß, sagte meine weise Mutter immer, die sich manche Fragen nie gestellt hat. Allerdings stand sie immer auf der richtigen Seite der Geschichte – zumindest glaubte ich das lange. Sie war immer der Ruhepol, immer im Auge des Sturms. Vom aufgewühlten Meer bekam sie nichts mit.

Wenn sie nur den Mut gehabt hätte, die Sprünge in ihrer Rüstung zu zeigen, hätte vielleicht auch ich ein anderes Leben gelebt. Ich hätte ihr von meiner Angst erzählt, von meiner Scham, statt sie vor dem Magma in mir zu schützen und währenddessen selbst darin zu ertrinken, in Erwartung des unanfechtbaren Urteils Gottes.

20

Gott, die Römische Rota (der Gerichtshof des Heiligen Stuhls), die Priester, das Schicksal: Sie alle hatten ihre Finger dabei im Spiel, unserer Ehe ein Ende zu setzen. Ist das Einverständnis mangelhaft, ist auch die Ehe nichtig. Wobei.

Wer kirchlich geheiratet hat und seine Freiheit zurückwill, kann nur darauf hoffen, dass Gott ihn nie wirklich mit dem Partner verbunden hat. Beziehungsweise: dass davon wenigstens die Rota überzeugt ist. Beziehungsweise: sich davon überzeugen lässt. Oder darauf, dass das unergründliche Schicksal bereits entschieden hat.

Erzählen Sie uns von Ihrem Verhältnis zu Ihrem Vater und Ihrer Mutter, als Sie ein Kind waren.

Ich saß an einem kleinen Tisch mitten im Saal. Vor mir saßen die Richter, die Priester der Rota. Auch mein Anwalt war ein Priester: die einzige fromme Seele der gesamten Mannschaft.

Wie meinen Sie das?, fragte ich. Wie sollte ich in ein paar Sätzen zusammenfassen, was ich Woche für Woche jeden Montag, Mittwoch und Freitag meiner Therapeutin zu erklären versuchte?

Einfach, was Sie für ein Verhältnis zu Ihren Eltern hatten.

Der Richter blieb stur – wenn er überhaupt wirklich ein Richter war und nicht doch eher ein Staatsanwalt.

Was hat denn mein Verhältnis zu meinen Eltern mit dem hier zu tun?

Ich verstand nicht, welcher Zusammenhang zwischen dieser Ehe und meiner Kindheit bestehen sollte. Wobei. Das verstand ich schon, aber nicht, was die das anging. Warum mischten die sich ein? Was wollten sie von mir? Ich bekam immer schlechter Luft, fing an zu schwitzen, obwohl es eiskalt war in dem Raum, das hatte ich gleich gedacht, als ich hereinkam: Puh, ist das kalt, ich friere, wieso ist's hier so kalt?

Können wir eine Pause einlegen? Ich würde gern eine rauchen.

Ich hatte mir in die Wange gebissen, schmeckte das Blut.

Keine Pause, keine Zigarette.

Über seine Schläge sagte niemand ein Wort. Er fummelte sich pausenlos am Krawattenknoten herum, beantwortete aber brav alle Fragen – die Verrückte ist schließlich *die da.*

Zum fraglichen Zeitpunkt, so urteilte schließlich das Gericht, war die Signora nicht zurechnungsfähig. Sie weist klare Persönlichkeitsstörungen auf, ist aggressiv, unzuverlässig und geistig labil.

Die Ehe wird hiermit für nichtig und nie geschlossen erklärt.

Wieder einmal entwickelten sich die Dinge ohne mein Zutun, aber letztlich war das auch in Ordnung; mein Mann war froh, dass er noch mal kirchlich heiraten konnte, reingewaschen von jeder Schuld, und zufrieden, weil die Priester eingesehen hatten, dass er gar nichts dafür konnte, dass er einer Irren auf den Leim gegangen war, und ich

Spulen wir zurück, in die Vergangenheit, als ich noch in Italien lebte und ihn kennengelernt habe.

Ich erzähle alles der Reihe nach, liste es auf. Mit Listen konnte ich schon immer gut, eins nach dem anderen, Fakt für Fakt, habe ich auch nichts vergessen?

Bloß gehe ich diesmal umgekehrt vor. Das scheint mir die einzige Möglichkeit, der Sache wirklich auf den Grund zu gehen: rückwärtsgehen, langsam, Schritt für Schritt.

Als ich im Dezember in Frankreich ankomme, schneit es in Paris, ich bin vierundzwanzig und habe alles hinter mir gelassen: meine Eltern, mein Zuhause, die Filmhochschule, meine Lover, Carlotta.

Im Juni heirate ich, in Weiß, mit einem zehn Meter langen Schleier, trotz eines geschienten Beins: Mein linkes Kreuzband ist im Eimer, wurde noch nicht operiert. Der Motorradunfall passiert im Mai. Nach einem Streit am Telefon mit Carlotta will ich eine Runde mit meinem Zukünftigen drehen, der ein paar Tage in Rom zu Besuch ist. Ich fahre, er sitzt auf dem Sozius, und als uns an einer Kreuzung ein Auto entgegenkommt, bremse ich ab, aber er reagiert nicht, und seine neunzig Kilo drücken auf meine schlappen achtundvierzig: keine Chance, das Gleichgewicht zu halten.

Ich bin mit den Gedanken woanders, deshalb bremse ich zu spät. Immer noch brüte ich über all dem, was ich Carlotta erzählt habe, ich habe kalte Füße vor der Hochzeit, aber wie soll ich die jetzt noch absagen, wo bereits alles organisiert ist? Wer soll das meiner Mutter beibringen, die die Schneiderin für das Kleid ausgesucht und mich zu allen Anproben begleitet hat, die den Caterer für den Empfang gefunden und schon Reservierungen im Hotel Villa Trevi gemacht hat? Wie soll ich all das über den Haufen werfen?

Als ich ihn im März in Paris besuche, kaufen wir uns Fertigmahlzeiten, und er so: Also, wenn du gar nicht kochst und wir dasselbe Zeug essen, das ich mir sonst für mich allein kaufe, wieso heirate ich dann überhaupt?

Ich habe ihn seit Januar nicht gesehen, er hat unterrichtet, ich war auf der Filmhochschule, eine Schauspielerin wird sicher nicht aus mir, okay, das hatte ich beim Praktikum am Method Acting Center schon eingesehen, aber Drehbuchschreiben kann ich doch lernen, oder?

Über Weihnachten ist er bei mir in Rom. Es ist der Zweite Feiertag, wir schlafen miteinander, ohne Kondom. Und jetzt? Was, wenn ich schwanger werde? Dann heiraten wir eben, sagt er.

Ein paar Wochen vorher lernen wir uns kennen, in Florenz, auf einer Tagung. Ich bin mit einem Typen da, der gerade seine Doktorarbeit abschließt und mit dem ich schon ein paarmal ausgegangen bin, obwohl er mir nicht ernsthaft was bedeutet, ich bin nämlich immer noch verliebt in Massimo, aber Massimo ist weg, hat bereits eine andere, das wird nichts mehr mit uns, hat er gesagt, ich vertraue dir nicht mehr.

Du solltest dich schämen, sagt noch vor der Trennung Federico, Massimos bester Freund. Dafür ist er an jenem Oktobernachmittag extra zum Ausgang der Filmhochschule gekommen, ehe er fürs Wochenende mit dem Zug nach Bologna fährt. Massimo geht es beschissen, was hast du dir da bloß gedacht? Besser, du kommst diese Woche nicht nach Bologna, lass ihn in Frieden!

Massimo geht es beschissen, ich soll mich schämen, dabei hat doch er, Federico, die Freundin seines besten Freundes gevögelt. Und ich habe den Mann verloren, den ich liebe.

21

Sein bester Freund? Was hast du dir da bloß gedacht?

Sogar *er* war sprachlos, als er davon erfuhr. Ich erzählte ihm diese Geschichte zum ersten Mal, obwohl ich das gar nicht vorgehabt hatte, eigentlich war es nur darum gegangen, dass mein Knie wieder wehtat – nein, nicht das vom Motorradunfall, das rechte, das … Aber statt ihm von jenem anderen Unfall zu erzählen, von dem, der in meiner Zeit mit Massimo passiert war, erzählte ich von Federico.

Als ich auf der Filmhochschule war, arbeitete Federico in Rom. Schon seit Wochen drängelte er, ich solle doch mal zum Abendessen zu ihm kommen. Große Lust dazu hatte ich eigentlich nicht, mir gefiel nicht, wie er mich ansah, das war mir unangenehm, außerdem fand ich ihn langweilig, falsch, so ein Typ, der sich wunders was auf sich einbildet, nur, weil er einen Haufen Geld verdient. Aber auch Massimo drängte mich dazu, schließlich war er doch sein bester Freund! Was kostete es mich denn schon, nach meinen Kursen mal einen Happen bei ihm zu essen? Nur hatte Federico wohl eine ganz eigene Auffassung von Freundschaft: Kaum betrat ich seine Wohnung, fing er an, mich zu betatschen. Entspann dich, sagte er und nahm mich am Arm. Was hast du denn?, fragte er und strich mir über die Wange, den

Mund, dann die Brust. Und ich wurde wütend auf mich, weil mein Körper darauf ansprang – wann hatte ich mit Massimo eigentlich das letzte Mal geschlafen? Warum begehrte der mich nicht, wie Federico mich begehrte? Ich wollte nicht mit dem besten Freund des Manns ins Bett gehen, den ich liebte, aber ich konnte mich auch nicht dagegen wehren – oder besser gesagt, ich wehrte mich schon, aber zu leise, zu wenig, und als er dann in mir war, war es zu spät. Wann ist es endlich vorbei?, dachte ich, und: Hoffentlich ist er bald fertig! Und die ganze Zeit hatte ich Massimo vor Augen. Und jetzt?

Aber er war doch sein bester Freund!, rief *er*, als ich ihm davon erzählte. Die ganze Sache schmeckte ihm überhaupt nicht, ich hätte besser gar nicht erst davon angefangen.

Du jetzt also auch? Sogar du findest, das war meine Schuld?

Es war Blödsinn gewesen, es ihm zu erzählen, es war ja so lange her, noch vor meiner Ehe, vor dem Umzug nach Frankreich, vor meiner Scheidung, bevor wir uns kennenlernten, also warum sprach ich überhaupt darüber? Dummerweise war ich damals gerade dabei, mit meiner Therapeutin ein paar alte Schubladen zu öffnen, und außerdem war da noch #MeToo, und das *Time Magazine* hatte die »silence breakers«, die Frauen, die ihr Schweigen gebrochen und ihre Peiniger angezeigt hatten, zur *»Person of the Year«* ernannt. Als der Hashtag viral ging, hatte ich nichts gesagt, aber wie lange würde ich noch schweigen können?

Manche behaupten, im Kontext des strukturellen Ungleichgewichts, in dem die Frauen den Männern so lange unterworfen waren, seien wir nicht alle gleichermaßen zu Einverständnis in der Lage. Sie sagen, es komme vor, dass man einfach nachgibt, und das wiederum komme daher, dass unser alltäglicher

Umgang mit Geschlechterverhältnissen von Macht und Herrschaftsbeziehungen kontaminiert ist.

Ich habe das lange für Unsinn gehalten.

Lange habe ich mir eingeredet, es gebe keinerlei Anlass, meine Fähigkeit anzuzweifeln, mich klar und umfassend mit etwas einverstanden zu erklären.

Ich hatte ja nichts Traumatisches erlebt, nichts, was auch nur im Entferntesten an Missbrauch grenzte. Selbst bei meiner Attacke auf die Pornografie hatte ich andere im Sinn – die wahren Opfer.

Erst nach und nach kam mir der Gedanke, dass die Dinge vielleicht doch komplexer waren, nuancenreicher.

Aber wenn nicht einmal *er* Mitgefühl für mich aufbrachte, wie sollte ich mich da als Opfer fühlen?

22

Ein Opfer? Hm, also das würde ich so nicht sagen.

Ich stieg nie dahinter, ob meine Therapeutin mich mit ihren Fragen bloß provozieren wollte oder sich aufrichtig für meine Gefühle interessierte. Klar interessiert sie sich für die, sagte ich mir ab und zu, das ist schließlich ihr Job, und ich bin ihre Patientin. Sie war keine Kollegin oder Hörerin, und sie war auch nicht Carlotta, die mich mit ihrer Art, vom hohen Ross herab mit mir zu sprechen, manchmal richtig zur Weißglut trieb; seit einer Weile wurde das immer nur schlimmer, wann hatte sie mir eigentlich das letzte Mal zugehört? Hm. Egal, meine Therapeutin war nicht Carlotta, also

Was genau empfinden Sie da? Wut? Schmerz?

Ich hatte einen Moment geschwiegen, war verwirrt. Immer, wenn ich den Mund aufmachte, um etwas zu antworten, kam einfach nichts heraus. Wobei. Zumindest ein »Ähm« kam heraus, mehr aber nicht. Irgendwann sagte ich, wütend sei ich eigentlich nicht gewesen. Wobei. Aber gelitten, gelitten hätte ich sicher nicht! Wobei. Es war nicht leicht, mich zu erinnern, was genau ich empfunden hatte.

Vielleicht war ich einfach enttäuscht, sagte ich schließlich, klang jedoch nicht sehr überzeugt.

Mich interessiert nicht, was Sie damals empfunden haben,

Anna, sondern was Sie jetzt empfinden. Wenn das nicht Sie gewesen wären, sondern eine andere, wie würden Sie dann darüber denken?

Ich seufzte. Hatte keine Ahnung, was ich sagen sollte. Aber die Antwort kam mir trotzdem über die Lippen: Ich würde denken, dass die durchaus auch ein bisschen selbst schuld war. Wenn man mit einem Typen, den man kaum kennt, auf ein Hotelzimmer geht, darf man sich nicht wundern, wenn er Sex will. Wobei. Ich will nicht behaupten, dass es ihr recht geschieht, sondern bloß, dass sie das vorher hätte wissen können.

Das heißt also, wenn eine Frau mit einem Mann aufs Zimmer geht und ihn küsst, aber nicht mehr will, ist es ihre Schuld, wenn er sie zwingt? Wollen Sie das sagen?

Nein! Wobei. Also, wenn sie nicht will und er sie zwingt, ist er ein Arsch, aber

Ich zog mir den Pulli aus. Putzte mir die Nase. Ist Ihnen denn gar nicht warm? Natürlich gab sie darauf keine Antwort, sah mich nur an, und ich wandte mich ab, hielt ihrem Blick nicht stand, dabei ging es hier gar nicht ums Standhalten, ich schämte mich einfach, obwohl ich sie gern weiter angesehen hätte, die Farbe ihrer Augen fand ich faszinierend, bereits beim ersten Vorgespräch hatte die mich in ihren Bann gezogen, ich versuchte zu bestimmen, was für ein Grünton das genau war, dachte an die Farbtafel aus meinem Malkurs, schon damals war ich hingerissen gewesen von Meergrün, Smaragdgrün, Olivgrün, Petrolgrün, Salbeigrün, aber was war das in ihren Augen für ein Grünton? Schließlich befand ich, es sei Seegrün; dunkles Seegrün, genauer gesagt, ein Grün, das man bekommt, wenn man ein bisschen Violett in eine Mischung aus Kaltblau und Kaltgelb gibt.

Sind Sie noch nie zum Bahnhof gegangen und haben im letzten Augenblick beschlossen, doch nicht wegzufahren?

Wieder wusste ich nicht, was ich sagen sollte: Nein, das war mir nie passiert. Es kam zwar mal vor, dass ich keine Lust hatte, dass ich den Tag verfluchte, an dem ich die Fahrt gebucht hatte, aber wie sollte ich nicht in den Zug steigen, wenn ich einmal am Bahnhof war?

Wenn ein Mann keine Lust mehr hat, kann er einfach aufhören, sein Körper kommt ihm da entgegen, aber eine Frau?

Sie meinte, auch ein Frauenkörper sende deutliche Signale. Aber ich war nicht überzeugt, sah das trotzdem anders. Wer weiß, vielleicht geht es anderen nicht so, aber mir eben schon. Wenn man erst mal richtig angefangen hat, gibt es kein Zurück mehr.

Ist Ihnen das nie passiert, in der Metro oder im Bus, dass Sie aussteigen wollten, obwohl Sie noch gar nicht an der Haltestelle waren? Vielleicht, weil Sie doch lieber spazieren gehen wollten, oder weil es zu voll war oder komisch roch?

23

Dieser Geruch. Leicht herb, ein Aftershave oder Deo, manchmal vermischt mit Schweiß oder irgendwas anderem. Dieser Geruch, von dem mir heute schlecht wird.

Auf Gerüche reagierte ich im Laufe der Jahre immer empfindlicher. Egal, ob Duft oder Gestank, mir wird so oder so speiübel. Seit wann? Keine Ahnung.

Ich denke zurück. Und komme auf jenen Abend in einem Aufnahmezentrum für Menschen ohne festen Wohnsitz. Ich weiß nicht einmal mehr, wer mich da hingeschleppt hatte, aber als ich erst mal da war, konnte ich nicht mehr so einfach weg, trotz des widerwärtigen Geruchs. Irgendwer sprach mich an, ich wollte mich verdrücken, doch es war zu spät. Außerdem war ich zum Reden hier, also musste ich es wenigstens versuchen. Auch wenn ich mich ständig verhaspelte und immer nur daran dachte, wann ich endlich wieder gehen könnte.

Zurück zu Hause: Alles in die Waschmaschine, sechzig Grad, und ich in die Dusche, dampfend heiß, auch auf die Gefahr hin, mich zu verbrühen. Doch der Geruch klebte noch immer an mir. Wie machen das die Leute, die da jeden Tag arbeiten? Igitt, igitt, igitt! Ich schämte mich. Aber was sollte ich tun, ich war nun mal von Natur aus zimperlich.

Jedenfalls ertrage ich seit damals gar keine Gerüche mehr.

Wobei. Zumindest nicht diesen herben Geruch, von Aftershave oder Deo, manchmal vermischt mit Schweiß oder irgendwas anderem.

Könnte das eventuell der Geruch von Ihrem Lehrer sein? Von Professore Donno?

Das fragte meine Therapeutin mich eines Tages, und in diesem Augenblick war es, als röche ich ihn plötzlich wirklich wieder – ich roch Donno, als säße er neben mir, so deutlich, dass ich die Nase rümpfte und die Augen zukniff.

O mein Gott. Bis eben war mir das nicht klar gewesen.

Ich denke an den Geruch, den ich nicht ertrage.

Ich denke: Wenn ich diesen Geruch verdrängt habe, was habe ich dann noch alles verdrängt?

Ich denke an den Preis, den ich aus freien Stücken bezahlt habe, nur um mich besonders zu fühlen.

Und auf einmal steigt ein Brechreiz in mir auf.

Wie schaffen die anderen das bloß, dass sie immer respektiert werden?

24

Ich habe ihn mehrfach gebeten, dieses Deo nicht zu benutzen, jetzt glaub's mir halt, das stinkt, ich bitte dich, wie oft soll ich dir noch sagen, dass sich mir davon der Magen umdreht?

Entschuldige mal, aber da steht's doch drauf: DE-ODORANT. Das heißt buchstäblich »Entriecher«, wie soll das denn stinken?

Er hört mir nicht zu.

Was ist das bloß wieder für ein Spleen?

Er versteht es nicht.

Du bist echt komisch!

Er will es nicht verstehen.

ZWEITER TEIL

#BalanceTonPorc

Die Wahrheit ist doch, dass sie vorher in etlichen ähnlich riskanten Situationen Sex gewollt hat und ich dachte, dass sie auch diesmal dazu bereit sei. Falls ich bei Gericht irgendwas nicht erwähnt habe – oder ihr sogar widersprochen habe –, dann habe ich doch nur die Wahrheit so wiedergegeben, wie sie mir damals erschienen ist.

Sarah Vaughan

1

Der 14. Oktober 2017 war ein Samstag, und die Sonne schien. Nur blass zwar, aber für Paris war das um diese Jahreszeit schon viel, und Alice, eine meiner Kolleginnen bei France Inter, nutzte es aus, um vor der Tür eine zu rauchen und ihren Twitter-Feed zu checken. Bis zu ihrer Sendung war es noch eine Weile hin, sie hatte also alle Zeit der Welt, um das Skript noch mal durchzugehen, das sowieso längst abgenommen und so gut wie auswendig gelernt war.

Der kurze Blick auf Twitter war inzwischen ein Automatismus, er geschah eher aus Neugier, als um sich ernsthaft auf dem Laufenden zu halten, aber an jenem Nachmittag erregte ein Hashtag ihre Aufmerksamkeit: #BalanceTonPorc.

Was ist da los?, fragte sie sich, während sie den Thread durchscrollte.

#BalanceTonPorc, #BalanceTonPorc, #BalanceTonPorc.

Mit der abgebrannten Zigarette zündete sie sich direkt eine zweite an. Die Zeit flog dahin, und sie konnte sich einfach nicht von Twitter und diesem Hashtag losreißen. Kaum zu glauben, dachte sie, wie viele da auf Sandra Mullers Tweet anspringen! Und: Was mache ich jetzt? Auch was posten oder besser nicht?

Sie konnte sich nicht entscheiden. Wie all diese Namen der Welt zum Fraß vorgeworfen wurden, missfiel ihr, doch dann stieß sie auch auf allgemeiner gehaltene Tweets, die nicht auf eine konkrete Person abzielten. Diese ganzen lange überfälligen Online-Flaschenposten! Wie hätte sie da ausgerechnet jetzt noch kneifen sollen?

Also tippte sie, bevor sie die Glastür zur Lobby der Maison de la Radio aufdrückte und den Fahrstuhl ansteuerte: »Der Chefredakteur, der mich eines Abends auf dem Flur von Radio France an die Wand gedrückt und gesagt hat: Irgendwann fick ich dich noch, ob du willst oder nicht. #BalanceTonPorc«.

Details wollte Alice nicht verraten. Es ging ihr nicht um Rache, nichts lag ihr ferner. Aber sie wollte auch nicht schweigen – diesmal nicht. Es gab keinen Grund, sich dem Protest nicht anzuschließen.

Sie las ihren Post noch einmal, zweimal, dreimal durch, dann klickte sie auf »Twittern« und loggte sich aus; gleich musste sie auf Sendung, keine Zeit, etwaige Reaktionen abzuwarten, Hauptsache, der Tweet war abgesetzt.

Als sie sich ein paar Stunden später wieder einloggte, traf sie fast der Schlag.

»Wer??«

»Wann??«

»Was willst du??«

Ungläubig scrollte sie weiter.

»Erst schön mit dem Chef pimpern und dann Vergewaltigung schreien!«

Sie war geschockt.

»Worauf hast du's abgesehen??«

Alice las weiter, bis ihr die Tränen kamen.

Immerhin wissen wir jetzt, woran wir sind, super!, sagte sie, als ich sie ansprach.

Ich hatte bemerkt, wie sie kreidebleich am Kaffeeautomaten

stand, und wollte wissen, ob es ihr gut ging, ob bei der Sendung etwas vorgefallen sei, ob ich ihr irgendwie helfen könne.

Wirklich befreundet waren wir eigentlich nicht, auch wenn wir ab und an zusammen Mittag aßen, über vieles derselben Meinung waren und uns beide darüber aufregten, wie überheblich manche unserer Kollegen das Leben ganz normaler Menschen sahen, ihre Schwierigkeiten, über die Runden zu kommen, oder ihre Angst vor Arbeitslosigkeit. Viele von denen hatten keinen Schimmer, wie es war, täglich mit dem RER in die Innenstadt zu pendeln; sie wohnten in Saint-Germain oder am Odéon und waren abends zu Gast beim Verleger irgendeiner wichtigen Zeitung, der vielleicht gerade noch Emmanuel Macron oder Édouard Philippe interviewt hatte und jetzt neunmalklug darüber fachsimpelte, wie man den Islamismus in den Griff bekäme, ohne dass er je einen Fuß in die Banlieues von Seine-Saint-Denis gesetzt hatte. Aber Alice hatte auch eine kleine Tochter, war ein gutes Stück jünger als ich und besuchte, sooft sie konnte, ihre Familie in Südfrankreich – viel verband uns also wirklich nicht, nein. Damals hatte ich noch keine Ahnung, womit sie sich herumschlagen musste, seit ihr Ex sie sitzengelassen und verkündet hatte, um ihre gemeinsame Tochter könne er sich nicht einmal jedes zweite Wochenende kümmern, denn der Zwanzigjährigen, mit der er jetzt zusammenlebte, könne er ja schlecht ein kleines Kind aufhalsen.

Hast du diese #BalanceTonPorc-Geschichte mitgekriegt? Wütend wischte Alice sich die Tränen ab.

Klar, sagte ich, wollte ich morgen in der Redaktionssitzung ansprechen. Ich versuchte, mir nichts anmerken zu lassen: Auch ich war aufgewühlt, wobei, eher war es eine Mischung aus Freude und Angst, ich war überzeugt, dass da etwas ins Rollen kam, wollte aber objektiv bleiben, professionell, mich nicht von meinen Erfahrungen beeinflussen lassen. Und überhaupt, sollte man das, was mir passiert war, etwa in einen Topf mit dem werfen, was diese Frauen durchgemacht hatten? Ich hatte kein Schwein, das ich hätte verpfeifen können.

Schau mal.

Mit zitternden Händen reichte sie mir ihr Handy.

»Hängst du denn so an dem Job, den du dir ervögelt hast?«

»Du kotzt mich an!«

Ganz schöner Zirkus, was? Toll sind die, richtige Helden! Wir können reden, so viel wir wollen, solange uns keiner wirklich zuhört, treten wir nur auf der Stelle. Wart's ab, bald kommen die wieder mit dem alten Stiefel von wegen McCarthyismus und Hexenjagd um die Ecke.

Ja, aber am Ende landen halt doch immer wir Frauen auf dem Scheiterhaufen!

Das war einfach so aus mir herausgeplatzt, offenbar in einem ziemlich bissigen Ton, denn Alice musste lachen.

Hat dich denn auch mal einer

Nein, nein, unterbrach ich sie. Ich hab die Nase einfach nur gestrichen voll von diesen Alphamännchen.

Alice fragte nicht weiter, doch ich sah ihr an, dass sie mir nicht glaubte.

Ich lächelte nur, dankbar, dass sie nicht nachbohrte.

Vielleicht hatte sie es verstanden. Ganz sicher sogar.

2

Einen ganzen Stapel Mappen und Hefter unterm Arm, betrete ich den Seminarraum. Ich lege alles aufs Pult, ziehe die Daunenjacke und Handschuhe aus, den Schal, ungewöhnlich kalt ist das für Anfang Dezember, aber so soll 2022 offenbar zu Ende gehen: Wind und Schnee, sogar in der Stadt. Im Raum herrscht noch Unruhe, ein paar Leute haben sich noch nicht einmal gesetzt, aber ich fange trotzdem an zu sprechen. Ich bin sicher, dass sie interessieren wird, was ich zu sagen habe.

Ich habe Ihnen heute einige Geschichten mitgebracht – ein paar vieldiskutierte, aber auch ein paar vergessene, verschwiegene: Zeitungsartikel, Auszüge aus Büchern, Abschriften von Podcasts. Im Wesentlichen die Aussagen von Opfern, wobei natürlich das Wort »Opfer« heute selbst unter Verdacht steht. Manche finden, man sollte besser von »Geschädigten« sprechen, andere reden nur höhnisch von »selbsternannten Opfern« und behaupten, deren Aussagen besäßen heute die performative Kraft, ohne jeden Beweis als wahr zu gelten.

Beim Sprechen hole ich kaum Luft; als ich zum Ende komme, bin ich richtig außer Atem. Doch ihr Interesse ist geweckt.

Ich hole meine Wasserflasche aus der Tasche und trinke einen Schluck. Räuspere mich. Fahre fort.

Wenn wir verstehen wollen, was Einverständnis ist, wann es berücksichtigt wird und wann nicht, müssen wir uns zunächst mit dem Thema Vergewaltigung befassen.

Ich verteile die Kopien:

etwa dreißig Seiten aus *Je suis une sur deux* (Ich bin eine von zweien) von Giulia Foïs,

drei Kapitel aus *Vergewaltigt: Ich und die Zeit danach* von Susan Brison,

ein Longform-Text über Alessia und das Leben auswärtiger Studentinnen,

die Transkription der Geschichte von Stephanie.

Beginnen wir mit der Geschichte von Giulia, sage ich. Die war an einem Juliabend kurz nach ihrem zwanzigsten Geburtstag auf dem Heimweg, nachdem sie mit Freunden das Ende der Klausurphase gefeiert hatte. Auf dem Parkplatz steigt sie in ihr Auto und lässt den Motor an. Da klopft ein Mann ans Fenster und bittet sie um Hilfe. Man hätte ihm das Portemonnaie gestohlen, sagt er, er müsse zur Polizei, Anzeige erstatten.

Giulia erzählt, der Mann habe anständig ausgesehen, Jackett und Krawatte, um die fünfzig, er hätte ihr Vater sein können. Obwohl sie angesichts der späten Uhrzeit etwas verunsichert ist, lässt sie ihn also einsteigen und fährt los. Kurz darauf zieht er ein Teppichmesser aus der Tasche und bedroht sie, meint, sie solle ja nicht anhalten, er würde ihr schon sagen, wann und wo sie parken soll.

Ich setze mich, lasse den Blick durchs Zimmer schweifen, halte Ausschau nach jemandem, der aussieht, als wolle er vorlesen.

Maryse, mögen Sie mal anfangen?

Lieber nicht, ehrlich gesagt.

Ich verstehe sie: Es ist nicht leicht, vor dem gesamten Kurs die in der ersten Person geschilderte Geschichte einer jungen Frau vorzulesen, die vergewaltigt wurde.

Macht nichts, dann lese eben ich.

Ich hatte Glück. Was mir passiert ist, war eine »richtige« Vergewaltigung. Deshalb konnte ich darüber reden. Ich konnte sogar Anzeige erstatten. Und vermutlich fällt es mir darum heute auch leicht, darüber zu schreiben: Solange es um eine »richtige« Vergewaltigung geht, lesen Sie womöglich weiter. Eine richtige Vergewaltigung ist eine, bei der aus heiterem Himmel ein böser Wolf auftaucht. Auf einem Parkplatz, in der Nacht. Eine mit einem blitzenden Messer und einem Schlag ins Gesicht, auch wenn mir dieser Schlag so verpasst wurde, dass er möglichst keine Spuren hinterlässt, nur einen blauen Fleck hinter dem Ohr [...]. Der Polizei hat das gar nicht in den Kram gepasst. Dumm, dass der Sie nicht entstellt hat, hat der Kommissar gesagt. [...] Was mir passiert ist, war zwar eine richtige Vergewaltigung, aber ich war kein richtiges Opfer.

Nicht einmal das Summen einer Fliege ist zu hören.

Totenstille, bis ich vom Text aufblicke.

Dann flüstert Maryse: Zum Kotzen.

Und Juliette sagt: Nicht zu fassen.

Cyndelle fragt: Und dann?

Ja, *dann* hat Giulia Foïs vor Gericht ausgesagt – ohne Erfolg.

Knapp schildere ich, wie der Typ ungeschoren davonkam und wie unerträglich es für Giulia war, am Tag nach dem Urteil zu erleben, wie er sich in den Zeitungen darüber ausheulte, dass diese Sache ihm drei Jahre seines Lebens geraubt habe und jetzt nichts mehr sei wie zuvor – fast so, als wäre er selbst vergewaltigt worden.

Wirklich überrascht war Giulia nicht, erkläre ich. Damals war die Vorstellung, ein braver Familienvater und Steuerzahler könne kein Vergewaltiger sein, noch weit verbreitet, und ebenso tief verwurzelt. Schockiert war sie jedoch von der Unverschämtheit dieses Manns:

Er, seine Anwälte, die Geschworenen und die gerichtliche ›Wahrheit‹ haben mich gelehrt, was echte Wut ist. Was Hass ist. Aber er lacht über meinen Hass und schert sich nicht drum: Er hat gewonnen.

Ich merke an, dass es auch heute noch Leute gibt, die glauben, ein Vergewaltiger könne nur ein Vorbestrafter sein, ein Ausländer, ein Schwarzer.

Aber zu*min*dest – ich betone die vorletzte Silbe; besser, man markiert seinen Sarkasmus, man weiß ja nie –, zu*min*dest war das, was Giulia passiert ist, eine *richtige* Vergewaltigung, eine, über die sie heute sprechen kann, ohne dass einer kommt und sagt: Was erzählst du da für Märchen? Bedenken Sie, dass Vergewaltigung noch nicht lange eine Straftat ist, dass sie – trotz aller nationalen Unterschiede – in den USA und in Europa erst seit einigen Jahrzehnten nicht mehr bloß als Sittlichkeitsvergehen angesehen wird.

Aber

Maryse will etwas einwenden, doch ich will erst noch ein paar Stellen aus dem Buch von Susan Brison lesen. Das soll dem Kurs nicht nur eine etwas andere Version der gleichen Geschichte zeigen, sondern ihnen mehr Stoff zum Nachdenken geben.

Brison ist eine amerikanische Philosophin, sage ich. In ihrem Buch schildert sie nicht bloß ihre eigene Erfahrung, sondern denkt, erklärt und ordnet ein. Mit dreißig war sie in den

Sommerferien in Frankreich, in einem Urlaubsort unweit von Grenoble. Eines Morgens spazierte sie durch einen Wald in der Nähe des Hotels, als ein Mann sie überfiel und vergewaltigte und bewusstlos liegen ließ. Susan wurde ins Krankenhaus gebracht und behandelt, brachte aber tagelang kein Wort heraus. Im Buch beschreibt sie ihre Schwierigkeiten, zu erklären, was ihr widerfahren war:

> *Ich war ohne jeden Grund angegriffen worden. Ich hatte mich aus der menschlichen Gemeinschaft herausgewagt und war außerhalb des moralischen Universums gelandet, jenseits des Reiches vorhersehbarer Ereignisse und verständlicher Handlungen, und ich wusste nicht, wie ich wieder zurückfinden sollte.*

Als man sie entlässt, sagen ihr alle, was sie doch für ein Glück gehabt habe: Sie hat keine dauerhaften körperlichen Schäden erlitten, kann nach Amerika zurückkehren und wieder unterrichten. Doch sie schafft es einfach nicht, ihr altes Leben wieder aufzunehmen.

Lassen Sie mich dazu eine zentrale Stelle vorlesen, Sie finden sie in den kopierten Seiten:

> *Während der ersten Monate nach dem Überfall lebte ich wie ein Gespenst, unsicher darüber, ob ich gestorben war und die Welt sich ohne mich weiterdrehte oder ob ich noch lebte, aber in einer vollkommen fremden Welt. (...) Im Gegensatz zu den Überlebenden von Kriegen oder Erdbeben die sich in einer gemeinsamen, zertrümmerten Welt befinden, sehen sich Vergewaltigungsopfer mit einer verheerenden Zerstörung konfrontiert, die nur ihre eigene Welt betrifft, und sie sind von Menschen umgeben, denen es*

schwerfällt zu verstehen, was daran denn so deprimierend sein soll.

Okay, also eine richtige Vergewaltigung und ein richtiges Opfer, sagt Juliette. Dann wurde der Täter diesmal verurteilt, oder?

Ja, wurde er. Aber auch Susan Brisons Mitmenschen fällt es offenbar schwer zu verstehen, wie schwer diese Tat wiegt – und vor allem, wie schwer es einem Opfer fällt, sich davon zu erholen.

Aber hilfreich ist eine Verurteilung schon, entgegnet Maryse. Viel schlimmer ist, wenn der Prozess scheitert wie bei Giulia, oder es überhaupt keinen gibt. Manche Opfer erstatten ja nicht mal Anzeige, weil sie Angst haben, dass niemand ihnen glaubt.

Oder, weil sie selber kein blütenreines Gewissen haben, meldet Thomas sich zu Wort, und Empörung erhebt sich im Raum.

Schon mal auf die Idee gekommen, dass eine Frau vielleicht nur keine Anzeige erstattet, um nicht selber auf der Anklagebank zu landen? Clementines Ton ist gallig, aber an der Reaktion von Cyndelle, Maryse und Juliette merke ich, dass sie dasselbe denken. Thomas schweigt. Überzeugt wirkt er nicht, doch er lässt es gut sein.

Außerdem wird nur ein Prozent der Vergewaltiger verurteilt, erläutert Maryse. Zumindest in Frankreich, hab ich kürzlich erst im Radio gehört, von der Vorsitzenden von Osez le féminisme.

Ha!, entgegnet Thomas höhnisch. Von der, die grade erst den Prozess gegen Miss France verloren hat, oder was?

Lassen wir diesen Prozess vielleicht beiseite, sage ich. Da ging es um arbeitsrechtliche Fragen, nicht um die geschlechtsspezifische Gewalt, die uns interessiert. Was die Verurteilungsquote von Vergewaltigern betrifft, hat Maryse vollkommen recht: Die Daten stammen vom Justizministerium.

Ich versuche, die Wogen zu glätten, werfe einen Blick auf die Uhr. Die Zeit rast nur so dahin. Die Sitzung ist schon fast vorbei.

Knapp fasse ich die Geschichte von Alessia zusammen, die in ihrem Wohnheimzimmer überfallen wurde: Jemand klopfte an ihre Tür, sie dachte, es sei eine Freundin, doch es war ein Fremder, der sie überwältigt, geknebelt und vergewaltigt hat.

Einer der tragischsten Aspekten einer Vergewaltigung, sage ich, ist ihre Irreversibilität: Die Opfer brauchen fast immer eine Ewigkeit, bis sie benennen können, was ihnen zugestoßen ist, und noch länger, um wieder ins Leben zu finden. Auch wenn man alles tut, um über die erlittene Gewalt hinwegzukommen, bleibt immer eine Art Abscheu zurück, gegenüber den anderen oder sich selbst.

Das Schlimmste ist aber, wenn einer vergewaltigten oder missbrauchten Frau nicht geglaubt wird. Dann gibt sie sich erst recht selber die Schuld und kann daran zugrunde gehen. Zu allem, was sie durchlitten hat, kommt nämlich noch die Last der Scham dazu. Aber das müssen wir auf nächste Woche vertagen. Tut mir leid, dass ich die Diskussion ausgerechnet jetzt abwürgen muss, ich habe die Uhr aus dem Blick verloren. Aber bitte lesen Sie bis zum nächsten Mal die kopierten Texte. Und denken Sie vor allem über die Geschichte von Stephanie nach. Noch Fragen?

3

Seien wir ehrlich: Wir wünschen uns doch alle das perfekte Opfer des perfekten Vergewaltigers.

Es ist beruhigend zu wissen, dass der Täter ein Monster ist wie der Wolf im *Rotkäppchen*, obwohl die Sache eigentlich nicht einmal da so klar ist; ich zum Beispiel habe nie ganz verstanden, wieso Rotkäppchen der Mutter nicht gehorcht hat, nicht auf dem Weg geblieben ist.

Warum spricht sie mit einem Fremden?

Warum vertrödelt sie ihre Zeit mit Blumenpflücken?

Warum erkennt sie im Haus der Großmutter den Wolf nicht?

Auch Rotkäppchen trifft eine Teilschuld: Das habe ich lange geglaubt. Aber immerhin hat sie es mit einem Wolf zu tun, und dass dieser Wolf böse ist, kann niemand bezweifeln. Und dann sieht er auch noch genauso aus wie Rotkäppchens Großmutter!

Nur: Wieso traut Rotkäppchen dem Schein und stellt sich nicht mal einen Augenblick lang die Frage, ob die mutmaßliche Großmutter nicht auch der verkleidete Wolf sein könnte?

Wenigstens hat sie am Ende, nach der Rettung durch den Jäger, ihre Lektion gelernt: Nur nicht vom Weg abkommen!

Diese Lektion lernen alle Frauen schnell, wobei, die einen lernen sie sofort und kommen mit heiler Haut davon, die anderen brauchen etwas länger und machen sich dann selbst Vorwürfe, wenn einer ihnen auf die Pelle rückt, einfach nicht lockerlässt und hinterher eilig seinen Kram zusammensucht und sich davonstiehlt: Ich habe ihn provoziert, wenn auch nicht absichtlich, ich habe ihm einen falschen Eindruck vermittelt und ihn dann nicht aufgehalten.

Wir alle haben ein Klischee von Vergewaltigung im Kopf – nicht unbedingt eins im klassischen Sinne, wie der Butler im Agatha-Christie-Krimi oder die Überzeugung, dass nur Frauen multitasken können, aber eben doch ein Klischee: die Gräueltat eines brutalen Manns, vorzugsweise eines Fremden.

Sie, wie sie die Straße entlanggeht,
er, der sie überfällt,
sie, die sich wehrt,
er, der ihr wehtut,
sie, die schreit,
er, der ihr den Mund zuhält,
sie, die weint,
er, der ihr den BH wegreißt.

Diese Art Vergewaltigung funktioniert immer, auch wenn der Begriff »funktionieren« hier fast so abstoßend ist wie die Tat selbst, aber bei einem Prozess, da funktioniert sie, sie ist die »richtige«, die »gute« Art. Die, bei der die Anwälte nicht mal auf die Idee kommen zu fragen: Was hatten Sie damals eigentlich an? Was haben Sie gesagt? Haben Sie sich überhaupt gewehrt? Wie würden Sie Ihren Umgang mit Männern im Allgemeinen beschreiben?

Die Art, bei der sich jedem sofort die Nackenhaare aufstellen, wenn jemand sagt »sie hat sich vergewaltigen lassen« statt »sie wurde vergewaltigt«.

Die, bei der sofort der Beschützerinstinkt anspringt, weil die Ärmste schließlich nicht das Geringste dafür konnte.

Auf dem Papier sieht alles immer ganz leicht aus.

Stillschweigend sind sich alle einig: Gewalt beginnt da, wo jemand mittels Körperkraft, Drohung, Täuschung oder Überraschung gezwungen wird, sexuelle Handlungen vorzunehmen oder über sich ergehen zu lassen. Manchmal kommen noch erschwerende Umstände hinzu, Alkoholmissbrauch, zum Beispiel, oder der Einsatz von Drogen. Außerdem haben wir heute die Istanbul-Konvention, die Vergewaltigung klar als nicht einverständlichen Geschlechtsverkehr definiert, wobei das Einverständnis freiwillig als Ergebnis des freien Willens der jeweiligen Person erteilt werden muss.

Aber wann erfolgt das Einverständnis freiwillig, und wann wird es erzwungen? Wann kann es uneingeschränkt als erteilt angesehen werden? Muss es ausgesprochen werden, oder kann man es auch implizieren? Muss man dafür ein Formular ausfüllen, oder reicht ein Nicken oder Kopfschütteln?

Und was ist, wenn eine Frau einverstanden ist, sich zu einem Mann ins Bett zu legen, vielleicht auch mit ihm zu schlafen, und am nächsten Morgen ungefragt noch einmal penetriert wird, vielleicht sogar, bevor sie wach ist?

Wenn sie ihn gut kennt und schon geküsst hat?

Wenn sie hinterher nicht traumatisiert ist? Nicht zittert, nicht weint, keine zehn Kilo zu- oder abnimmt?

Sexuelle Gewalt als Ergebnis einer Reihe von Fahrlässigkeiten und Unterlassungen: Sie waren beide betrunken; sie war völlig blau, und er wusste nicht mehr, was er tat; sie hat ihn angespitzt, und er hat sich nicht zurückgehalten. Und so weiter und so fort.

Alle regen sich immer über *Dornröschen* auf.

Das Urbild männlicher Dominanz, sagen sie.

Sie pikst sich an einer Spindel, sagen sie, und verschläft die nächsten hundert Jahre, während er Ritter wird, durch Zauberwälder reitet, wilde Tiere in die Flucht schlägt und gegen Ungeheuer kämpft.

Dann kommt er angeritten, sagen sie, drückt ihr einen Schmatzer auf, bannt den Zauber und erweckt sie wieder zum Leben.

Genauso wachsen wir Frauen auf, sagen sie, wir warten alle auf unseren Prinzen, statt an uns selbst zu glauben, weil wir im Hirngespinst einer erlösenden Liebe feststecken.

Mich ärgert dieses ewige Gemoser an den Märchen: Ich mag Könige und Ritter, ja, vielleicht habe ich das Zauberreich der Sagen und Legenden nie wirklich verlassen. Aber als ich *Dornröschen* jetzt noch mal las, musste ich meine Meinung doch korrigieren. Bisher war mir nie aufgefallen, wie der Prinz, wenn er ins Schloss kommt und Dornröschen sieht, zu ihr tritt und denkt: Sie ist so schön, dass ich nicht anders kann, ich muss sie küssen. Und das tut er auch.

Sie ist so schön, dass ich nicht anders kann. Daran hatte ich mich gar nicht mehr erinnert.

Ich kann nicht anders: Sie schläft, oder sie ist betrunken. Sie ist einfach zu schön: Wie sollte ich sie da nicht ficken?

Genau das ist die implizite Annahme des Manns, der weitermacht, obwohl die Frau versucht, Nein zu sagen: Ach komm, wie soll ich denn da widerstehen?

Das ist nur deine Schuld, verstehst du?

Erst machst du mich heiß, dann willst du nicht, was soll das?

Und in *Dornröschen* sind ja nach dem Kuss auch alle happy: Die beiden heiraten und leben glücklich bis ans Ende ihrer Tage.

4

Das ist so eine, die drauf wartet, dass ihr Prinz kommt und sie wachküsst, hatte auf France Info eine Juristin über mich gesagt, die zur Zeit meines Berichts am Centre national de recherche scientifique arbeitete.

Wie sie heißt? Spielt keine Rolle. Verrate ich nicht. Aber nicht etwa, weil ich davor zurückschrecke, eine einflussreiche Person beim Namen zu nennen, sondern eher aus Symmetriegründen: Als sie über mich herfiel, kam ihr mein Name nämlich auch nicht über die Lippen, wobei, tat er schon, nur wie! Dem Chef der Tageszeitung »Libération« hat sie sehr wohl erzählt, wer ich war, und auch den Kollegen bei France Culture; überall hat sie über mich gelästert und sogar beim Abendessen mit meinem Chefredakteur über mich hergezogen. Bloß öffentlich hat sie meinen Namen nie genannt, da war ich immer nur die verrückte Journalistin, die keine Ahnung von sexueller Freiheit hat. Das ist die mieseste Art, jemanden schlechtzumachen: Wenn man nicht mal explizit zitiert wird, kann man auch nicht antworten oder zurückschlagen. Kurz: Es handelt sich um Rufmord. Bei ihren Auftritten in Radio und Fernsehen war ich immer nur die arme Irre, die bloß neidisch auf die schönen Frauen schielen konnte, die jeder Mann sich wünschte, Sie wissen schon, so wie bei der Fabel mit dem Fuchs und den Trauben.

Haben Sie mal gesehen, wie die aussieht?, hatte sie im Radio bei France Info gesagt. So eine kann doch nur hoffen, dass sich einer erbarmt, der kein totaler Jammerlappen ist, aber na ja, je hässlicher man ist, desto eher zieht man Verlierer an. Hinter ihrem Bericht steht jedenfalls nur blankes Ressentiment dem Leben gegenüber. Das ist das einzig plausible Motiv für dermaßen rückständige Ansichten.

Ich weiß noch genau, wo ich war und was ich tat, als ich diese Sendung hörte. Erst kurz zuvor war ich nach Hause gekommen, spülte gerade das sich in der Spüle stapelnde Geschirr. Während sie sprach, fiel mir beim Abtrocknen ein Glas aus der Hand und ging zu Bruch. Als ich die Scherben aufsammelte, schnitt ich mir in den Finger und fing an zu weinen. So eine dumme Ziege!, dachte ich. Auch, weil sie meinen Ex-Mann kennt und weiß, was ich durchgemacht habe; wenn die so etwas sagt, dann weiß sie genau, was sie tut.

Na, na, unterbrach sie mein Journalistenkollege, wir wollen mal nicht persönlich werden.

Und sie: Wieso persönlich? Ich rede schließlich nicht darüber, dass sie gerade frisch geschieden ist, oder? *Das* wäre persönlich, aber ich will ja nur erläutern, dass man sich bei so einem Bericht nicht von den eigenen Erfahrungen beeinflussen lassen darf, weil man sonst alles verfälscht. Es ist doch klar, dass man mit dieser Geschichte von Mädchen, die von ihren Freunden zu pornohaften Orgien gezwungen werden, nur der Idee Vorschub leistet, sie wären nicht einverstanden gewesen, obwohl sie zugestimmt haben. Und dann glauben die, sie könnten ihre Freunde jetzt nach Lust und Laune anzeigen. Die Hörer müssen wissen, dass uns heute eine Kriminalisierung der Sexualität droht, und als Juristin kann ich Ihnen versichern, dass die Gefängnisse jetzt schon randvoll mit sogenannten Vergewaltigern sind, mit armen Schweinen, die oft völlig unschuldig in der Zelle schmoren. Ganz im Gegensatz zu den vielen Mördern, die ungestraft davonkommen.

Mein Kollege widersprach ihr nicht. Er war ihrer Meinung, das wusste ich. Sowieso schienen damals alle überzeugt, das wahre Problem sei nicht die Gewalt, sondern die Bedrohung der Freiheit, und man müsse sich hüten, die Sache mit den *tournantes* künstlich aufzublasen, jenen Gruppenvergewaltigungen, die von den jungen Männern so genannt wurden, weil sie die Frauen dabei »rumgehen« ließen.

Und all die jungen Frauen, die Anzeige erstattet und sich dann selbst auf der Anklagebank wiedergefunden hatten? Warum sprach niemand über die?

Ich wischte mir die Tränen ab, schnäuzte mich, biss mir mal wieder in die Wange.

Und was war mit denen, die es nicht mal versuchten, weil das ja sowieso nichts nutzen würde, da sie ohnehin nicht das passende Profil hatten, kein perfektes Opfer waren, das mit blauen Flecken übersät versucht, sich das Leben zu nehmen, sich betrinkt und Drogen nimmt und nie wieder erholt, weil ein echtes Trauma einen nicht mehr leben lässt, wobei, leben vielleicht schon, aber nur noch als lebende Tote?

Ich scheue mich inzwischen, das Wort »Opfer« zu gebrauchen, denn man benutzt es viel zu oft und läuft Gefahr, nur noch Gleichgültigkeit damit hervorzurufen, ja manchmal sogar Genervtheit, so, als müsste man es nur aussprechen, um sofort ein absurdes »Alles oder nichts« zwischen wahren und vermeintlichen Opfern loszutreten, zwischen Opfern erster und zweiter Klasse: Du willst doch nicht behaupten, wir sollten eine Frau, die auf der Straße vergewaltigt wurde, auf dieselbe Stufe stellen wie eine, die einen Mann erst in die Wohnung bittet und sich dann beschwert, weil er sie angefasst hat?

*Vergewaltigungs*opfer, *Inzest*opfer: Immer muss man noch ein Etikett anheften, weil einem sonst keiner glaubt. Und wenn man keins parat hat? Schwierig, einen Vorwurf zu erheben, wenn man nicht mal weiß, wie man korrekt benennen soll, was einem angetan wurde. Wirklich schwierig. Vor allem, wenn man an andere denkt, die »richtig« vergewaltigt wurden. Denk nur mal an Giulia, sagt man sich, daran, wie sie mit dem Messer bedroht wurde, damit sie weiterfährt, los, nicht anhalten, bevor ich's dir sage … und du, was ist dir passiert?

Letztlich bist du doch gar nicht vergewaltigt worden, wobei, du hast schon versucht, Nein zu sagen, nicht jetzt, nicht hier, du hast es versucht, aber dann hast du die Augen zugekniffen und nur noch gedacht: Hoffentlich ist er bald fertig! Und als er fertig war, da hat er auch noch gefragt, ob es schön für dich war. Eine Vergewaltigung war das ja wohl eindeutig nicht, was gibt es da also zu jammern? Du hast ihn doch als Erste geküsst, bist mit ihm nach Hause gegangen, hast nicht klar genug Nein gesagt, also warst du im Grunde einverstanden.

Ich jongliere mit Nuancen und verliere – immer, denn damit eine Aussage ankommt, muss sie *tranchant* sein, bissig und plakativ: »Der massakrierte Frauenkörper« oder wahlweise, die entgegengesetzte Richtung, »Mein Körper, meine Entscheidung«. Und wenn dir das nicht passt, Pech gehabt, dann sei beim nächsten Mal eben deutlicher. Auch wenn die Deutlichkeit als Erstes verpufft, wenn man etwas selbst erlebt, statt es nur von außen zu beobachten.

Und dann gibt es noch Frauen, die vergewaltigt wurden, sich aber auf keinen Fall als Opfer behandeln, ins Abseits stellen oder sich von anderen begaffen lassen und anhören wollen: Ich verstehe dich, ich weiß, wie du dich fühlst, ich habe das auch durchgemacht; sie wollen nicht, dass jemand sich zu eigen macht, was sie erlebt haben, nein, sie wollen zurückschlagen, sich rächen, und jetzt glotzt mich gefälligst nicht so an! Die Befriedigung, zu hören, ich sei eine »Überlebende«, kriegt ihr von mir sowieso nie!

So wie Virginie Despentes, von der man fast meinen könnte, sie wäre wütender auf die Kleinbürger, die Mitleid mit ihr empfinden, als auf die drei Schweine, die sie vergewaltigt haben.

5

Dabei schreibt Despentes doch selbst: »Für mich ist die Vergewaltigung vor allem deshalb einzigartig, weil sie die Frau nicht mehr loslässt. Ich denke ständig wieder daran. Seit zwanzig Jahren, jedes Mal, wenn ich glaube, damit fertiggeworden zu sein, denke ich wieder daran. Und sage etwas anderes, Widersprüchliches darüber. In Romanen, Erzählungen, Songs, Filmen. Ich stelle mir immer vor, eines Tages damit fertig zu sein. Das Geschehene aufgelöst, entleert, erschöpft zu haben. Unmöglich. Es ist grundlegend. Für das, was ich als Schriftstellerin bin und als Frau, die nicht mehr ganz eine ist. Es ist das, was mich zugleich entstellt und ausmacht.«

Und sie hat recht. Vollkommen recht.

Nur: Was, wenn man zwar immer wieder auf das Geschehene zurückgeworfen wird und nicht davon loskommt, aber im Unterschied zu Virginie, Giulia oder Susan nicht von einer »richtigen« Vergewaltigung berichten kann? Wenn äußerlich scheinbar alles im Lot ist – so, wie wenn man krank ist, ohne dass man es sieht? Keine Kardiomyopathie, kein Emphysem, keine Lungenfibrose, Niereninsuffizienz oder andere chronische Krankheit, die alle anerkennen, sogar das Sozialamt, nein, man ist bloß *innerlich* krank, woran man ja wohl selber schuld sein muss, also was soll die Jammerei? Reiß dich zusammen!

Die Dynamik ist exakt dieselbe: Nichts Fremdes dringt in den Körper ein, nein, du bittest den Eindringling selbst herein, öffnest die Tür für Sex oder Zorn, und am Ende ist es ganz egal, ob da etwas eindringt oder eingelassen wird – was zählt ist, dass du selbst offen und leer bist. Es gibt kein »vorher« und »nachher« wie bei einer Vergewaltigung, einer »richtigen«, oder bei einer Krebserkrankung, die Böse bist du selbst, du ganz allein, die einzige Verantwortliche.

Du hast uns gar nichts zu sagen, weil du:
es zugelassen hast,
nachgegeben hast,
nicht dagegen angekämpft hast,
es einfach über dich hast ergehen lassen,
dich aufs Kreuz hast legen lassen,
reingefallen bist,
aufgegeben hast,
kapituliert hast,
eingeknickt bist,
dich hast bedrängen lassen,
umgekippt bist,
dich unterworfen hast.

6

Auch Stephanie ist reingefallen, aber ihre Geschichte schlägt ein wie eine Bombe. Kein Blut, keine Leichen, nichts von all dem, woran man bei einer Vergewaltigung sonst denkt. Dafür ähnelt ihr Bericht dem vieler anderer junger Frauen so stark, dass ich schon beim ersten Hören vor mir sehe, wie er auf meine Studierenden wirken wird, die ja selbst darum ringen, dieses Rätsel zu entschlüsseln und sich von der immer wieder nachgebeteten Vorstellung zu lösen, dass einer Frau so etwas eben früher oder später passiert, weil die Welt nun mal so ist.

Auf Stephanies Geschichte stoße ich rein zufällig.

Ich räume gerade den Wandschrank im Schlafzimmer auf, ein einziges Chaos, seit Wochen schiebe ich das vor mir her, jetzt muss es endlich sein. Und weil es mir gewaltig auf den Keks geht, auf Knien die Socken zu sortieren und Handtücher von Pullovern zu trennen – *er* schmeißt immer alles durcheinander, stopft alles wild irgendwo rein, keine Ahnung, wie oft ich ihm schon erklärt habe, dass man so nie etwas wiederfindet, dass es so nicht weitergeht, Mensch, ich bin doch nicht dein Dienstmädchen, und dann bereue ich es umgehend, komme mir vor wie meine Mutter –, weil mich das also dermaßen nervt, mache ich das Beste draus, indem ich dabei Podcasts höre. Zum

Thema fünf Jahre #MeToo gibt es so viele, dass ich dafür eine eigene Playlist auf dem Smartphone habe.

Der erste ist langweilig, wobei, nicht direkt langweilig, aber er bringt mir nichts. Eine Philosophin und eine Psychoanalytikerin reden über Freiheit und Einverständnis. Bloß ist die Philosophin einfach zu abstrakt, schwafelt, statt zum Punkt zum kommen, über John Milton, der sich schon im 17. Jahrhundert mit dem Thema Scheidung befasst und geschrieben hat, die persönliche Autonomie entfalte sich in der Dynamik einer Scheidung viel mehr als bei der Eheschließung. Schön und gut, aber *so what?* Die Psychoanalytikerin kann man komplett abhaken. Seit zehn Minuten wiederholt sie nur noch, wie ambivalent der Begriff »Subjektivierung« doch sei, weil in ihm sowohl die Bildung eines Subjekts im Sinne eines autonomen Wesens stecke, als auch die Unterwerfung zum Subjekt im Sinne von Untertan, und dass es allein darauf ankomme, welche Seite man jeweils meine. Na gut. Ich breche ab, starte den nächsten Podcast, aber auch der enttäuscht mich. Zwei Juristinnen streiten über Verjährbarkeit – inhaltlich interessant, aber die beiden sind so auf Krawall gebürstet, dass man ihnen kaum folgen kann.

Fast will ich aufgeben, dann klicke ich doch noch mal auf gut Glück in die Playlist und höre: Ich habe ihm mehrmals gesagt, dass ich nach Hause will. Sofort lege ich die Bluse weg, die ich gerade falte, und greife nach dem Handy, skippe zurück zum Anfang des Podcasts und höre richtig zu.

Es geht um die Geschichte der zwanzigjährigen Stéphanie, aufgenommen von Alice, meiner Kollegin bei France Inter, die – im Gegensatz zu den meisten anderen – ihren Studiogast nicht ständig unterbricht, sondern einfach erzählen lässt, was ihr ein paar Monate zuvor passiert ist. Stéphanie war eben erst zum Studium nach Paris gezogen, kannte noch keinen Menschen, und an jenem Samstag lud ein Kommilitone sie abends zu sich nach Hause ein, zum Essen mit ein paar alten Schulfreunden. Ich höre den Podcast einmal durch, und dann gleich noch ein zweites Mal. Eine unglaubliche Geschichte. Also beschließe ich, sie für meinen Kurs zu transkribieren.

Die Einladung hab ich gern angenommen, ich hatte große Lust, ein paar andere Gleichaltrige kennenzulernen als die von der Uni. Also bin ich hin, wir haben gegessen, geredet, gelacht. Dann fiel mir auf, wie spät es war, am nächsten Morgen ging es bei mir schon um 8:30 Uhr los, und ich wollte fit sein. Aber als ich sagte, dass ich gehen will, hat er mich einfach an der Hand genommen, in sein Zimmer geführt und angefangen, mich zu küssen. Ich wich ihm aus, aber er machte trotzdem weiter. Da sagte ich, ich sei müde, wolle doch lieber nach Hause. Er tat, als würde er mich nicht verstehen. Also habe ich's noch mal gesagt. Und was in der Art von: Vielleicht ein andermal. Aber ich wurde immer verlegener. Und ich war wütend auf mich selbst, schließlich war ich ja bei ihm zu Gast, ich wollte ihn nicht vor den Kopf stoßen. Trotzdem, er hörte einfach nicht auf, er hat weitergemacht, als wäre nichts. Ich weiß auch nicht, wieso er nicht kapiert hat, was ich sagte. Er hat mir wohl einfach nicht zugehört. Da schaltete sich in mir ein seltsamer Mechanismus ein: Ich dachte nur noch daran, wann alles vorbei wäre. Wie versteinert lag ich da, rührte mich nicht, reagierte auf gar nichts. Ich hoffte nur, dass alles so schnell wie möglich vorüberging. Wie kann das sein, dass ein Typ so überhaupt nicht merkt, wann er zu weit geht?

Beim Durchlesen der Transkription schießen mir tausend Gedanken durch den Kopf.

Ich denke daran, wie oft den Frauen aus meiner Generation so etwas passiert ist.

Ich denke an die Leute, die meinen, bis vor wenigen Jahren sei man eben davon ausgegangen, Frauen hätten immer Lust.

Ich denke an die Kollegin, die mir eines Tages sagte, früher sei eben alles ganz anders gewesen: Als wir jung waren, war Einverständnis noch was Vages, Unausgesprochenes.

Ich denke an die Hörerin, die anrief und sagte: Na ja, wir haben halt auch nie so richtig gesagt, was wir wollten, oder? Letztlich war es doch immer leichter, nachzugeben, meinen Sie nicht?

Und ich denke: Kommt darauf an. Gibt es denn eine Frau, die so was nie erlebt hat? Oder eine, die stärker war, weniger duldsam; so eine wie Carlotta, zum Beispiel – ja, die hätte sicher nie nachgegeben oder wäre auf so einen reingefallen!

Und: Aber hat sich in den letzten Jahren denn gar nichts geändert? Wozu war #MeToo dann nutze?

Und: Aber was ist für einen Mann daran so schwer zu verstehen, wenn man sagt: »Vielleicht ein andermal«?

Und: Glauben die immer noch, Nein heiße eigentlich Ja?

Und: Ich muss unbedingt mit Alice sprechen, hören, was sie darüber denkt.

Und: Aber war das wirklich eine Vergewaltigung?

War das wirklich eine Vergewaltigung?, frage ich meinen Kurs.

Sie hatten eine Woche Zeit, über Stephanies Geschichte nachzudenken – heute sollen sie selbst reden, miteinander ins Gespräch kommen und diskutieren.

Also ich musste beim Lesen an das Beispiel mit dem Tee denken, meldet sich Maryse zu Wort.

Irgendwie bricht dieses Jahr immer sie das Eis. Letztes Jahr haben sie sich noch abgewechselt, mal meldete sich Balthasar zuerst zu Wort, mal Lora, mal Sarah und mal Arthur, aber da war es auch leichter, sich als Erstes vorzuwagen, es ging um die

Impfkampagne, um die Beziehung zwischen individuellen Freiheitsrechten und der öffentlichen Gesundheit, und obwohl ein paar von ihnen Impfgegner als Eltern hatten und deshalb Verschwörungsspinnereien ausgesetzt waren, war das Thema doch weniger heikel, weniger intim. Nicht, dass sie sich immer einig gewesen wären: Manchmal gab es richtig Streit. Aber es gab weniger Bedenken, weniger Verlegenheit, weniger Angst, etwas zu sagen, das jemanden verärgern oder verletzen könnte.

Wie, Tee?, fragt Thomas, der einzige Mann, der sich jede Woche an der Diskussion beteiligt.

Ach komm, das kennst du doch bestimmt! Das mit der Frau, die ihrer Freundin einen Tee anbietet? Wenn die Freundin Ja sagt, kocht sie ihr einen. Sagt die aber Nein danke, kann sie sie ja schlecht zum Trinken zwingen, oder? Und das kann sie auch nicht, wenn die Freundin erst Ja sagt, dann aber nicht mehr will, wenn der Tee fertig ist, oder wenn sie schon einen Schluck getrunken hat, es ihr dann aber reicht.

Okay, meinetwegen, aber was hat das mit der Geschichte von Stephanie zu tun? Thomas lässt nicht locker.

Na alles! Der Typ, der Stephanie zum Essen einlädt und sie dann zum Sex zwingt, verhält sich genau wie die Frau, die verlangt, dass ihre Freundin den Tee trinkt, weil sie ihn gekocht hat. Wenn du das nicht checkst, kann ich dir auch nicht helfen.

Juliette muss lachen, Clementine und Maylis stimmen mit ein. Ich brauche ein bisschen, um wieder für Ruhe zu sorgen.

Das Tee-Beispiel passt gut, da stimme ich Maryse zu. Aber

Das passt überhaupt nicht! Thomas ist puterrot. Tut mir leid, dass ich Sie unterbreche, aber soll ich Ihnen mal verraten, wieso das nicht passt? Weil Stephanie nie ausdrücklich sagt: Ich will nicht mit dir schlafen! Sie sagt immer bloß, sie sei müde, vielleicht lieber ein andermal. Aber woher soll ein Mann wissen, dass eine Frau nicht will, wenn sie bloß schüchtern rüberkommt? Klar ist der Typ ein Depp – aber ganz ehrlich, eine Vergewaltigung war das für mich nicht. Stephanie sagt doch selber, sie wollte ihn nicht vor den Kopf stoßen.

Sie wollte ihn nicht vor den Kopf stoßen, wiederhole ich. Da spricht Thomas einen kniffligen Punkt an. Stimmt ihm jemand zu?

Maylis hebt die Hand. Er ist schüchtern, er würde nie einfach dazwischenplappern, ohne dass ihm jemand erst das Wort erteilt.

Also, ähm, ich stimme ihm zwar nicht direkt zu, weil ich finde, man kann schon merken, ob eine Frau will oder nicht, und Stephanie hat ganz eindeutig nicht gewollt, aber ein bisschen würde ich schon auch sagen, dass das keine echte Vergewaltigung war.

Und was bitte schön wäre dann eine echte Vergewaltigung? Cyndelle hat bisher keinen Ton gesagt; sie spricht leise und ist so blass wie ein Leintuch: Das ist doch bloß wieder die alte Story von wegen die Frau sei letztlich selber schuld.

Nein, nein, brummt Maylis, natürlich nicht.

Also mal im Ernst, entgegnet Thomas, wollt ihr wirklich eine, die auf der Straße überfallen wird, auf dieselbe Stufe stellen wie eine, die sich nur vergewaltigen lässt, weil sie nicht klar und deutlich Nein sagt? Wir können doch die objektiven Tatsachen nicht einfach verleugnen!

Und findest du, wir sollten wirklich einem Kerl zuhören, der immer noch so eine Scheiße sagt wie »sich vergewaltigen lassen«? Cyndelle wird lauter, doch ihre Stimme zittert. Entschuldigung, aber ich kann diese Ausdrucksweise einfach nicht mehr hören. Und was soll das überhaupt sein, die »objektiven Tatsachen«?

7

Wenn Sie daran denken, was ich Ihnen bislang von mir erzählt habe, fragen auch Sie sich vielleicht nach den Tatsachen.

Die Antwort ist leicht: Ich habe keine zu bieten. Kein Blut, keine blauen Flecken, kein Geschrei, keine zerrissenen Kleider. Keine einzige objektive, unwiderlegbare Tatsache.

Und dennoch bleibt der ganze Rest, gehüllt in die Schatten eines Schlaf- oder Hotelzimmers, in dem es keine Zeugen gibt: ein »Nein«, das in der Kehle stecken bleibt, ein weit entfernter Körper, der Kopf woanders. Und die Leere. Der Filmriss. Die Verdrängung. Obwohl der Körper trotzdem alles weiß, denn der vergisst nicht, zwingt einen immer wieder zurück an den Ort des Verbrechens.

Gut, aber

Halt! Eine Tatsache habe ich doch, auch wenn es vielleicht keine echte ist – Carlotta meinte damals, es sei nur eine Halluzination.

Ich wusste gar nicht recht, was eine Halluzination eigentlich ist, wobei, grob wusste ich es schon, klar, aber ich wollte es genau wissen, also habe ich recherchiert, nachgelesen und erfahren, dass eine Halluzination eine objektlose Wahrnehmung ist, ganz gleich, ob visuell, olfaktorisch, auditiv, gustatorisch oder taktil. In jedem Fall nimmt man bei einer Halluzination etwas wahr, das nicht wirklich da ist, oft befördert durch den Konsum von Substanzen wie Alkohol oder Drogen, die auf das zentrale oder periphere Nervensystem einwirken, auf den Serotoninhaushalt und die Stimmung.

Okay. Dann hatte Carlotta wohl recht. An jenem Abend hatte ich einen Joint geraucht.

Das hatte ich davor noch nie getan, hatte aber Lust, es mal auszuprobieren. Klaus, mit dem ich damals zusammen war, kiffte viel. Er war Deutscher, hatte in Bonn ein Promotionsstudium angefangen, arbeitete aber gerade ein Jahr als Deutsch-Lektor an der Philosophischen Fakultät in Rom.

Möchtest du?, fragte er an jenem Abend. Wir waren in seiner Wohnung und eben mit dem Abendessen fertig.

Ja, okay, aber was passiert da eigentlich?

Ach, nix Wildes, du entspannst dich, wir entspannen uns, ist schön, du wirst sehen, es macht etwas euphorisch und höchstens ein kleines bisschen müde. Aber es passiert nichts Schlimmes, versprochen.

Aus einer Schublade holte er ein Tütchen hervor, das einen in Stanniolpapier gewickelten, schwarzen Klumpen enthielt, fast so wie Spielknete. Vermutlich Haschisch. In jedem Fall erhitzte er das Zeug mit seinem Feuerzeug, dann bröckelte er ein wenig davon ab, vermischte es mit Tabak, drehte eine Zigarette und rauchte.

Willst du auch?, fragte er erneut. Und ich bejahte erneut.

Ich hatte Klaus eines Abends bei Carlotta kennengelernt; ihre Eltern waren nicht zu Hause gewesen, und sie hatte die Gelegenheit für eine Party ergriffen. Carlotta war an der Uni sehr beliebt, wenn sie was startete, kam immer ein Haufen Leute: Ihre Freunde sagten anderen Bescheid, und auch die erzählten es weiter. Carlottas Partys waren also immer ein Erfolg, und nicht nur die, ihr gelang alles, sie war die Schönste, die Sympathischste, die

Selbstbewussteste, und wenn ich heute daran zurückdenke, kann ich gar nicht mehr sagen, wie wir je so unzertrennlich werden konnten, schließlich waren wir jeweils das Gegenteil der anderen, auch äußerlich: sie blonde Haare, heller Teint und grüne Augen (wobei, nicht direkt grün, eher eine Mischung aus grün und blau, je nach Lichteinfall), ich dunkle Haare, dunkler Teint und nicht zu bändigende Locken. Und wirklich hatte auch Klaus auf der Party von mir erst gar nichts wissen wollen, klebte nur an Carlotta, die aber schnell die Nase voll davon hatte, dass er sie mit seiner Diss über Munch volltextete. Ich dagegen hatte zufällig gerade Munchs Tagebuch gelesen, darüber, wie er zu seinem *Schrei* auf einem Spaziergang mit zwei Freunden inspiriert worden war, bei dem der Sonnenuntergang den Himmel feuerrot gefärbt und er den Schrei tatsächlich gehört hatte, einen markerschütternden Schrei, der alle natürlichen Farben und Formen zerriss.

Hier, Anna. Klaus reichte mir den Joint.

Ein Zug, dann noch ein zweiter, dritter, und alles drehte sich bereits um mich, danke, das reicht, mehr will ich nicht, aber es war schon zu spät, die Welt drehte sich immer schneller, und mir wurde übel, ich musste mich übergeben, wollte nur noch schlafen.

Klaus hob mich hoch und trug mich zu seinem Bett. Und ich schloss die Augen und fing an zu plappern: Ich redete und redete, reihte endlos sinnloses Zeug aneinander, wobei, ich weiß gar nicht, ob es tatsächlich sinnlos war, das sagte nur Klaus am nächsten Tag: Du hast sinnloses Zeug geredet. Gut. Mag sein. Ich aber weiß noch, wie ich mich plötzlich fühlte wie ein kleines Kind, ein winzig kleines, und irgendjemand beugte sich da über mich, ein Schatten, ich konnte nichts mehr sehen, wobei, einmal habe ich doch kurz etwas gesehen, den Umriss eines Mannes, schwer spürte ich ihn auf mir, er drückte, tat mir weh, Aua!, habe ich irgendwann geschrien, das tut weh! Aber er hielt mir den Mund zu, still, halt ja die Klappe, wenn du das deiner Mutter erzählst, mach ich dich fertig, kapiert?, ja, ich sage keinem was, ich schwör's, aber bitte hör auf, du tust mir weh!

Mit dem Serotonin habe ich sowieso noch eine Rechnung offen. Wir beide haben uns noch nie verstanden, Freunde werden wir in diesem Leben keine mehr. Es hält sich an keine Abmachung, es regelt nichts, weder meine Stimmung noch mein Gedächtnis, weder Emotionen noch Hunger oder Schlaf, es belohnt nicht, straft nicht und sorgt auch nicht für Motivation oder Lust. Es ist bloß da – im Gegensatz zu einer Halluzination.

Trotzdem, zurück zum Cannabis. Und zum darin enthaltenen THC, das aufs Gehirn über die Rezeptoren CB1 und CB2 einwirkt und verschiedene Effekte in der Serotoninproduktion auslöst – und daher wirklich Halluzinationen erzeugen kann. Was hatte mich damals bloß geritten, dieses Zeug zu rauchen? Hoffte ich etwa auf eine kreative Halluzination à la Munch? Hätte ich nicht vorher wissen müssen, dass ich so was nicht vertrug, dass ich ohnehin komplett meschugge war und keinerlei Kontrolle über irgendetwas hatte?

#QuellaVoltaChe. Damals, als

Halluzination? Tatsache? Hirngespinst? Albtraum?

Anscheinend spielt das keine Rolle, geht an der Sache vorbei, was zählt, ist die Gewalt, sonst käme doch niemand je auf die Idee, er oder sie wäre als Kind missbraucht worden, schon gar nicht derart detailliert: Wenn du das deiner Mutter erzählst, mach ich dich fertig. Und selbst wenn es sich um eine simple (simple?) Halluzination handeln sollte, dieses »Du tust mir weh« und dieses »Bitte hör auf« sind wahr, real, belegt: Irgendwas ist eingedrungen, irgendwas hat ausgelöscht, zum Schweigen gebracht, durchsichtig gemacht.

Durchsichtig.

Genauso fühle ich mich, das erlebe ich, das passt am besten zu allem, was ich in meinem Dasein durchmache, auch noch heute, wo ich fast fünfzig bin und diese Durchsichtigkeitsgeschichte alle nur zum Lachen bringt, so klingt, als wolle ich sie auf den Arm nehmen.

Die Tatsachen.

#QuellaVoltaChe. Damals, als

Immer diese Besessenheit von den objektiven Tatsachen, im Unterschied zur mutmaßlich fehlbaren Erinnerung, die interpretiert, erfindet und der alles immer viel zu spät einfällt. Da hättest du auch früher schon mal drauf kommen können! Hm, aber wann früher? Diese Besessenheit ruiniert ganze Generationen zukünftiger Forscher und Journalisten, und ich habe sie satt, sie ist bloß ein Mythos, eine unerträgliche Lüge.

8

Für die Tatsachen rund um den Fall Maxwell interessierte ich mich anfangs gar nicht. Natürlich wusste ich, dass Ghislaine Maxwell die Ex-Partnerin (Partnerin?) des amerikanischen Investmentbankers Jeffrey Epstein war, jenes Freundes von Bill Clinton und Prinz Andrew, der des Sex Traffickings, des Missbrauchs Minderjähriger und vieler anderer Grausamkeiten angeklagt wurde und 2019, noch vor Beginn seines Prozesses, im Gefängnis Suizid (Suizid?) beging. Und ich wusste, dass Maxwell bis zum Hals in der Sache mit drinsteckte. Doch als das FBI sie am 2. Juli 2020 wegen Verführung Minderjähriger und Kinderhandels verhaftete, weigerte ich mich, die Sache persönlich zu verfolgen. Es war Pandemie, USA-Reisen unmöglich, ein direktes Gespräch mit den Quellen folglich auch, und sowieso passte mir das alles gar nicht in den Kram: Sucht euch jemand anders, sagte ich zu meinem Chefredakteur, kein Interesse.

Entschuldige, aber spinnst du?, fragte *er*, als ich heimkam und ihm davon erzählte. So eine Chance kriegst du nie wieder, willst du denn gar nicht wissen, was eine Frau dazu bewegt, anderen Frauen so etwas anzutun? Darum geht's hier doch, oder? Dass sie Bescheid wusste?

Er konnte es nicht fassen: Wie konnte ich mir das nur durch die Lappen gehen lassen? Wieso sperrte ich mich so dagegen?

Inzwischen weiß ich, wie mächtig mein Unbewusstes ist, dass es stets dahintersteckt, wenn ich lieber wegschaue, dass es mich streng wie ein uniformierter Ordnungshüter auffordert, ich solle weitergehen, ja, danke, bitte weitergehen, *y a rien à voir*, hier gibt es nichts zu sehen.

Inzwischen weiß ich das, gehorche aber immer noch. Bis die Wirklichkeit mich wieder packt, mich zwingt, die Augen vor den Tatsachen weit aufzureißen. Genau wie im Fall von Epstein und Ghislaine Maxwell. Vor allem in dem von Ghislaine.

Und weil man seinem Schicksal nun mal nicht entkommt, musste ich den Kopf bald aus dem Sand ziehen. Erst recht, weil mein Chefredakteur mich trotz allen Protests nach New York schickte: Da steckt Stoff für eine ganze Podcast-Reihe drin, das willst du doch wohl nicht der Konkurrenz überlassen?!

Der Prozess beginnt am 29. November 2021.

In New York ist es schweinekalt, es herrscht ein irres Gedränge aus Presse und Schaulustigen, viele davon ohne Maske, und ich habe trotz dritter Impfung Angst, mir Corona einzufangen.

Dazu kommt meine wachsende Beklemmung: Diese Sache will mir einfach nicht in den Kopf, irgendetwas hakt da, und vielleicht setzt mir vor allem das zu, zusätzlich zu meinem Englisch, das ich erst mal gründlich entrosten muss, wenn ich die Anwälte, Zeugen und Opfer interviewen will. Allerdings stehen drei der vier Hauptzeuginnen ohnehin unter Zeugenschutz und sagen unter Pseudonym aus, sodass ich gar nicht an sie rankomme.

Die Staatsanwältin Lara Pomerantz redet nicht lange um den heißen Brei herum: Ghislaine Maxwell, sagt sie, habe die zum Tatzeitpunkt allesamt minderjährigen Opfer bewusst getäuscht, ihnen das Blaue vom Himmel versprochen, nur um sie sexuell auszubeuten und damit für immer, unwiderruflich, aus der normalen Lebensbahn zu werfen.

Während Epstein diese jungen Frauen missbrauchte, führte die Angeklagte ein Leben in Saus und Braus, das sie sich ohne ihn nie hätte leisten können, und zwar im Wissen, dass sie diese Frauen einem Sexualstraftäter auf dem Silbertablett servierte. Nein, Pomerantz nimmt wirklich kein Blatt vor den Mund.

Was meiner Klientin da vorgeworfen wird, schießt die Anwältin Bobbi Sternheim zurück, hätte man Jeffrey Epstein zur Last legen müssen – der war der Täter, nicht Ghislaine. Für die Opfer tut es mir zwar leid, dass Epstein heute nicht auf der Anklagebank sitzt, aber diese Sündenbocklogik bringt uns nicht weiter, man kann doch nicht an meiner Klientin auslassen, dass der wahre Schuldige sich das Leben genommen hat.

Ghislaine Maxwell wird von Beamten in den Saal eskortiert, gekleidet in Weiß, das Gesicht halb hinter einer Maske verborgen, einen Stapel Dokumente an die Brust gepresst. Sie kommt mir kleiner vor als auf den Fotos und im Fernsehen, dünner, blasser. Wie ein ganz normaler Mensch. Wie eine Frau in Angst.

Du bist nicht objektiv, denke ich. Hab ich's doch gewusst, dass ich nicht nach New York fahren sollte.

Ghislaine ist die Tochter von Robert Maxwell, dem Eigentümer des *Daily Mirror* und des Verlags Macmillan. Superreich, weltberühmt und ein fieses Arschloch, sagen viele, die ihn kannten, und berichten, wie zu Hause bei den Maxwells Angst und Schrecken herrschten, obwohl nach außen hin stets alles eitel Sonnenschein war. Mit dreißig, Anfang der Neunziger, lernte Ghislaine dann Epstein kennen. Ihr Vater war kurz zuvor gestorben, seine Leiche hatte man vor den Kanaren aus dem Meer gefischt. Verdächtig, fanden viele, zumal die Umstände nie ganz geklärt wurden: Der Autopsiebericht spricht nur von einem Herzinfarkt und einem unglücklichen Sturz ins Wasser. Das Imperium des britischen Medienmoguls hatte schon vorher am Rand des Ruins gestanden, nach seinem Tod waren die Maxwells pleite.

Ghislaine, die ihrem Vater sehr nahgestanden hatte, war am Boden. Manche Leute meinen, ihre Beziehung mit Jeffrey sei aus der Asche dieser engen Vater-Tochter-Beziehung entstanden. Andere sagen aber auch, die junge, an Luxus gewöhnte Frau hätte es bloß darauf abgesehen gehabt, ihren Lebensstandard zu halten. Epstein war stinkreich, sie verfügte über Vitamin B: eine perfekte Mischung.

Ende der Achtziger besitzt Ghislaine Maxwell alles, was sich eine Frau nur wünschen kann: Sie ist geistreich, klug, glamourös, verführerisch, nicht aufzuhalten; sie kennt die berühmtesten Musiker, die größten Filmstars, die Royal Family und den amerikanischen Präsidenten.

Spielen wir ein Spiel: Die Männer verbinden sich die Augen, die Frauen ziehen sich aus, dann müssen die Männer sie durch Tasten erkennen. Das erzählt eine Bekannte, die 1989 bei den Maxwells zu Gast und schockiert von Ghislaines Vorschlag war. Aber na ja, dank ihrem Machoschwein von Vater hat sie Respekt eben nie gelernt.

Als ich kurz nach Epsteins Suizid im Fernsehen ein Interview mit einer Frau sah, die den Kollegen von CNN sagte, für sie als Überlebende sei es unerträglich, keine Gerechtigkeit bekommen zu können, stutzte ich. Was meinte sie damit? Was genau war unerträglich? Das, was sie durchgemacht hatte, oder dass Epstein sich erhängt hatte, noch ehe der Prozess begann? Ich verstand nicht, was mich so irritierte. Der Umstand, dass ein Missbrauchsopfer sich ernsthaft einbildete, ein Prozess könne den angerichteten Schaden – und damit ihr Leben – reparieren, oder dieses Wort, »Überlebende«, das mir überzogen vorkam? Was hat sie denn bitte überlebt?, fragte ich mich. Schließlich ging es hier nicht um ein Attentat, einen Amoklauf oder einen Krieg.

Aber auf wessen Seite stand ich eigentlich?

Wieso war ich irritiert von der Aussage eines Opfers, statt mich über den Täter aufzuregen?

Als Annie Farmer in den Zeugenstand tritt, sieht sie im Vorbeigehen zu Maxwell, doch die weicht ihren Blicken aus, wendet sich ab. Dann erzählt Annie ihre Geschichte, und ich bekomme eine Gänsehaut.

Und ich schäme mich. Sehr.

Wie hatte ich nur an ihr zweifeln können? Offenbar war ich auch nicht besser als alle anderen.

Annie ist sechzehn, als sie Epstein und Maxwell kennenlernt. Langes, blondes Haar, helle Augen, Typ Mädchen von nebenan. Von ihrer Schwester, die für Ghislaine arbeitet, hat sie gehört, Epstein sei so eine Art Mäzen, der jungen Menschen dabei hilft, sich ein Leben aufzubauen. Ehrgeizig, wie sie ist, stimmt sie einem Treffen mit Maxwell zu. Die erklärt ihr, wenn sie an eine renommierte Uni wolle, brauche sie für ihren Lebenslauf irgendetwas, das sie von der Masse abhebt. Sie schlägt ihr eine Auslandsreise vor, bietet an, ihr finanziell unter die Arme zu greifen. Komm doch zu uns nach New Mexico, sagt sie, da können wir in Ruhe reden. Jeffrey und sie hätten dort eine Ranch, da könnten sie gemeinsam eine Strategie austüfteln. Annie lässt sich darauf ein, und als sie ankommt, ist sie im siebten Himmel. Epstein und Maxwell geben alles, damit sie sich wie etwas Besonderes fühlt: Geschenke, Luxus, Freundlichkeit.

Dann aber kippt die ganze Sache. Ghislaine fordert sie auf,

Jeffrey die Füße zu massieren, macht ihr sogar vor, wie. Annie ist das zwar peinlich, aber sie macht mit. Sie hat das Gefühl, dass den beiden das wichtig ist. Tags darauf legt Epstein sich zu ihr ins Bett: Ich wusste nicht, was tun, ich wollte nur weg.

Im Gericht bleibt Annie standhaft. Selbst dann noch, als die Verteidigung ihr ein Heft vorlegt, ihr Tagebuch aus jener Zeit, und sie auffordert, einige Passagen vorzulesen.

Wir waren im Kino, Epstein saß neben mir – Annie hält inne.

Bitte lesen Sie weiter!

Es war seltsam, dass er mir so auf die Pelle rückte, vor allem, als er dann auch noch meine Hand nahm und sie streichelte, aber ich beschloss, es nicht weiter schlimm zu finden, obwohl ich mich bedrängt fühlte.

So, Sie fanden das also nicht weiter schlimm – das schreiben Sie ja selbst. Und wieso fanden Sie es dann irgendwann doch schlimm? Die Anwältin will den Sachverhalt herunterspielen.

Annie bleibt standhaft. Sie sagt, sie sei verlegen gewesen, aber vor allem verwirrt, er hätte schließlich angeboten, ihr eine Reise nach Thailand oder Vietnam zu finanzieren – und hinterher das ganze Studium –, und sie, die damals noch minderjährig war, habe vielleicht versucht, sich sein seltsames Verhalten schönzureden. Aber: Seltsam war es halt trotzdem, einerseits war er so nett und großzügig, und andererseits hat er diese Dinge getan, die mir unangenehm waren.

Am 4. Dezember 2021 wird Kate in den Zeugenstand gerufen. Es ist der sechste Prozesstag, und sie ist eine der drei geschützten Zeuginnen, sagt unter Pseudonym und unkenntlich gemacht aus. Kate hat Angst, es geht ihr nicht gut: Nachdem Epstein sie über zwei Jahre hinweg wiederholt missbraucht hatte, hat sie lange Zeit Drogen genommen. Mit siebzehn hatte sie Maxwell kennengelernt. Sie hatte eben eine Zusage aus Oxford erhalten, wollte Model werden, und Ghislaine war für sie eine Art Vorbild. Als die erzählte, sie lebe mit einem mächtigen Mann zusammen, der ihrer Karriere auf die Sprünge helfen könnte, nahm sie das Angebot gern an. Sie vertraute Maxwell blind – und tappte in dieselbe Falle wie Annie: erst die Massagen, dann der Sex.

Bei meinem ersten Besuch bei den beiden bin ich Ghislaine in die Arme gelaufen, als ich aus dem Badezimmer kam, in dem ich grade mit Epstein gewesen war.

Sie sagen also, Ms. Maxwell sei im Haus gewesen, als Epstein Sie vergewaltigt hat?, fragt die Anwältin.

Ja, und sie hat mich gefragt, wie es gelaufen ist, ob ich es gut gemacht hätte. Sie wirkte zufrieden, hat sich bei mir bedankt.

Sicher, dass Sie sich da richtig erinnern? Dass die Drogen Ihr Gedächtnis nicht beeinflusst haben?

Mir klappt die Kinnlade runter. Unerträglich, diese Strategie von Maxwells Verteidigerin. Kates und Annies Aussagen sind über jeden Zweifel erhaben. Epstein war ein mieses Stück Scheiße. Ich hasse ihn. Und obwohl es mir schwerfällt, auch Ghislaine zu hassen, ist ihre Mitschuld mittlerweile offensichtlich.

Gute Bekannte von Maxwell haben erklärt, sie sei in Epstein nicht bloß verliebt, sondern regelrecht abhängig von ihm gewesen. Die Mädchen habe sie ihm lediglich zugeführt, um ihn an sich zu binden. Andere sagen jedoch, sie sei noch schlimmer als Jeffrey, habe die Rolle der Kupplerin und die damit verbundene Macht genossen. Sie traf die Entscheidungen, machte die Ansagen. Sie war der Kopf des Ganzen.

Ghislaine Maxwell ist eine Psychopathin, sagt eine Psychologin mir im Interview. Haben Sie eine Ahnung, was eine Jugendliche durchmacht, die den sexuellen Perversionen solcher

Leute zum Opfer fällt? Seit über zehn Jahren behandle ich junge Frauen, die in ihre Klauen geraten sind, und ich habe nicht den leisesten Zweifel: Maxwell ist eine kranke Narzisstin und unfähig, eine gesunde Beziehung zu führen. Ihr Leben lang hat sie immer nur alle manipuliert und eingeschüchtert, die ihr in die Finger kamen. Aber was haben Sie denn? Schockiert sie das? Wieso schauen Sie mich so an?

Nein, nein, es ist nur

Nur was? Die Therapeutin unterbricht mich. Denken Sie an Epstein? Den können Sie getrost vergessen. Die wahre Psychopathin in der ganzen Angelegenheit ist Maxwell!

Ich habe bestimmt nicht die Absicht, Ghislaine zu verteidigen, nur weil sie eine Frau ist. Das wäre ja noch schöner. Mir ist schon klar, dass auch Frauen nicht davor gefeit sind, Böses zu tun. Trotzdem, ich komme nicht umhin, an Maxwells toxische Beziehung zu ihrem Vater zu denken, daran, was sie selbst als Mädchen durchgemacht hat, an ihre bedingungslose Liebe zu diesem gefühlskalten Mann und daran, wie die verworrenen Wege des Lebens ein Opfer manchmal dazu bringen können, anderen dasselbe anzutun, was sie erlitten haben, und so immer wieder zum Ort des Verbrechens zurückzukehren.

Nichts kann Maxwells Taten rechtfertigen. Aber ich bin auch nicht hier, um über sie zu urteilen, sondern, um eine Geschichte zu erzählen – und sie vielleicht, irgendwann, zu verstehen. Auch wenn mir diese ganze Sache mit jedem Tag absurder erscheint.

Am 29. Dezember 2021 wird Ghislaine Maxwell nach einmonatiger Verhandlung für schuldig befunden: Sie hat die Mädchen geködert, manipuliert und Epstein zum Missbrauch zugeführt.

Keine Überraschung, das war zu erwarten. In New York muss ich jetzt nicht mehr bleiben; ich halte das alles auch nicht mehr aus. Als ich sehe, wie eine junge Frau auf der Treppe vor dem Gericht von Fernsehteams umzingelt wird, will ich am liebsten auf dem Absatz kehrtmachen und weglaufen. Ich habe alles, was ich für den Podcast brauche, weiteres Material ist unnötig.

Dann siegt doch der Journalistinneninstinkt.

Seit Prozessbeginn bin ich täglich um vier aufgestanden, um rechtzeitig hier zu sein, sagt die junge Frau. Ich konnte nicht anders, ich musste einfach, trotz der zweistündigen Zugfahrt von Philadelphia nach New York. Und jeden Tag hatte ich dabei diese Schuhe an.

Sie zeigt auf ihre Füße und erklärt, es handle sich um ein Paar Gucci-Mokassins, die Jeffrey und Ghislaine ihr geschenkt hätten (die Vornamen benutzt sie selbst). Als ein Reporter wissen will, wieso sie die trotzdem trage, antwortet sie, das tue sie schlicht aus Prinzip, sie halte es für symbolisch bedeutsam, jeden Tag in diesen Schuhen in den Zug zu steigen, um dem Prozess beizuwohnen.

Das will ich genauer wissen. Ich warte, bis die Kollegen fertig sind, um ihr selbst ein paar Fragen zu stellen.

Ich heiße Liz und bin eine Überlebende von Jeffrey Epstein und Ghislaine Maxwell, sagt sie sofort. Dann erklärt sie, sie würde zwar keine Fragen beantworten, mir aber ihre Geschichte erzählen, wenn ich wolle. Das sei nicht verhandelbar, fügt sie hinzu, als ich sie wenigstens fragen will, wieso sie nicht ausgesagt hat. Also lasse ich sie reden, und sie erzählt von ihrer ersten Begegnung mit Ghislaine (erneut benutzt sie selbst den Vornamen), als sie zwanzig war und in einem teuren Modegeschäft gearbeitet hat.

Ich habe sie beim Shopping beraten, ihr Teile empfohlen. Wir kamen ins Quatschen, als wären wir alte Freundinnen, und als sie ihre Auswahl getroffen hatte, bat sie mich, ihr die Sachen später ins Hotel zu bringen. Das tat ich. Im Hotel hab ich dann Jeffrey kennengelernt, und anfangs lief der Abend vollkommen normal. Dann sind Jeffrey und Ghislaine plötzlich im Bad verschwunden und kamen beide im Bademantel wieder raus. Bis dahin war es echt ein ruhiger, lockerer Abend gewesen, aber damit war es jetzt vorbei. Die ganze Stimmung war auf einmal anders. Die beiden sprachen nur noch von Männern und Frauen, fingen an, sich zu küssen. Ich wusste nicht, wohin mit mir. Dann meinte Ghislaine, ich solle doch mitmachen, erklärte mir, was sie gern von mir wollte, und ich wurde panisch. Ich hatte Angst. Wollte das nicht. Bei der ersten Gelegenheit bin ich abgehauen. Danach war ich so traumatisiert, dass ich im Laden gekündigt und woanders neu angefangen habe. Aber Ghislaine hat mich aufgespürt. Sie wollte, dass wir wieder Freundinnen sind, lud mich mehrmals zu Jeffrey und sich nach Hause ein. Ich wusste, wie viel Einfluss sie in der Modewelt hatte, und wollte es mir mit ihr nicht verscherzen. Erst war ich ihre beste Freundin, dann plötzlich ihre schlimmste Feindin. Sie ließ mich an mir selber zweifeln. Mir war klar, dass das nicht normal war, aber immer, wenn ich auf Distanz ging, haben die mich wieder ausfindig gemacht. Ich konnte nichts tun. Mit niemandem reden. Drei Jahre ging das so.

Und die Mokassins?

Dieser Punkt interessiert mich am meisten. Warum hat sie die Dinger nicht weggeworfen? Und warum wollte sie sie bei dem Prozess tragen?

Ach, das ist dasselbe wie mit dem schwarzen Kleid. Sie knöpft ihren Mantel auf und zeigt es mir: ein Bustierkleid aus schwarzem Seidentaft, todschick und für den Anlass völlig unpassend. Das hatte ich mal zu Silvester an, Ghislaine hatte es ausgesucht. Ich hab alles aufgehoben, was die mir geschenkt haben. Ich verstehe schon, wenn Sie das komisch finden – auch, dass ich es heute trage. Aber gerade diese Sachen helfen mir zu begreifen, was ich erlebt habe, *dass* ich es wirklich erlebt habe. Ich brauche sie, um darüber wegzukommen.

9

Röcke, Kleider, Tücher, Jacken: Alles, was mich auch nur im Entferntesten an meinen Mann erinnerte, wollte ich nach unserer Trennung so schnell wie möglich loswerden. Manche Teile habe ich verschenkt, andere einfach in den Müll geworfen; schon die bloße Vorstellung, einen Schrank zu öffnen und sie vor der Nase zu haben, verursachte mir eine Gänsehaut. Ich wollte diese ganze Zeit ad acta legen wie nach meinem ersten Mal in Paris, dem Praktikum am Method Acting Center. Als ich damals aus dem Wohnheim in der Cité universitaire auszog, verschenkte ich sämtliche aus Italien mitgebrachte Klamotten wahllos und reiste mit leeren Koffern zurück. Geholfen hat mir das zwar auch nicht viel, aber wenigstens hatte ich versucht, die Klammer zu schließen. Oder mir das wenigstens eingeredet.

Ich hatte damals gerade ein Sachbuch von Olivier Abel gelesen, einem Philosophen, der viel über Gedächtnis und Erinnerung nachgedacht hat. In dem Buch schreibt er, alles im Leben habe seine Zeit und früher oder später käme der Moment, in dem man dem Vergessen seinen Lauf lassen müsse. Das sei zwar grausam, aber trotzdem die einzige Möglichkeit, Raum für Neues zu schaffen, für neue Möglichkeiten, ein neues Selbst. Was wiederum nicht heißen solle, dass man die Vergangenheit einfach wegwischt oder aufgibt, sondern nur, dass man nicht in Gram versinkt.

Und weil auch ich auf ewigen Gram keine Lust hatte, nicht für immer daran nagen wollte, was ich hätte sagen oder tun sollen, aber weder tun noch sagen konnte, nahm ich ihn beim Wort und schaffte mir alles vom Hals.

Das Praktikum liegt mittlerweile dreißig Jahre zurück. Gleich nach meinem Abschluss an der Uni hatte ich es absolviert, im Sommer. Unsicher, was ich als Nächstes tun wollte – promovieren, Journalismus oder Malerei –, hatte ich mich von Carlotta dazu überreden lassen: Das verschafft dir erst mal Zeit zum Nachdenken, hatte sie gesagt, und wer weiß, vielleicht ist es ja genau dein Ding. Sie meinte, am Pariser Method Acting Center gäbe es Sommerpraktika für Einsteiger: Die arbeiten mit der Stanislawski-Methode, das ist so ähnlich wie die Strasberg-Methode in Amerika. Wie bei Daniel Day-Lewis, weißt du? Der ist natürlich unnachahmlich, aber er ist trotzdem mein Vorbild und hält sich treu an Strasberg: Man spielt, indem man ganz zu der Figur wird, die man darstellen soll, man lernt, wie man sich völlig in diese Person verwandelt, ohne diese Künstlichkeit, die heutzutage im italienischen Theater grassiert.

Das alles war noch vor meiner Beziehung mit Massimo, und noch vor der Filmhochschule. Nach nicht mal einer Stunde hatte Carlotta mich überzeugt. Schon während sie mir erzählte, wie Day-Lewis, als er den Christy Brown in Jim Sheridans *Mein linker Fuß* gespielt hatte, gar nicht mehr aus dem Rollstuhl aufgestanden war, wie die Filmcrew ihn in der Mittagspause mit dem Löffel gefüttert hatte, bekam ich Lust, das selbst auszuprobieren. Als sie mir dann auch noch schilderte, wie er für die Rolle des Iren Gerry Conlon, der in *Im Namen des Vaters* die Beteiligung an einem Terroranschlag gesteht, drei Tage ohne

Schlaf in einer Zelle zugebracht und sich dann neun Stunden am Stück von Ex-Cops der Special Branch hatte verhören lassen, war ich so gut wie sicher, das sei meine Zukunft.

In Paris lebte Daniele, ein ehemaliger Kommilitone von Carlotta und mir, der dort seinen Doktor in Romanistik machen wollte. Er hatte mir ein Zimmer in der Cité universitaire organisiert und eine Menge Tipps gegeben, um aus meiner Zeit in Paris das Beste herauszuholen. Nach meiner Ankunft lud er mich zum Essen ein, in seine Einzimmerwohnung in der Rue d'Alésia im 14. Arrondissement, unweit der Cité. Dort war er erst kürzlich eingezogen – zu seiner Freude: Die Monate im Wohnheim seien schön gewesen, meinte er, aber auch chaotisch, zu viele Partys, zu viel Alkohol, zu viele Frauen und zu viel Ablenkung.

Er hatte für uns gekocht. Als ich ankam, war alles schon fertig. Wie nett, fand ich, wer hätte das gedacht? Carlotta übertreibt eben immer, sie hatte Daniele als langweiligen Streber abgestempelt, aber da liegt sie falsch, morgen muss ich ihr das unbedingt erzählen.

Wir aßen, quatschten, tranken. Vielleicht ein bisschen zu viel, aber was soll's, es war ja mein erster Abend allein in Paris. Das letzte Mal war ich als kleines Mädchen hier gewesen, mit meiner Oma, die andauernd schmollte und meiner Mutter in den Ohren lag, sie wolle wieder nach Hause, worauf meine Mutter immer nur sagte, sie solle das endlich lassen, man könne doch nicht einfach so alle Brücken zu seiner Heimat und seiner Vergangenheit abbrechen. Wie dem auch sei, als Daniele sich an mich heranwanzte und mich küsste, war ich so betrunken, dass sich alles um mich herum drehte. Er schob mich zu seinem Bett, und ich leistete keinen Widerstand.

Große Lust hatte ich nicht, nein, eigentlich gar keine, Daniele war nicht mein Typ, er hatte mir nie gefallen, im Grunde kannte ich ihn ja nicht mal besonders gut, aber wie sollte ich ihm das jetzt sagen? Er war so nett gewesen, erst das Zimmer in der Cité, dann die Tipps und das Essen, was sollte ich da machen? Als er ein Kondom suchen ging, hätte ich fast trotzdem etwas gesagt, verkniff es mir dann aber doch. Na gut, dachte ich, was soll's, ist ja nur für eine Nacht.

Scheiße, das Kondom! Daniele war aufgesprungen und stand neben mir, den geplatzten Gummi in der Hand. Du nimmst doch die Pille, oder?

Die Pille?

Ja, die Pille! Bitte sag mir, dass du die scheiß Pille nimmst!

Aber die Pille nahm ich nicht. Ich schüttelte den Kopf, sah ihn an, wusste nicht, was ich tun, ja nicht mal, was ich sagen sollte. Also zog er sich hastig an und schleifte mich zur Apotheke, in Frankreich gibt's die Pille danach Gott sei Dank rezeptfrei, sagte er, ohne das ganze Trara wie in Italien – zumindest was das betrifft, haben wir Glück.

Zwei Stück musste ich nehmen, im Abstand von etwa zwölf Stunden, genau weiß ich das nicht mehr, vielleicht will ich mich auch gar nicht mehr erinnern, aber jedenfalls habe ich mich exakt an den Beipackzettel gehalten und sechsunddreißig Stunden durchgekotzt. Was für ein Glück, wirklich wahr, womit hatte ich dieses Glück nur verdient?

Ich weiß nicht mehr, wie viele Tage ich mich danach in mein Zimmer eingeschlossen habe. Daniele rief am nächsten Tag noch einmal an, dann verschwand er für immer von der Bildfläche. Und ich wagte mich erst wieder vor die Tür, als das Praktikum losging.

Körperlich hatte ich mich erholt, aber innerlich ging es mir miserabel. Wieder war da dieses ewige Gefühl, nichts wert zu sein. Mehr noch, nicht nur das Gefühl, sondern die Gewissheit, dass Daniele damit nichts zu tun hatte: Scheiße war nur ich.

Wie schaffen die anderen das bloß, dass sie immer respektiert werden?

Im Method Acting Center sollten wir zuallererst das Eis brechen und einander kennenlernen. Allein sollten wir auf die Bühne treten und eine Geste ausführen. Ganz egal welche, sagte Justine, die den *Cours d'exploration*, den Erkundungskurs, leitete.

Wir waren etwa zwanzig. Männer und Frauen ungefähr in meinem Alter, fast alle Franzosen. John und ich waren die einzigen Ausländer und beide zweisprachig aufgewachsen. Er war aus London, hatte jedoch einen französischen Vater, der eine Arbeitskollegin aus der City geheiratet hatte. Anfangs hatte John noch in die Fußstapfen seines Vaters treten wollen, dann aber gemerkt, dass er die Nase voll von England und der Hochfinanz hatte: Er war fürs Theater geboren! Ich bringe alle Voraussetzungen mit, sagte er, meine Mutter hat mich nie beschützt, und mein Vater mich nie an der Hand genommen, da kann ja nur ein großer Schauspieler aus mir werden. Das Praktikum sollte ihm helfen, sich auf die Aufnahmeprüfung an der Akademie vorzubereiten.

Mir dagegen kamen nach dem anfänglichen Enthusiasmus bereits erste Zweifel, und ich wollte am liebsten zurück nach Italien. Bevor man uns ins die Hände von Justine gab, mussten wir eine Art Test ablegen. Dabei ging es nicht um Punkte, sondern eher darum rauszufinden, ob wir das Zeug für die Methode hatten. Die erste Frage bezog sich auf den Inhalt unserer Geldbeutel: Wisst ihr, wie viel Geld ihr ungefähr dabeihabt? Dann folgte das Angebot einer Reise an einen exotischen, aber gefährlichen Ort, und schließlich die Aufforderung eines Sportlehrers, in den Leistungssport zu gehen. Ich hatte keine Ahnung, wie viel Geld ich in der Tasche hatte, und wäre nie im Leben an einen exotischen Ort gereist; allenfalls hätte ich mich auf den Leistungssport eingelassen, aber um was genau ging es da eigentlich? Schließlich kommt es ja auf die Disziplin an, und mit Geräteturnen konnte ich nichts anfangen. Ergo: *laisse tomber!*

Ruhe jetzt, ihr zwei!, ermahnte uns Justine. Konzentriert euch bitte. Ihr habt ja recht, wir wollen einander kennenlernen, aber mit den Mitteln des Schauspiels, durch Gesten und Körpersprache. Also, wie ich eben sagen wollte, bevor ich unterbrochen wurde: Ihr tretet jetzt bitte alle nacheinander auf die Bühne und macht eine Geste, um im szenischen Raum erst mal anzukommen.

Was denn für eine Geste?, erkundigte sich John.

Irgendeine, völlig egal, Hauptsache, ihr seid mit dem ganzen Körper dabei. Ihr könnt auch einfach eine Hand an die Stirn legen, als wolltet ihr in die Ferne spähen. Es kommt nicht auf die Art der Geste an, sondern darauf, wie ihr sie ausführt. Lasst euch so viel Zeit, wie ihr braucht, nehmt die Bühne richtig wahr, richtig in euch auf. Die ist nämlich nicht bloß ein leerer Kasten oder bloßer Rahmen. Mit der Zeit werdet ihr lernen, dass sie lebt, dass sie auf Impulse reagiert. Klar? Willst du gleich anfangen, John, wo du schon gefragt hast?

John ließ sich nicht lange bitten. Ohne das leiseste Zaudern trat er auf die Bühne, und er war toll. Er zog eine Krawatte aus der Tasche und band sie sich ganz langsam, als wäre das ein Staatsakt, um den Hals, fesselte die Blicke aller Anwesenden. Nachdem er fertig war, applaudierten alle, sogar Justine.

Als ich dann aber auf die Bühne trat, war das ein einziges Desaster. Ich hatte mir vorgenommen, einfach nur einen Arm zu heben, aber in dem Moment, in dem ich es tun wollte, fiel mir plötzlich auf, dass ich dieselbe rote Bluse trug wie an dem

Abend bei Daniele. Ich versuchte, den Gedanken zu verscheuchen, doch es war aussichtslos. Mein Arm gehorchte mir nicht mehr. Ich war wie gelähmt.

Calmement, Anna!, sagte Justine. *Prends ton temps! Détends-toi!* Nur die Ruhe, lass dir Zeit, entspann dich.

Aber ich sah nur noch die verfluchte rote Bluse, und mein Arm rührte sich keinen Zentimeter. Je mehr Justine mich ermutigte, desto dringender wollte ich von der Bühne, mich einfach nur in Luft auflösen. Der Schweiß brach mir aus, mir wurde schwindlig. Erst, als ich hörte, wie John zu Justine sagte, sie solle mich vielleicht besser erst mal in Ruhe lassen, kehrte ich in mich zurück und fand die Kraft, die Bühne zu verlassen.

10

Hast du Nein gesagt?, fragen sie.
Was hast du für Beweise?, fragen sie.
Hast du dich gewehrt?, fragen sie.
Wo sind die Spuren?, fragen sie.

11

Clementine hat sich mit einer jungen Frau zu einem ersten Interview getroffen; das erzählt sie mir, kaum dass ich den Seminarraum betreten habe. Ein eindrückliches Erlebnis sei das gewesen, sagt sie, und ich will gerade etwas erwidern, als mein Blick an ihrem roten Pulli hängen bleibt und ich verstumme.

Hab ich da was, Madame?, fragt sie, zupft sich am Pulli und inspiziert verlegen den Stoff.

Nein, nein, entschuldigen Sie. Super, mit dem Interview! Wenn's Ihnen recht ist, stellen Sie das doch heute gleich vor, dann können wir gemeinsam drüber diskutieren.

Ich habe die Studierenden gebeten, zunächst einmal ein paar Vorgespräche zu führen, weil es bei einem so delikaten Thema besser ist, sich ein Bild von den Problemen zu machen, mit denen man es zu tun bekommen könnte, ehe man die Struktur für ein Longform-Stück entwickelt. Clementine will sich damit befassen, was die Opfer selbst erlebt haben, und hat mittels einer Freundin eine Literaturstudentin im ersten Jahr an der Universität Villetaneuse kontaktiert.

Ich setze mich ans Pult und bitte um Ruhe. Hastig ziehe ich den Pulli aus, mir ist heiß, ich schwitze. Schon seltsam, wie das Gedächtnis funktioniert. Meine Großmutter hatte recht, Proust war ein Genie: eine Farbe oder ein Geruch, und schon hat die Vergangenheit einen wieder im Griff.

Clementine kommt zu mir, ein Tablet in der Hand. Sie tippt darauf: Hier, das sind meine Notizen. Die interviewte Person wolle lieber anonym bleiben, sagt sie, weshalb sie sie einfach Alexandra nennen würde.

Vor ein paar Monaten war Alexandra auf einer Party. Sie wollte mit den Leuten aus ihrem Jahrgang feiern, aber es waren auch ein paar ältere Typen dabei, vor allem einer, der ihr gut gefiel. Eine ganze Weile schaute sie immer wieder zu ihm rüber, dann kam er endlich auf sie zu und forderte sie zum Tanzen auf. Die beiden haben sich geküsst, doch dabei blieb es, und Alexandra ging zurück zu ihren Freundinnen. Ein paar Stunden später kam sie müde nach Hause und wollte sich eben schlafen legen, als es an der Tür klopfte. Sie machte auf, und da stand der Kerl, mit dem sie getanzt hatte.

Ich habe das komplette Interview transkribiert und ein paar Passagen für euch ausgewählt, erläutert Clementine dem Kurs.

> *Er stand einfach nur da, rührte sich nicht, wollte rein, wollte reden, er war betrunken, das konnte man an seiner Stimme hören, es war fast fünf, und er sagte, ich solle ihn reinlassen, ohne dass er dabei irgendwie auf die Uhrzeit oder seinen Ton achtete.*

Clementine blickt vom Tablet auf, setzt ihre Ausführungen fort: Alexandra hat versucht, ihm zu sagen, dass es spät und sie schon müde sei, dass sie morgen in Ruhe über alles reden könnten. Aber er gab nicht nach, bis sie ihn schließlich reinließ. Nach einer Weile bat sie ihn, wieder zu gehen, doch das kümmerte ihn gar nicht, er meinte nur, um diese Zeit könne er nicht mehr nach Hause.

Aber ich will jetzt schlafen, ich bin müde. Und er: Ja, na klar, schlaf ruhig, wir schlafen beide, keine Sorge. Doch dann kam alles ganz anders. Plötzlich war er auf mir, und ich war wie versteinert. In meinem Kopf schrien tausend Stimmen durcheinander. Was will der denn, was soll das, wie kommt der drauf, dass ich das möchte, ich hab ihm das nicht erlaubt. Aber eine der Stimmen sagte auch: Nichts zu machen, jetzt ist es zu spät, du kannst nicht mehr zurück. Tausend Stimmen im Kopf, und wenn ich jetzt zurückdenke, werde ich richtig sauer, auch, weil ich einfach nur dagelegen und kein bisschen reagiert habe, es war, als wäre ich gar nicht mehr in meinem Körper. Dann ist er eingeschlafen, aber ich bekam kein Auge zu. Am nächsten Morgen ist er aufgewacht und sofort abgehauen, und ich ging duschen, ich fühlte mich schmutzig und wollte die ganze Sache von mir abwaschen, aber das klappte nicht, es klebte an mir, und mir ging es beschissen.

Und, was denkst du darüber?, frage ich Clementine, als sie mit ihrem Bericht fertig ist.

Na ja, sie hat mehrmals Nein gesagt – und, dass sie müde ist und schlafen will. Meiner Meinung nach wurde sie vergewaltigt.

Sehen die anderen das auch so?, frage ich den Rest des Kurses.

Ja, sagt Cyndelle, ganz klar eine Vergewaltigung.

Geradezu wie aus dem Lehrbuch, finde ich, pflichtet Juliette bei. Der klassische Täter, der sich ein Ziel ausguckt, ihm nach Hause folgt, sich Zutritt verschafft und sich dann aufdrängt.

Aber wieso sagt sie dann, dass sie selber nicht weiß, wieso sie es zugelassen hat?, fragt Thomas.

Vermutlich hat sie komplett verinnerlicht, dass Frauen sich dem männlichen Begehren unterwerfen müssen, antwortet Maryse.

Aber wenn eine Frau nicht ausdrücklich Nein sagt, woher soll man dann wissen, dass sie nicht will?, beharrt Thomas. Wie hätte der Typ sich denn verhalten sollen?

Was mir ja vor allem auffällt, fügt Maryse hinzu, sind diese tausend Stimmen in Alexandras Kopf, ihre Verwirrung, die sie davon abhält zu verstehen, was sie wirklich will – und deshalb auch davon, sich zu verteidigen.

Das finde ich interessant, sage ich. Mir scheint auch, da liegt der Knackpunkt des Interviews: in Alexandras Verwirrung. Während Clementine gesprochen hat, sind mir eine ganze Reihe Fragen durch den Kopf geschossen. Ich hätte gern, dass Sie über die bis nächste Woche mal nachdenken, jeder und jede für sich, damit wir dann gemeinsam darüber reden können. Ich lese sie Ihnen vor:

Wo beginnt und endet Gewalt?

Gibt es verschiedene Grade des Schreckens?

Gibt es Fälle, in denen das Opfer nur zu 50, 40 oder 30 Prozent Opfer ist – oder eben zu 100 Prozent?

Kann man sagen, man wurde missbraucht, wenn man sich vorher selber angezogen gefühlt und begehrt hat?

12

Ich habe im Kopf: Ich hab ihn geküsst, also will ich auch mehr, logisch, obwohl das überhaupt nicht logisch ist, ein Kuss verpflichtet zu gar nichts, die Männer fühlen sich ja auch nicht verpflichtet, wenn sie keine Lust haben, hören sie auf, müssen weg, oh, schon so spät, muss morgen früh raus, meine Mutter wartet, meine Frau, meine Tochter. Sie hören auf, wann sie wollen.

Ich habe im Kopf: Was habe ich damals gedacht? Hm. Ich hatte Angst, weil er kein Kondom nahm, habe versucht, ihn zu bitten, eins überzuziehen, und er so: Ach komm, ohne ist's doch viel schöner. Ich wollte nicht, hatte aber auch keine Ahnung, was ich tun sollte, habe es schlicht nicht geschafft zu widersprechen.

13

Informiertes Einverständnis. So nennt man das doch, oder? Das Einverständnis gilt nur, wenn es informiert erfolgt. Aber wann ist das der Fall? Vielleicht – ich betone: *vielleicht* – in der Medizin: Wenn wir eine Behandlung ablehnen oder annehmen, wissen wir *vielleicht*, was wir tun, erklären uns einverstanden, weil wir begriffen haben, was Sache ist. Man hat uns alles ausführlich erklärt, uns Sinn und Zweck der Maßnahme erläutert, die Risiken, Vorteile und Nebenwirkungen, den Zeitrahmen, den Ablauf, und wir haben zugehört, vielleicht sogar nachgefragt, genickt oder Einspruch erhoben, genauere Erklärungen erbeten, und dann – erst dann! – haben wir unterschrieben. Manches haben wir wahrscheinlich nicht verstanden, anderes vergessen, und einiges wird sich völlig anders abspielen, als man uns erklärt hat, aber immerhin konnten wir uns dazu äußern. Ergo ist unser Einverständnis *vielleicht* informiert. Aber wie soll diese Informiertheit aussehen, wenn es um Sex geht? Wie kann man, ohne komplett naiv oder verrückt zu sein, behaupten, ein Einverständnis könne dabei je so informiert sein wie in der Medizin, trotz all der Mysterien des Begehrens und der zahllosen Unwägbarkeiten dessen, mit dem man sich da mehr oder weniger einverstanden erklärt? Und mit was genau erklärt man sich einverstanden, wenn man sich auf einen anderen Menschen einlässt? Was wird dieser Mensch tun, wenn er erst einmal Zugang zu meiner Intimsphäre erlangt hat?

Unwissend vertraut man sich an. Unwissend überlässt man sich dem Begehren eines anderen. Als ob man einen Blankoscheck ausstellt, was man in Gelddingen nie täte. Als wäre unser Körper weniger wert als unser Bankkonto. Aber vielleicht übertreibe ich ja, überspanne den Bogen – vielleicht spricht noch immer das elfjährige Mädchen aus mir, das von Professore Donno zum Vorlesen ans Pult gerufen wurde. Doch wie überwindet man diesen Wiederholungszwang? *Wie schaffen die anderen das bloß, dass sie immer respektiert werden?*

Sein Einverständnis zu erklären ist immer eine Wette, alles oder nichts, Gott steh mir bei – aber warum sollte Gott mir etwas Böses wollen? Ich habe *seinen* Blick gesehen, seine zögernde Hand: »Darf ich?«, fragte er, »Willst du?«, und was soll ein Mann denn mehr tun, bevor er dich auszieht? Was sollte denn sonst aus dem Sex werden? Nein, mehr Zeit muss man nicht verlieren, wir sind doch beide schon groß, haben unsere Leben zu leben, und niemand ist auf Ärger aus.

Bloß drängt sich da noch etwas dazwischen: das Zaudern des Körpers, das implizite Einverständnis mit sich selbst, dieser Raum der Intimität, der, sobald er sich auftut, jeden Klärungsversuch unterläuft. »Ach, all diese Worte verwirren mir den Geist!«, wie es bei Corneille heißt. »Ich kann weder zustimmen, noch weiß ich, was ich entgegnen soll.«

Aber es geht nicht nur darum, ob man »Ja« oder »Nein« sagt, sondern auch darum, ob man sich einverstanden erklären kann (und will), ohne sich dabei auf die praktische Hülse eines zum Zeitpunkt X ausgesprochenen Worts zu stützen, das wie ein Gegenstand von einer Person an die andere überreicht wird, ein seltsames, absurdes Etwas, das man manchmal beherrscht, das einem aber auch entrissen werden kann, wie wenn ein Gewalttäter behauptet, die Frau habe es doch auch gewollt – und dann beweist ihm erst mal, dass er lügt!

Stellen Sie sich einen Würfel vor. Sechs quadratische Seiten, acht Ecken, zwölf Kanten; in jeder Ecke treffen sich drei Kanten, jeweils im rechten Winkel zueinander, und drei Seiten, ebenfalls orthogonal. Sicher hatten auch Sie schon einmal einen Zauberwürfel in der Hand, weiße, gelbe, rote, grüne, blaue und orangene Felder, jede Lage lässt sich unabhängig von den anderen drehen, die perfekte Knobelaufgabe, immer wieder versucht man, alle Seiten vollzukriegen, und dann geht es doch wieder nicht auf: Wie blöd kann ich denn sein, dass ich das einfach nicht schaffe!

So ist es auch mit dem Würfel des »Einverständnisses«, dem jenes performativen *Sprech*akts, der allerdings auch wortlos vollzogen werden kann, der manchmal ein »Ja« des Verstands formuliert, dem ein »Nein« des Körpers widerspricht, manchmal mit dem Körper gleichzieht und manchmal die Vagheit des Wollens verschleiert.

Sechs Seiten also. Versuchen wir, das Ganze zu vereinfachen, indem wir ihnen Buchstaben zuweisen, angefangen mit der Seite A, »Ja« + »Ja«, der einfachsten Seite, auf der Verstand und Körper einig sind. Fast so einfach wie die Seite B, wo »Nein« und »Nein« sich bloß addieren. Dann wird es schon komplizierter: Auf Seite C widerspricht dem ausgesprochenen »Ja« das Schweigen des Körpers; auf Seite D vertauschen sich die Rollen, und wir haben es mit einem »Nein« des Verstands zu tun, dem offenbar ein »Ja« des Körpers widerspricht. Und schließlich gibt es die Ambivalenzen der Seiten E und F, wo die Ungewissheit sich dazwischenschiebt und sowohl das »Ja« als auch das »Nein« von einem vagen »Irgendwie« verschleiert werden. Und wenn wir das jetzt alles gründlich durchmischen? Können wir das Puzzle lösen, ohne den Würfel zu zerbrechen?

Manche Leute sagen, Einverständnis sei Vernunftsache, aber wo ist die Vernunft, wenn niemand spricht? Ist jemand, der schweigt, denn wirklich einverstanden? Was verschweigt sich leichter: Freude oder Leid? Wer schweigt, stimmt zu, sagen die Täter und zögern nicht, sich anderen aufzudrängen, ihnen ihre Gründe, Bedingungen und Fehler aufzunötigen. Wer schweigt, stimmt zu, besagt das Sprichwort, wer etwas dagegen hat, soll sich gefälligst melden, es deutlich aussprechen, sonst ist er selber schuld daran, was passiert, unser Gewissen ist rein, ihr könnt euch nicht beklagen, wir haben uns an den Deal gehalten.

Aber wer kann hinterher noch genau sagen, was passiert ist? Auf was sollte man sich berufen? Wenn der Körper sich widersetzt, ist er dann ein Quertreiber, oder sagt er die Wahrheit? Und wenn er mitspielt, tut er das dann vielleicht nur, weil er einen Ausweg sucht, bloß überleben will, entkommen, ab zur Tür und dann die Treppe runter, auf die Straße und ein Taxi anhalten, die Tür knallt, die Stimme bricht, vielleicht Tränen, oder auch nur blinder Hass, aber wen hasst man mehr, *ihn* oder sich selbst?

Es gibt kein Einverständnis ohne Körper, allein mit Worten lässt es sich nicht erteilen, und wer das Gegenteil behauptet, der ignoriert Mimik und Emotionen, ignoriert Gesten und alles, was zwischen den Worten und den Taten liegt, zwischen Sprechen und Handeln, diesen zwei verschiedenen, oft widersprüchlichen Ausdrucksweisen. Und er ignoriert das Dazwischen zweier Menschen, egal, ob Mann oder Frau, die sich verschiedener Sprachen und Jargons bedienen, der Sprache des Körpers und der Sprache der Gefühle, der materiellen und psychischen Sprache.

Taten kann man nicht zurücknehmen, hat man etwas erst einmal getan, gibt es kein Zurück mehr, nur noch Konsequenzen, vorhergesehene wie unvorhergesehene, Schaden und Spott, Sieg oder Niederlage, aber widerrufen lässt es sich nicht mehr, auch wenn Hannah Arendt uns erklärt, das Heilmittel gegen die Unwiderruflichkeit sei die Fähigkeit zu verzeihen: Wer verzeiht, entgeht der Grausamkeit der Kausalität, *tick, tack*, Ursache, Wirkung, *tick, tack*, Ursache, Wirkung, *tick, tack*, wie eine Zeitbombe; wie das Einverständnis, das auch unwiderruflich ist, allerdings oft verraten wird, und dann heißt es nur noch nichts wie weg, rette sich wer kann. Nur: Wie entgeht man dem Albtraum jenes Augenblicks, in dem man begreift, dass man etwas verloren hat, das herzugeben man nie zugestimmt hat? *Was hast du denn auf einmal? Erst willst du, und dann doch nicht, oder was?*

Doch der Körper vergisst nicht, er verlangt Rechenschaft: dafür, wie du dich durchgestrichen hast, wie du nachgegeben hast, statt auf dich zu hören, obwohl du der Liebe dabei Gewalt angetan hast – oder hat doch sie selbst dich kurz zuvor vergewaltigt?

Der Körper, wie gesagt. Der nicht vergisst.

Das Knie, in meinem Fall, das auf Französisch *»genou«* heißt und genauso ausgesprochen wird, als bestünde es aus *»je«*, also mir, und *»nous«*, uns – und wenn das Knie nachgibt, zerreißt das Band, das »je« und »nous« verbindet.

Zum ersten Mal habe ich mir das Knie ruiniert, nachdem ich Massimo mit seinem besten Freund betrogen hatte, wobei das Wort »Betrug« nicht unbedingt am treffendsten beschreibt, was passiert war: Ich war mit Federico im Bett gelandet, ja, aber genau genommen hatte er mich ins Bett gezerrt, und ich hatte ihn machen lassen, hatte ohne Widerrede nachgegeben, war überrumpelt, wie gelähmt, als er mich anfasste – und was soll ich jetzt Massimo sagen?

Allerdings hatte ich mit Massimo auch noch eine Rechnung offen. Er fasste mich nicht mehr an, begehrte mich nicht mehr, das hatte er irgendwann selbst zugegeben. Wieso haben wir keinen Sex mehr?, hatte ich gefragt, und nach hundert Ausreden von wegen Stress und Müdigkeit – du ahnst ja nicht, wie viel ich um die Ohren habe! – hatte er es gesagt: Ich begehre dich nicht mehr. Offene Rechnungen mit dem Begehren muss man jedoch früher oder später begleichen, vor allem, wenn man einen Menschen vernachlässigt, der alles tut, um bei einem zu sein, jedes Wochenende Rom–Bologna und zurück, Zahnbürste, Reisetasche, Laptop, eins, zwei, drei, alles dabei, jeden verfluchten Montag um fünf Uhr morgens los, um ja bis zehn an der Filmhochschule zu sein und keine Unterrichtsstunde zu verpassen, denn wer soundso oft fehlt, fällt durch, verstanden?

Das stimmt so nicht, sagte Massimo mir später, ich habe dich immer begehrt. Okay. Aber ich war dreiundzwanzig, orientierungslos, unsicher und voller Angst, also wollte ich dringend begehrt werden, wie sollte ich anders auch leben, wie sollte ich einem schmachtenden Blick widerstehen, selbst wenn Federico sein bester Freund war – so, und wer beichtet das jetzt Massimo?

Schlecht, ich bin schlecht, dachte ich am nächsten Tag, als ich den Gasgriff am Motorrad aufdrehte; oh, ein Stoppschild, aber egal, wen kümmert's? Ich sah das Auto auf mich zurasen, doch zum Bremsen war es jetzt zu spät, auch dafür, den Lenker rumzureißen, ja sogar dafür, den Sturz noch halbwegs abzudämpfen.

Und dass mir jetzt bloß niemand damit kommt, die Medizin sei eine exakte Wissenschaft, denn mit dem Knie lief alles schief, und schuld daran war selbstverständlich ich: Also Ihre OP ist wunderbar verlaufen, Signorina; Röntgenbilder, Kernspin, Reflextests, alles bestens, Sie machen nur die Übungen nicht richtig, geben Sie sich doch bitte etwas Mühe!

Das Knie kam nie wieder in Ordnung. Das andere – das linke, das kurz vor meiner Hochzeit zu Bruch ging – wurde zwar wieder heil, aber das rechte macht mir heute noch Ärger, mal reißt der Meniskus, mal entzündet sich eine Sehne, mal weiß ich selbst nicht, wo es hakt, nur gesund wird es nie wieder werden, das weiß ich mittlerweile.

Genau wie dieses *je-nous*, dieses Ich-Wir, das an jenem Abend zerrissen ist und sich nie mehr flicken ließ, obwohl ich alles versuchte. Doch auch heute, mit *ihm*, ist das Gleichgewicht fragil. Es hält, aber wie lange noch? Wie lange überlebt eine Beziehung, wenn der Sex aus dem Spiel ist?

Nie erwartet hätte ich, dass ich immer wieder zum Ort des Verbrechens zurückkehre sollte, dass das Knie bei jeder Zerreißprobe des Wir wieder aufmucken würde. Nein, der Körper vergisst nicht. Und er zwingt dich, das zu suchen, was du verloren hast, was du nicht in Worte fassen kann, das er dir aber unter die Nase reibt, diese fehlenden Worte, die er, der Körper, aber kennt, und dann kehrt er zum Ort des Verbrechens zurück, will wiederhaben, was ihm entrissen wurde, die verlorene, mangelnde Körperlichkeit, die man braucht, um sich selbst zu lieben.

14

Ich denke an mein erstes Mal.
Als ich sagte: Es tut weh, hörte er auf.
Wir warten, sagte er, das macht doch nichts.
Dann war er auf einmal in mir.
Ich war darauf nicht gefasst, lag stocksteif da.
Tut mir leid, sagte er, aber anders ging's nicht.
Okay, antwortete ich.
Aber sollte das wirklich »Liebe machen« sein?

15

Heute hat Carlotta angerufen. Sie klang euphorisch, völlig aufgekratzt, zu Anfang habe ich kein Wort verstanden. Unglaublich, sagte sie, aber wie's aussieht, kommt #MeToo jetzt auch bei uns an! Wir sind jeden Tag in der Zeitung: Erst Margherita, dann Cinzia, dann Francesca, und jetzt hängt sogar das Ministerium mit drin!

Wovon redest du, Carlotta? Ich kann dir nicht folgen.

Ja, ja, sorry, ich hab damit bloß wirklich nicht gerechnet, du kennst ja Italien. Also, die Kurzfassung: Endlich wird auch hier über Missbrauch im Showbusiness geredet, überall liest man Aussagen von belästigten Schauspielerinnen, gesammelt von dem Verein, bei dem ich bin, Amleta, davon hatte ich dir doch erzählt, erinnerst du dich?

Natürlich erinnerte ich mich. Vor ein paar Monaten hatte Carlotta mir die Ergebnisse einer von Amleta gestarteten Kampagne geschickt. Jede Menge Missbrauchsvorwürfe, jede Menge Mist, den junge Frauen sich beim Casting anhören müssen: Lass deine sinnliche Seite raus, lass dich fallen, sei sexy; wenn du mit mir arbeiten willst, musst du zu allem bereit sein. Zum Kotzen.

Und jetzt?

Jetzt ist die Büchse der Pandora offen, und alles kommt raus:

Theaterproben mitten in der Nacht, der berühmte Schauspieler, der Frauen begrapscht, der Kritiker, der dir Dickpics schickt – inklusive unsäglicher Angebote –, bevor er dein neues Stück bespricht, der Regisseur, der verlangt, dass man oben ohne vorspricht, weil: man weiß ja nie, vielleicht gibt's ja 'ne Nacktszene, und schließlich kann man nur gut spielen, wenn man die verklemmten sozialen Normen abschüttelt, klar, oder? Kurz: Alles kommt raus, alles, die Omertà der Jüngeren, die zu viel Angst zum Reden haben, und auch die Giftigkeit der Älteren, die sich hinter die Mächtigen stellen und meinen, wir Frauen bräuchten uns weder als Opfer zu fühlen noch so behandeln zu lassen, weil wir uns bestens selber verteidigen könnten. Als wäre das der Punkt! Ich mein, ich hab mich zwar wirklich immer selbst verteidigt, aber was ist mit einer wie dir?

Wie bitte?

Ach, Anna, ist nicht böse gemeint! Du weißt ja, wie lieb ich dich hab, aber eben drum. Du verstehst doch am besten, was ich meine, diese Angst, nicht mithalten zu können, nichts wert zu sein, die hast du halt erlebt, die kennst du, und du weißt, dass es im Grunde nicht mal um Anzeigen oder Verurteilungen geht, sondern

Na ja, kommt drauf an.

Das sage ich zerstreut, wobei, eher müde als zerstreut, auf einmal will ich nur noch schlafen, habe genug von Carlotta, die immer alles besser weiß, genug von meiner Unfähigkeit, mich zu behaupten, wenn ich das nicht mal bei meiner besten Freundin schaffe, wie soll es dann bei anderen funktionieren? Ich habe einfach alles satt.

Ja, kommt drauf an, natürlich, aber in Italien ist der Drops oft eh schon gelutscht, wegen der Zwölfmonatsfrist, und

Moment, was denn für eine Zwölfmonatsfrist?, unterbreche ich sie erneut. Für eine Anzeige?

Ja! Wenn ich mir vorstelle, dass die Opfer bei euch zwanzig Jahre Zeit für eine Anzeige haben und viele Feministinnen sogar dafür kämpfen, dass Sexualstraftaten gar nicht verjähren, könnte ich über Italien nur kotzen. Was kapieren unsere Politiker eigentlich nicht? Warum wird dieses Gesetz nicht geändert?

Eine Gesetzesänderung löst auch nicht alles, Carlotta, ich bitte dich. Das ist doch nicht bloß eine juristische Frage! Da geht's um Kultur, um Gesellschaft, um Psychologie! Gerade du wirst doch nicht so naiv sein, die Psyche zu unterschätzen, die Kindheit, alles, was uns zu dem macht, was wir sind, die Scherben und

16

Élisabeth Badinter, eine Ikone des französischen Feminismus, vertraut blind auf die Justiz, auch bei Sexualdelikten: Außerhalb des Rechtssystems für Gerechtigkeit sorgen zu wollen, so hat sie in den letzten Monaten mehrfach erklärt, bedeute letztlich einen Rückfall in die Blutrache, ins »Auge um Auge, Zahn um Zahn«. Und wo bleibt da die Unschuldsvermutung?, wiederholt sie unermüdlich, wenn sie zu #MeToo befragt wird. Die ist schließlich die Säule des Rechtsstaats, der Gesellschaft, finden Sie nicht? Wer meint, ihm sei ein Unrecht widerfahren, soll zur Polizei gehen und Anzeige erstatten, ehe das Delikt verjährt. Warum warten, bis es zu spät ist? Ich verstehe schon, dass man Zeit braucht, aber wie viel denn bitte? Ohnehin sind die Medien bestimmt nicht der richtige Ort für so etwas, wir wollen doch nicht in die finsteren Zeiten des Denunziantentums zurück.

Und wenn doch alles vertrackter wäre, als Badinter meint (und sagt)? Wie soll man das krasse, praktisch überall herrschende Missverhältnis zwischen verübten und verurteilten Sexualdelikten erklären?

Auch wenn manche Leute immer wieder mahnen, man dürfe nicht automatisch annehmen, jede angezeigte Vergewaltigung habe tatsächlich stattgefunden, und darauf hinweisen, wie objektiv schwierig es sei, eine Tat zu beurteilen, wenn die Anzeige erst lange danach erfolgt.

Die Juristin, die mir damals wegen meines Berichts an die Gurgel ging, erklärt heute, wenn eine Frau behaupte, sie sei vergewaltigt worden, handle es sich dabei in Wahrheit meist nur um eine Metapher, eine Art Stilmittel. Besser, man spare sich solche Vergewaltigungsrhetorik, wo die Frau vielleicht nur bereut, mit einem Mann ins Bett gegangen zu sein. Hätte sie wirklich jemand vergewaltigt, wäre sie ja wohl zur Polizei gegangen.

Vor ein paar Tagen war sie bei France Culture. Ich hörte die Sendung nur durch Zufall, meistens läuft bei mir France Inter. Als ich gerade ausschalten wollte, erkannte ich ihre Stimme und blieb daran hängen. Ich drehte die Dusche ab, setzte mich hin und hörte zu, kämmte mir dabei das Haar.

Und stattdessen?, fragt mein Kollege, dessen Stimme mir nicht bekannt vorkommt.

Stattdessen erstatten diese Frauen, die es sich später anders überlegen und überall herumtönen, sie wären vergewaltigt worden, niemals Anzeige. Und was meinen Sie, warum nicht? Ganz einfach: Sie wissen selbst, dass sie nicht wirklich vergewaltigt wurden. Da muss man gar nicht lange nachbohren, jedes Kind weiß doch, dass eine Metapher nichts mit der Wirklichkeit zu tun hat.

Und was ist mit dem Fall Samantha Geimer?, erwidert mein Kollege. Als Roman Polanski sie missbraucht hat, war Samantha erst dreizehn. Das war 1977, und keiner zuckte damals mit der Wimper; ja, es hieß sogar, sie hätte es drauf angelegt und hinterher mithilfe ihrer Mutter versucht, den Regisseur über den Tisch zu ziehen.

Ein perfektes Beispiel! Geimer wollte nie einen Prozess. Als man kürzlich ihren Namen wieder aus dem Hut gezaubert hat, sagte sie unmissverständlich, man solle sie damit bitte in Frieden lassen.

Aber sie hat auch gesagt, sie hätte damals nur keinen Prozess gewollt, weil die Opfer dabei immer von den Anwälten zerlegt werden.

Eben!, denke ich, während ich an einer Haarsträhne zupfe; warum verheddern die sich bloß dauernd so?

Schauen Sie, sagt die Juristin, ich spreche lediglich über die Fakten, und die liegen in Geimers Fall klar auf der Hand. Seit Jahren bittet sie darum, dass man sie in Ruhe lässt, wiederholt unablässig, sie wolle sich nicht mehr als Opfer fühlen. Sie kennen doch bestimmt die Interviews mit ihr, anlässlich des Shitstorms gegen Polanski, als der den César für *Intrige* bekam. Also wissen Sie, dass Geimer selbst die Nase voll hatte von diesen Pseudofeministinnen, die das Leid und die Angst von Frauen ausnutzen, um Wut und Empörung zu schüren.

Stille.

Hat mein Kollege seine Zunge verschluckt? Ich höre auf, mich zu kämmen, werde zunehmend hibbelig; besser, ich lege den Kamm erst mal weg, sonst rupfe ich mir noch die Haare aus.

Gerade, als ich frustriert ausschalten will, erkenne ich die Stimme von Alice: Geimer hat vollkommen recht! Es ist doch mehr als verständlich, dass sie lieber vergessen werden will!

Mein Kollege stellt sie als Kollegin von France Inter vor, die sich schon lange mit Missbrauch und sexueller Gewalt beschäftigt, dann fährt Alice fort: Ist Ihnen noch nie in den Sinn gekommen, dass eine Frau, die inzwischen drei Kinder und tausend andere Dinge im Kopf hat, vielleicht einfach nicht mehr dauernd als Quotenopfer herhalten will? Im Grunde wehrt sie sich – zu Recht! – dagegen, wie ihre Geschichte ständig instrumentalisiert wird. Aber das ändert nichts an dem, was sie zuvor ausgesagt hat! Sie behaupten, Frauen, die nicht zur Polizei gehen, wüssten selbst, dass sie nicht vergewaltigt wurden. Was fällt Ihnen eigentlich ein, so etwas zu unterstellen?!

Ein Glück, dass Alice sich eingeklinkt hat, denke ich. Aber statt auf ihre Argumente einzugehen, legt die Juristin jetzt erst richtig los: Schon lange vor dem #MeToo-Irrsinn habe sie davor gewarnt, dass wir heutzutage auch in Frankreich Gefahr liefen, diesem unerträglichen, lustfeindlichen Puritanismus aus Amerika zu verfallen. Es ist ja schon fast so weit, zetert sie, dass man die bloße Behauptung »Ich wurde vergewaltigt« für hinreichend hält, um den Beschuldigten in den Knast zu stecken. Völliger Wahnsinn! Die grundlegendsten Rechtsprinzipien werden vergessen! Solange die Schuld nicht in einem Verfahren erwiesen ist, kann sich auch niemand zum Opfer erklären. Das Gesetz spricht diesbezüglich eine glasklare Sprache: Wer angezeigt wird, ist »Beschuldigter« und wird, sofern es zur Verhandlung kommt, zum »Angeklagten«. Einen »Täter« gibt es erst, wenn die Schuld bewiesen wurde. Entsprechend hat man es, bis das Urteil ergeht, auch nie, niemals mit einem »Opfer« zu tun! Wieso sollten die Aussagen von Frauen sakrosankt sein? Seit wann führt eine Anzeige automatisch zur Strafe? Wo bleibt da das Verfahren? Das Recht auf Verteidigung?

Na ja, wirft Alice ein, es gibt ja nicht nur die Justiz, sondern auch noch

Ja, ja, ich weiß schon, unterbricht die Juristin. Es gibt auch noch Twitter, Instagram und TikTok, aber finden Sie wirklich, das Social-Media-Tribunal kann ein Gerichtsverfahren ersetzen?

Die Juristin reißt jetzt das Gespräch komplett an sich, lässt Alice nicht mehr zu Wort kommen: Und diese #BalanceTonPorc-Geschichte! Sie werden mir ja wohl zustimmen, dass dieser Hashtag eine Schnapsidee war, der hat nur Ärger gemacht und –

vor allem – dem Denunziantentum Tür und Tor geöffnet. Wollen wir hier ernsthaft einen neuen Totalitarismus?

Die Juristin amüsiert sich prächtig, das ist ihr anzuhören. Aber sie wirft alles durcheinander, vergleicht Äpfel mit Birnen.

Ich pfeffere den Kamm gegen die Kacheln. Wieder einmal fühle ich mich ohnmächtig, mit dem Rücken zur Wand.

Selbstverständlich ist ein Angeklagter unschuldig, bis seine Schuld erwiesen wurde, das Gegenteil hat doch niemand behauptet. Niemand stellt ernsthaft die Unschuldsvermutung infrage. Aber was ist mit den Rechten der Opfer? Hat diese Frau denn gar kein Mitleid mit ihren Geschlechtsgenossinnen? Und auf welcher Grundlage soll man jemandem verbieten, sich im Fernsehen oder auf Social Media öffentlich zu äußern? Mein Bruder Alessio ist Anwalt und hat mir das genau erklärt: Wer einer Frau den Mund verbietet, die sagt, ihr sei Gewalt angetan worden, der retraumatisiert sie, zwingt sie, die erlittenen Traumata erneut zu durchleben. Und wer sich verleumdet fühlt, kann jederzeit klagen, das ist sein gutes Recht. Was bitte sollen Totalitarismus und Denunziantentum damit zu tun haben?

Ich hasse diese Frau. Das ist nicht schön, ich weiß, aber sie hasse ich wirklich.

17

Ich hasse die Warteschlangen am Flughafen und diese Typen, die einem den Trolley aufmachen und die Handtasche durchstöbern, Routinekontrolle, Madame, darf ich? Wieso fragen die das überhaupt, wenn man Nein sagt, schauen sie ja trotzdem rein oder lassen einen nicht zu den Gates durch, und schließlich reißt mir der Geduldsfaden, rutscht mir ein Schimpfwort raus, aber hinter Hass steht immer Leid, sonst hasst man nämlich nicht, sondern lässt es gut sein.

Benommen verlasse ich die Praxis meiner Therapeutin. Mir schwirrt der Kopf, ich weiß kaum noch, wo oben und unten ist, ich will nach Hause, aber gehe in die falsche Richtung. Eine Hupe ertönt, ein Mann brüllt »Spinnst du?« aus dem Seitenfenster, er musste voll auf die Bremse treten, ich bin noch immer durch den Wind, alles zu viel. In der Sitzung kamen wir vom Hölzchen aufs Stöckchen, ohne jeden roten Faden: Filmszenen, Kindheitserinnerungen, Zorn auf *ihn*, der seine Bücher in der ganzen Wohnung verteilt, seine Notizzettel, seine benutzten Tassen, sein Ladegerät, sein iPad, immer alles vollgestellt, lass mich atmen, ich ersticke, hab Erbarmen.

Auch in meinem Elternhaus gab es keine klaren Grenzen: Die Türen standen immer offen, im wörtlichen und im übertragenen Sinn. Dir sieht man immer alles sofort an, meinte meine Mutter, obwohl das überhaupt nicht stimmte, sonst hätte sie ja gemerkt, was mit Professore Donno passiert war, mit Pierfrancesco und mit Federico – oder hatte sie mir meine Scham doch angesehen, aber trotzdem nichts gesagt? Na gut, schlimmstenfalls hat sie gelogen, das ist nicht der Punkt, der Punkt ist, dass sie gern in mich hereingeschaut, Ordnung in meinem Kopf geschaffen hätte, so wie im Haushalt, es darf zwischen Eltern und Kinder keine Geheimnisse geben, fand sie, obwohl vor allem sie den Mund nicht aufbekam und alles immer unter den Teppich kehrte, niemanden in ihren Panzer ließ.

Ich hasse Warteschlangen. Wenn in der Apotheke oder im Gemüseladen zu viel los ist, gehe ich gar nicht erst rein: Planänderung, es gibt doch kein Obst heute Abend, und ja, tut mir leid wegen dem Paracetamol, ich hab's nicht mehr rechtzeitig geschafft.

Als ich das letzte Mal bei meinen Eltern war, sah ich eines Abends zufällig meinen Vater, als der sich grade auszog, sogar die Unterhose, ohne vorher die Tür zu schließen. Genervt schaute ich weg, was soll's, so ist das halt ab einem gewissen Alter, seit er im Ruhestand ist und Alessio die Kanzlei führt, ist er eben etwas von der Rolle. Nur hatte ich meinen Vater vorher noch nie nackt gesehen. Als hätte meine Mutter das je zugelassen!

Ich hasse Leute, die in die Metro drängeln, die einen stoßen, schieben, schubsen, ja seht ihr denn nicht, dass kein Platz ist, dass man hier nicht reinkommt, dass ich mich nicht rühren kann?

Wenn ich mich ärgere, laufe ich ins Schlafzimmer und schlage die Tür hinter mir zu; wieso kapiert *er* einfach nicht, dass er mich dann in Ruhe lassen muss, dass ich mich schon wieder beruhige, dass ich erst recht durchdrehe, wenn er ständig klopft und reinwill? Ich assoziiere. Als nach dem Unfall mit dem Moped der Krankenwagen kam und ich von niemandem angefasst werden wollte, schrie ich »Nein«, und alle hielten mich für verrückt, aber ich konnte nicht ertragen, dass mich jemand berührt, lasst mich in Ruhe, später, jetzt tut es zu weh, du Blödmann! Sogar meinem Vater habe ich das an den Kopf geworfen, an dem Nachmittag, als ich zum Strand wollte, obwohl ich leichtes Fieber hatte. Ich will aber, ich will, und er: Du gehst nirgendwohin!, und ich: Du Blödmann!, auf der Terrasse saß ich und wollte nicht angefasst werden, nein, geh weg, er durfte nicht zu mir, nur Alessio durfte das, nur bei ihm habe ich mich wieder beruhigt.

Ich hasse Männer, die einen beim Küssen begrapschen, wer hat gesagt, dass du meinen BH aufmachen darfst, wer hat dir das erlaubt, wir haben uns doch nur geküsst, ich wollte nur

Ich habe eine WhatsApp bekommen, von der Frau eines Manns, mit dem ich – womöglich – geschlafen habe, ich weiß selbst nicht mehr genau, was passiert ist, wer das eigentlich war, warum ich mit ihm im Bett gelandet sein sollte, war ich das überhaupt? Sie schien jedoch mehr zu wissen, schrieb mir, ich solle mich schämen, ich hätte eine Familie ruiniert, drei Kinder und zwanzig Ehejahre, ein verdammtes Miststück sei ich. Und dann, von derselben Nummer: Signora Anna, bitte entschuldigen Sie die Nachricht, die meine Frau Ihnen geschickt hat, nehmen Sie ihr das nicht übel, bitte, es kommt auch bestimmt nicht mehr vor.

Ich hasse das Leben, das abläuft, ohne mich um Erlaubnis zu bitten: die Gewalt wahllos über mir ausgekippter Worte – und die Gewalt der Stille nach den wahllos ausgekippten Worten – und die der Scham nach der Stille nach den wahllos ausgekippten Worten – und die des Hasses nach der Scham nach der Stille nach den wahllos ausgekippten Worten – und

18

Früher oder später muss ich mit meinen Studierenden über *Vom Winde verweht* sprechen.

Seit Tagen denke ich darüber schon nach, kann mich aber nicht aufraffen, sosehr ich mich für meine Unentschlossenheit auch schäme. Muss ich dieses Fass denn wirklich aufmachen? Aber ich weiß selbst, dass ich mich das nicht frage, weil ich an der Relevanz des Themas zweifle, sondern nur, weil ich es mir lieber ersparen würde. Es widerstrebt mir. So, wie man in der Therapie bestimmte Themen umschifft (»Widerstand« nennen das die Fachleute), um nicht an die Stellen rühren zu müssen, an denen es wehtut.

So geht es mir mit *Vom Winde verweht*. Aber wieso?

Okay, er war jahrelang einer der liebsten Kultfilme von mir und meinem Bruder. Wir haben ihn bestimmt hundertmal gesehen, erst als Kinder, dann als Jugendliche. Alessio wusste beeindruckend viele Stellen auswendig und ließ immer wieder mal eine vom Stapel, egal, ob es gerade passte oder nicht: »Ich werde nie wieder hungern, weder ich noch meine Lieben, Gott ist mein Zeuge, ich würde lieber stehlen, lügen oder sogar töten!« Aus heiterem Himmel sagte er das, und wir prusteten los, genossen die Nähe, die uns die gemeinsame Begeisterung für den Film verschaffte. Seine Lieblingsstelle war die, wo Rhett zu

Scarlet sagt: »Wenn Sie Mut haben, kommen Sie auch ohne guten Ruf aus.« Ich für meinen Teil war vor allem besessen von Scarlets Bessenheit von Ashley: Was willst du bloß mit dieser Lusche, Scarlet? Kapierst du nicht, dass Rhett tausendmal toller ist?

Nur ist Rhett eigentlich gar nicht so toll – wobei: Er ist schon clever, schlau, sympathisch und manchmal sogar großmütig, und er liebt seine Tochter. Aber er ist auch ein lupenreines Alphamännchen, dominant und anmaßend, zum Beispiel, wenn er zu Scarlet sagt: »Sie sollten oft geküsst werden, und von jemandem, der weiß, wie!« Was letztlich dasselbe ist, wie wenn ein Mann dich entgeistert anschaut und fragt: Wie lang bist du eigentlich nicht mehr gevögelt worden?

Und dann ist da die Szene, die auch auf dem Filmplakat ist und in der er wütend und betrunken Scarlets Kopf packt und erklärt, er könnte ihn zerquetschen wie eine Nuss, und sie erwidert kühl, er solle die Finger von ihr nehmen, er sei ein verrückter Trunkenbold, und er nimmt sie einfach auf den Arm, trägt sie die Treppe hoch und schläft mit ihr.

Vergewaltigung in der Ehe. Heutzutage ein klarer Fall. Aber als Mädchen fieberte ich dieser Szene nicht nur jedes Mal entgegen, sondern fand sie stark und sinnlich.

Als ich das letzte Mal mit Alessio über *Vom Winde verweht* sprach, mussten wir beide wieder lachen, wie in unserer Kindheit. Auch er wusste gar nicht mehr genau, wieso der Film uns derart begeistert hatte, aber das hatte er eben, Punkt. Und auch die Szene mit Rhett und Scarlet fand er überhaupt nicht daneben, obwohl er in solchen Dingen eigentlich ein Musterknabe ist und als guter Anwalt viel Wert auf *political correctness* legt. Bei unserem letzten Gespräch sagte er: Gut, diese ganze Verharmlosung der Sklaverei ist Mist, die verzerrte Darstellung des

Bürgerkriegs auch, aber komm schon, das mit Rhett und Scarlet ist doch nie im Leben eine Vergewaltigung!

Hm. Möglicherweise zögere ich deshalb, mit den Studierenden über den Film zu reden. Außerdem ist da noch der Vater: Der alte O'Hara ist eine eindeutig positiv gezeichnete Figur, er verleiht Scarlet ihre Stärke, er gibt ihr die Liebe zu Tara, dem Land, ein, dem Einzigen, »wofür es sich zu arbeiten lohnt, zu kämpfen und zu sterben, denn nur das Land ist ewig, sonst nichts«, vermutlich mein Lieblingszitat, vielleicht, weil ich mir wünschte, dass mir als Mädchen irgendwer beigebracht hätte, dass es irgendwas gab, wenigstens eine einzige Sache, für die es sich zu kämpfen und zu sterben lohnt, etwas, das auch noch überdauert, wenn wir nicht mehr dafür da sein können.

Früher oder später muss ich mit meinen Studierenden über *Vom Winde verweht* sprechen. Es auseinandernehmen. Trotz meiner Kindheitserinnerungen und der Verbundenheit mit Alessio. Ich bin sicher, dass die jungen Leute mir für vieles die Augen öffnen werden, auch was die Darstellung der Schwarzen angeht, denn da bin ich ebenfalls zwiegespalten.

Okay, im Film lassen sie sie ohne Artikel sprechen und die Verben nicht beugen, sie alle reden so, auch Mammy und Prissy. Und okay, der Ku-Klux-Klan wird vollständig verschwiegen, und zwar mit Sicherheit deshalb, weil die Leute, die damals das Sagen hatten, das Gegenteil nie geduldet hätten. Wenn wir über den Film sprechen, kommt Maryse also sicher wieder mit Intersektionalität, mit Angela Davis und Patricia Hill Collins um die Ecke und sagt, wir hätten es mit einem klassischen Fall zu tun, in dem *gender* sich mit *race* und *class* überschneidet, und ich werde mich steinalt fühlen, wie eine dieser privilegierten, weißen Feministinnen, die sich schwertun, die spezifische Erfahrung schwarzer Frauen ernst zu nehmen. Allerdings hätte Maryse bestimmt mit allem ganz recht, und ich tue mich wirklich schwer mit dem intersektionalen Feminismus, auch wenn sein Prisma funktioniert und sicherlich die beste Perspektive ist – man denke nur an die geniale bell hooks! Allerdings wurde die, eine intersektionale, Schwarze Feministin, nicht zuletzt von Schwarzen kritisiert, weil sie angeblich die Black-Power-Bewegung sabotierte. Und genau das ist es ja gerade: Will ich mich echt in dieses Wespennest setzen? Was für ein Durcheinander!

In *Vom Winde verweht* sagt Rhett – derselbe Rhett – zu Mammy, sie sei der einzige Mensch, an deren Meinung ihm etwas liege. Außerdem war Hattie McDaniel, die ebendiese Mammy spielt, die erste Schwarze Frau, die jemals einen Oscar gewonnen hat. Und als der Vorsitzende einer der wichtigsten Bürgerrechtsorganisationen Amerikas ihr vorwarf, sie habe sich den alten Vorurteilen angedient, blieb sie ihm die Antwort nicht lang schuldig: Ich verdiene lieber 700 Dollar pro Tag dafür, ein Dienstmädchen zu spielen, als sieben Dollar pro Tag dafür, wirklich eins zu sein.

19

ANNA! WAS! TUST! DU! DA!

Justine hatte längst eingesehen, dass ich keine geborene Schauspielerin war, einfach nicht das Zeug dazu hatte, aber was da jetzt mit mir passierte, war ihr ein Rätsel.

Das Praktikum war fast vorüber, und wir bereiteten die Abschlussvorstellung vor, die wir den Sommer über ausgearbeitet hatten, ein wichtiger Termin für alle, die an die Akademie wollten. John wollte sogar eine Kamera laufen lassen und den Mitschnitt seinen Prüfern vorführen. Und wenn ich jetzt alles versaute, was dann?

Wir hatten uns für *Hamlet* entschieden, ich war die Ophelia. Ich und Ophelia? Na ja. Aber Georges, der Regisseur, hatte mich für die Rolle ausgesucht, er war offenbar beeindruckt davon gewesen, wie ich bei der Analyse erklärt hatte, Ophelia sei die wahre Heldin des Stücks. In welchem Sinn denn?, hatte er gefragt. Na, im wörtlichen: Ophelia ist hin- und hergerissen zwischen dem Gehorsam gegenüber ihrem Vater und ihrer Liebe zu Hamlet, nicht bloß zwischen Sein oder Nichtsein, und am Ende zahlt sie selbst die Zeche und nimmt sich das Leben.

Wir hatten zwei Szenen ausgearbeitet: die, in der Polonius und Laertes Ophelia erklären, Hamlet würde sich mit ihr nur die Zeit vertreiben, und die, in der Hamlet sie beleidigt und ihr rät, ins Kloster zu gehen. Heute Abend sollten wir sie aufführen, deshalb machten wir mit Justine ein paar Aufwärmübungen. Wir dehnten, streckten, beugten uns und lockerten die Stimmbänder mit einem Zungenbrecher, den wir mit von Mal zu Mal etwas höherer Stimme aufsagten. Und nachdem wir uns einen Partner für die hundertste Vertrauensübung gesucht hatten – ich nahm wie immer John, er stand hinter mir, ich ließ mich fallen, er fing mich sofort auf –, bat Justine uns, zum Abschluss noch einmal die »Recht auf die Bühne«-Übung zu machen, die ich furchtbar fand, weil ich nie die »innere Kraft« aus mir herausholen konnte, die laut Justine die einzige Möglichkeit war, glaubwürdig vor ein Publikum zu treten.

Exakt dieselbe Übung hatten wir schon gut zwanzigmal gemacht, Schritt für Schritt geführt von Justines monotoner Stimme.

Stell dich genau in die Mitte, Anna, und schau rüber zu der schwarzen Stoffbahn am linken Bühnenrand. Jetzt rufe dir jemanden aus deiner Kindheit ins Gedächtnis, von dem du dich bedingungslos geliebt gefühlt hast, der dich beschützt hat und dir das Gefühl gab, du bist wichtig. Bleib einfach so stehen, bis genau dieses Gefühl völliger Sicherheit wieder in dir entsteht, lasse dich davon tragen, und drehe dich erst dann zur anderen Seite um. Jetzt denk an jemanden, der dir später im Leben das Gefühl gab, gut zu sein, die Beste sogar: deine Oma, eine Lehrerin, deine Schwimmtrainerin, völlig egal. Fühl dich bewundert. Fühl dich wohl in deiner Haut. Fühl dich stark. Erst dann kehrst du dem Zuschauerraum den Rücken zu und festigst all diese Gefühle in dir. Lass dir so viel Zeit, wie du brauchst, um dich zufrieden und unbeschwert zu fühlen, bereit, dich dem Saal zuzuwenden. Dort siehst du die Person, die dir das größte Leid zugefügt hat, jemanden, der dich gedemütigt und so behandelt hat, als wärst du nichts wert. Wende dich jetzt aber nicht ab, sieh dieser Person fest in die Augen und sage ihr, dass sie sich täuscht, dass du sehr wohl wertvoll bist.

ANNA! WAS! TUST! DU! DA!

Justine war sprachlos.

Ich hatte mein Gesicht in den Händen vergraben. Mich auf den Boden gekauert. Ich hatte Daniele in die Augen sehen wollen, wie jedes Mal bei dieser Übung, nur hatte Daniele sich dabei diesmal aufgelöst, wobei, nicht direkt aufgelöst, aber sein Gesicht hatte sich verwandelt: Einer nach dem anderen waren mir zuerst Professore Donno vor Augen erschienen, dann Pierfrancesco, dann Klaus, dann Federico, dann wieder Daniele, dann … Mir schwirrte der Kopf, ich biss mir in die Wange und floh hastig von der Bühne.

Was stimmte nicht mit mir? Womit provozierte ich die immer wieder? *Wie schaffen die anderen das bloß, dass sie immer respektiert werden?*

20

Sie sagen: Dir ist schon klar, wie verrückt das ist, verführerisch sein zu wollen, dann aber sauer zu sein, wenn ein Mann darauf anspringt, weil du ihn angeblich gar nicht verführen wolltest?

Sie sagen: Was spielst du da für ein Spiel? *Ich will, dass du mich willst, aber dann will ich, dass du aufhörst, mich zu wollen?*

Sie sagen: Wer ist hier schuld? Ich, weil ich geil werde, oder du, weil du rumläufst wie eine Nutte?

21

Was verstehen Sie unter einer *allumeuse?*, frage ich, kaum dass ich den Seminarraum betrete, noch bevor die Studierenden Zeit hatten, ihre Plätze einzunehmen und die Laptops aufzuklappen.

Ein paar Tage zuvor war ich über ein Interview mit einer Psychoanalytikerin gestolpert, die meinte, sie hielte das Post-#MeToo-Klima nicht mehr aus, all dieses Gerede von wegen die Frauen wüssten nicht, was sie in einem Mann auslösen, wenn sie halbnackt vor ihm herumstolzieren. Es gibt nun einmal *allumeuses*, meinte sie, machen wir uns doch nichts vor. Erst machen sie einen scharf, dann wollen sie nicht mehr, aber mit Begehren spielt man nicht, genauso wenig wie mit Feuer. Wer die Hand auf Kohlen legt, darf sich nicht beschweren, wenn er sich verbrennt.

Hat jemand zufällig die Serie *Anatomie eines Skandals* auf Netflix gesehen?, frage ich den Kurs.

Ich möchte wissen, was meine Studierenden über die sogenannten *allumeuses* denken. Das ist ein französischer Begriff, den man häufig hört und der übersetzt so viel bedeutet wie: »eine Frau, die einen erst heißmacht und dann abblitzen lässt« – das also, was man manchmal abwertend eine »Schwanztrieze« nennt. Folglich besagt die Wendung *ne fais pas ta petite allumeuse*, die eigentlich ganz niedlich klingt, letztlich nichts anderes als ein vulgäres »Spiel nicht die Schwanztrieze«. Genau das tun den Männern – zumindest manchen – zufolge aber etliche Frauen. Sie flirten und drücken alle nötigen Knöpfe, aber lassen einen ums Verrecken nicht ran, und mit dieser Strategie halten sie jeden an der kurzen Leine. Oft tun das gerade die, die wissen, wie schön sie sind, sagen die Männer, und oft tun sie es ausgerechnet mit den ärmsten Tröpfen, die ihnen an den Lippen hängen und alles dafür geben würden, wenigstens einmal bei ihnen zu landen. Sagen diese Männer. Und dann kommen sie einem mit Buñuels Film *Dieses obskure Objekt der Begierde*, in dem diese verfluchte Conchita den armen Mathieu in den Wahnsinn treibt, ihn vor Eifersucht und Begehren verrückt macht und ihn so ruiniert.

Nein? Niemand hat die Serie gesehen? Und den Roman, auf dem sie beruht, kennt den irgendwer?

Nur hier und da ein paar zaghaft erhobene Hände.

Na, wie dem auch sei, sage ich, ich hab Ihnen ein paar Szenen mitgebracht, die wir gemeinsam schauen und besprechen wollen. Die Serie wirft einige der Fragen auf, die uns hier beschäftigen, und was auch immer die Kritiker meinen, ich finde sie ziemlich gelungen.

Knapp fasse ich die Handlung zusammen: Es geht um den Prozess gegen James Whitehouse, einen britischen Parlamentarier, der beschuldigt wird, seine Assistentin Olivia Lytton vergewaltigt zu haben. Ohne spoilern zu wollen, muss ich ein, zwei Dinge wohl oder übel verraten. James und Olivia hatten eine Affäre, die bereits vorbei war, als er sie im Aufzug vergewaltigt hat – das zumindest behauptet Olivia gegenüber der Polizei. Sie sagt aus, er habe eine Woche vorher Schluss gemacht und sie habe darunter gelitten, weil sie noch in ihn verliebt gewesen sei. Als er sie im Aufzug küsste, habe sie sogar erst gehofft, er wolle die Beziehung wieder aufnehmen. Dann wurde er jedoch übergriffig, sie fühlte sich in der Falle und bekam Angst.

James Whitehouse tut so, als wäre Olivia Lytton unsichtbar geworden, sage ich. Und der Knackpunkt des Prozesses ist etwas, das er gesagt haben soll, unmittelbar bevor er in sie eindrang.

Ich schließe den Beamer an, brauche einen Augenblick, um den Ton in Gang zu kriegen. Dann funktioniert endlich alles, und ich erkläre den Studierenden, die folgende Szene zeige die Stelle, wo Whitehouse von der Staatsanwältin vernommen wird.

– *»Miss Lyttons Zeugenaussage zufolge haben Sie gesagt: ›Schwanztrieze. Erst aufgeilen, dann abblitzen lassen.‹ Das würde implizieren, Sie hätten gewusst, dass sie keinen Sex wollte. Haben Sie das gesagt?«*
– *»Nein. Das ist eine vulgäre Äußerung.« Er ist entsetzt.*
– *»Haben Sie vielleicht gesagt: ›Mach mich nicht so geil‹?«*
– *»Nein!«, beharrt er.*
– *»Wie ist es mit ›Du willst mich wohl aufgeilen‹?«*
– *»Kann sein, dass ich das gesagt habe, aber dann war das eher als Kompliment gemeint. Und es war lange bevor wir an diesen Punkt kamen. Möglich, dass ich es gemurmelt habe, als sie mir diesen ersten Kuss gab.«*
– *»Laut Miss Lyttons Aussage hat sie gesagt: ›Lass mich los. Nein, nicht hier.‹ Haben Sie sie das sagen gehört?«*
– *»Nein, keinesfalls.«*
– *»Ist es möglich, dass sie das vielleicht gesagt hat, aber Sie sie nicht gehört haben?«*
– *»Nein. Wir standen ganz eng zusammen. Es wäre gar nicht möglich gewesen, so etwas nicht zu hören. Ich hätte es bestimmt gehört, wenn sie irgendwas in der Art gesagt hätte. Außerdem deutete alles darauf hin, dass wir etwas taten, was sie* sehr gern *wollte. Zu keinem Zeitpunkt gab sie mir irgendeinen Hinweis darauf, dass sie nicht einverstanden war.«*

Kommentare dazu? Beobachtungen? Fragen?

Er lügt, sagt Maryse. Er wusste genau, dass Olivia nicht will.

Ach ja, und wie kommst du darauf, bitte? Thomas findet, der Umstand, dass Lytton in Whitehouse verliebt war und sich auf den Kuss im Aufzug eingelassen hat, beweise ihr Einverständnis. Das sagt er ja auch der Anwältin, was gibt's da überhaupt noch zu bereden?

Okay, sie küssen sich, räumt Maryse ein. Aber dann sagt sie, er soll sie loslassen, »Nein, nicht hier«, sagt sie, also hätte er ja wohl aufhören müssen, aber er macht trotzdem einfach weiter.

Eben!, pflichtet Clementine ihr bei. Ich kannte die Serie nicht, werde sie aber definitiv schauen. Was die Szene angeht, seh' ich das genau wie Maryse: Anfangs war da vielleicht noch ein Ja – sehr wahrscheinlich sogar –, aber daraus wurde später ein Nein. Er lügt. Im Augenblick der Penetration war die Frau nicht einverstanden.

Im Augenblick der Penetration war die Frau nicht einverstanden, wiederhole ich. Und ergänze: Der ganze Prozess dreht sich letztlich nur um die Frage, was Whitehouse zum fraglichen Zeitpunkt gedacht hat. Hat er wirklich geglaubt, sie sei einverstanden, oder hat er sie gezwungen? Aber gut, nehmen wir mal an, er hätte es wirklich geglaubt. Wieso nennt er sie dann »Schwanztrieze«?

Weil es die eben gibt! Thomas lässt sich nicht beirren. Maylis, sag du doch auch mal was! Du weißt doch, wie viele Frauen es gibt, die einen erst scharf machen und dann plötzlich doch nicht wollen und einen dastehen lassen wie einen begossenen Pudel!

Maylis wird knallrot. Er ist schüchtern, verschlossen. Jetzt, wo Thomas ihn ins Spiel gebracht hat, fühlt er sich verpflichtet, sich zu äußern, doch man sieht ihm deutlich an, wie schwer ihm das fällt.

Na ja, Thomas hat schon recht, dass es Frauen gibt, die …

Aber, also, in diesem Fall, da finde ich schon auch eher, genau wie Clementine gesagt hat, dass es tendenziell, ähm …

Er eiert herum, und ich muss vor Zuneigung lächeln.

Am Abend, zu Hause, spreche ich mit *ihm* darüber, erzähle ihm von der Diskussion im Kurs. Und er, dem schon die Serie nicht sonderlich gefallen hat, der mehrmals vor dem Fernseher eingeschlafen ist, als wir sie zusammen geschaut haben, meint, er hätte jedenfalls auch eine Stinkwut auf diese verdammten *allumeuses*, die unerreichbaren Schönheiten, die mit netten, anständigen, arglosen Männern nur ihre Spielchen spielen: Was glaubst du, wie oft mir so was schon passiert ist?! Die Praktikantin, die dauernd um mich rumscharwenzelt ist, die Studentin, die mich ständig mit diesen riesigen Rehaugen anguckte, kein Wunder, wenn ein Mann auf so was reinfällt. Wer sagt denn, dass immer nur ihr Frauen die Opfer seid?

Hm. Mir kommt das spanisch vor. Klar kann man vom bloßen Anblick einer anderen Person erregt werden, das kann jedem passieren, ich habe ja selbst neulich in der Metro diesen Typen gesehen und mir ausgemalt, mit ihm zu schlafen, mit geschlossenen Augen hab ich mir das vorgestellt, aber dann – na ja, dann habe ich die Augen wieder aufgemacht, und er war weg. Ich habe fantasiert, aber nicht mal im Traum daran gedacht, ihn zu behelligen. Warum soll ein Mann also, wenn er erregt ist, nicht anders können, als einen zu betatschen?

Na klar gibt's die, Anna! Wo lebst du denn, hinterm Mond? Carlotta meint, sie kenne jede Menge solcher Frauen. Du weißt doch, wie das läuft, im Showbiz: Kino, Theater, Fernsehen … Da wimmelt es nur so von denen, das Thema hatten wir schon öfter. Hab ich dir nicht mal von dieser Produzentin erzählt?

Wir haben lange nicht telefoniert, immer gab es was zu tun,

und die wenigen Male, die ich es doch bei ihr versucht habe, war sie gerade bei der Probe, im Zug, in einer Besprechung, kurz: nie eine Chance, in Ruhe zu quatschen. Heute hat sie mich angerufen. Ich bin zu Hause, muss das Skript für die Sendung am Freitag vorbereiten und nutze die Pause gleich noch für zwei Ladungen Wäsche.

Welche Produzentin war das noch mal?, frage ich, während ich den Korb vollpacke.

Aber das hab ich doch erzählt! Egal, jedenfalls ist die ’ne abgebrühte Casterin, vor vielen Jahren durfte ich sie mal treffen. Ich hab ihr erzählt, dass ich nicht schnalle, warum immer nur dieselben Leute gecastet werden, auch wenn sie null Talent haben, und sie fiel mir sofort ins Wort. Sie war die beste Freundin einer Freundin meiner Mutter, und sie nahm kein Blatt vor den Mund. Ach, du hast ja keine Ahnung!, sagte sie. Das wahre Talent besteht darin, den Kerlen immer schön die Karotte vor die Nase zu halten, ohne dass sie jemals davon abbeißen dürfen.

Das ist ja schrecklich!, sage ich, während ich nach einer Socke suche. Wo ist die bloß abgeblieben? Als ich die Maschine beladen habe, waren noch alle da, ich habe extra nachgezählt.

Allerdings, das kannst du laut sagen, ja. Da braucht man wirklich ’nen stählernen Magen, damit einem nicht pausenlos schlecht wird.

Und, ähm, hast du auch mal

Natürlich nicht! Mensch, Anna, wir kennen uns seit über dreißig Jahren! Auf keinen Fall bringe ich mich in so eine Lage, das hab ich noch nie gemacht, und ich fange auch sicher nicht mehr damit an, selbst wenn die Typen es sogar nach #MeToo noch oft versuchen. Erst vor ein paar Wochen hat so ein Regisseur aus Mailand mich zum Essen eingeladen. Angeblich sollte auch ein Produzent mitkommen. Was glaubst du, hab ich ihm das abgekauft? Auf gar keinen Fall! Ich hab höflich abgelehnt und nie wieder was von ihm gehört. Immer nur dasselbe Spiel. Aber was soll's, ich bin's ja gewöhnt.

Sag mal, Carlotta?

Ja?

Kann ich dich was Persönliches fragen?

Ich lasse die Wäsche im Bad liegen und setze mich ins Wohnzimmer.

Seit wann musst du mich da um Erlaubnis bitten? Schieß los, ich höre!

Hättest du die Einladung zum Essen nicht doch annehmen können? Also den Produzenten kennenlernen, und dann einfach

Nein, weil ich genau wusste, wie das laufen würde. Ich hätte den Kerl zum Teufel gejagt, und er wäre stinksauer gewesen, hätte alles um mich herum abgefackelt. So habe ich das Schlimmste verhindert. Eine Freundin hat das mal sehr niedlich ausgedrückt: Sie meinte, sie versucht, »peinlichen Missverständnissen« aus dem Weg zu gehen. Eine junge Schauspielerin ist das, sie erinnert mich ein bisschen an dich, schüchtern, eher unsicher. Und weil sie sich so schämt, wenn einer sie angräbt und sie kein Interesse hat, hat sie beschlossen, sich gar nicht erst in solche Situationen zu bringen. Sie gibt sich alle Mühe, sie zu vermeiden. Dieselbe Taktik wie ich, nur aus anderen Gründen: Ich tu's, um niemandem einen auf den Deckel zu geben und hinterher als Zicke zu gelten, sie, um Peinlichkeiten auszuweichen, auch wenn ich nicht recht verstehe, wofür sie sich schämt, schließlich ist es ja nicht ihre Schuld, wenn einer sie anbaggert, oder? Oder, Anna? Ich hör gar nichts mehr, bist du noch da? *Hallo?*

Ja, ja, ich bin noch da!, sage ich, war aber tatsächlich kurz weg, in Gedanken. Mir ist es nie gelungen, solchen Situationen aus dem Weg zu gehen, immer wieder bin ich da hineingeraten, auch in die Scham, ja, nur dass mir die im Gegensatz zu dieser schüchternen Schauspielerin nie ermöglicht hat, Nein zu sagen, ich habe es nie geschafft, es ging einfach nicht, *warum schaffen es die anderen, respektiert zu werden, auf sich aufzupassen, und ich nicht?* Wie wenn ich in der Metro sitze und es nicht mal über mich bringe zu sagen: Sorry, aber warum brauchst du eigentlich auch noch meinen Platz? Immer wieder ist es dieselbe Scham: Wie sage ich *ihm*, dass er eine Fahne hat und ich es eklig finde, wenn er mich damit küsst? Aber ist das wirklich Scham oder doch eher Empathie? Wie würde ich das denn finden, wenn *er* mir sagt, dass ich aus dem Mund rieche? Oder dass er lieber doch nicht mit mir schlafen will?

Jedenfalls, zurück zur Sache: Diese *allumeuses* gibt's tatsächlich, Anna. Was natürlich nicht heißt, dass alle Frauen so sind, ich bin nie eine gewesen, von dir ganz zu schweigen – als könnte eine wie du so was je tun! Bei mir hat's ab und zu einer probiert, aber nicht viele. Ich hab sowieso nicht die passende *physique du rôle.*

Wie, die *physique du rôle?*

Na ja, am verwundbarsten ist der Typ Unschuld vom Lande, tendenziell ohne Studium und einfach gestrickt, oft aus finanziell und sozial bescheidenen Verhältnissen. Schließlich wollen die Männer ja gern die Oberhand haben und suchen nach Frauen, die ihnen immer brav recht geben, und das Gefühl, sie seien die Allerklügsten.

Hm, sage ich und kaue stumm auf einem Fingernagel herum. Wie kommt Carlotta bloß auf die Idee, Männer würden nur Frauen angraben, von denen sie glauben, sie seien ihnen kulturell oder sozial unterlegen? Sie redet unbeirrt weiter, aber ich drifte ab, denke, dass sie wieder einmal übertreibt, zu sehr verallgemeinert und vergisst, dass es auch perverse Narzissten gibt, die auf eine ganz andere Beute aus sind, auf sensible Mädchen oder Frauen, die schlicht etwas an sich haben, das sie von anderen unterscheidet. Und ja, verwundbar müssen sie wohl sein, aber nicht so, wie Carlotta meint, sondern weil sie trotz allem unsicher sind, sich nicht respektieren, sich bedrängen lassen und

Natürlich spielt's auch eine Rolle, ob man sich entsprechend aufbrezelt, sagt Carlotta jetzt etwas lauter und reißt mich brüsk aus meinem Gedankenfluss. Ich hab mich ja nie so angezogen, dass man auf falsche Gedanken kommen könnte, nicht mal beim Dreh. In die Highheels schlüpfe ich immer erst direkt vor der Szene. Als würde ich auf der Straße mit so was rumlaufen! Vergiss es!

Aber ich bin schon wieder abgedriftet. Bis jetzt war mir nie aufgefallen, wie sehr Carlotta meiner Mutter ähnelt, wobei, dass sie und ich verschieden, gegensätzlich sind, das war mir immer klar, aber mir war eben nie ihre Ähnlichkeit mit meiner Mutter aufgefallen, keine Risse, keine Sprünge, alles perlt an ihnen ab – die Glücklichen! Und dann der Gedanke, dass auch mir mal einer gesagt hat, ich solle nicht die *allumeuse* spielen. Ich, eine *allumeuse?* Schön wär's! Bei mir war immer das Gegenteil der Fall, ich war immer in Sorge, dass es blöd für den Mann sein könnte, wenn ich nicht mitziehe, dass es doch letztlich meine Schuld sei, dass ich ihm den falschen Eindruck vermittelt hätte. Und wenn der Typ damals doch recht hatte? Aber halt, ich sollte mir nicht auch das noch ankreiden, erst recht nicht, da ich auch damals nachgegeben habe, obwohl ich den Kerl in diesem Augenblick nicht ausstehen konnte, aber ich konnte ja schon so viele andere nicht ausstehen.

Unterdessen ruft Carlotta am anderen Ende der Leitung: Anna? Bist du noch da? Hallo?, und ich antworte nicht, habe keine Lust mehr, denke nur an all die Männer, die bekommen haben, was sie wollten, und mich dann abserviert haben, weil ihre Frau auf sie wartete, ihre Tochter, und ich lag da, vollkommen leer, und fragte mich, wieso es immer so zu Ende ging, *wie schaffen die anderen das bloß, dass sie immer respektiert werden?*

22

Als Jugendliche habe ich unterkühlte Schönheiten immer bewundert. Wie schafften die das nur, immer allen zu gefallen, niemals übersehen zu werden und alles zu bekommen, was sie wollten, ohne jemals etwas dafür hergeben zu müssen?

Das ist unfaire Konkurrenz, sagte Federica. Und eiferte ihnen dennoch nach. Aber diese Frauen waren immer zu perfekt, lackierte Nägel, Lippenstift, Eyeliner, sie waren WAHRHAFT UNNACHAHMLICH. Sie wussten, wie man zwinkerte, wie man sich benahm und bewegte, wie man sich begehren lässt.

Wie in dem Lied von Riccardo Cocciante, »und jetzt zieh dich aus, wie nur du es kannst, aber bild' dir nichts ein, ich fall nicht mehr darauf rein, du wirst mir noch nachweinen, du seelenlose Schöne«, bloß, dass diese Frauen niemals irgendjemandem nachweinen, nein, die gewinnen jedes Mal, diese blöden, manipulativen Kühe, und

23

Heute ist Alice in meinem Kurs zu Gast.

Tolle Idee, ein Seminar über #MeToo zu machen, hatte sie gesagt, als ich sie fragte, ob sie nicht mal vorbeikommen und mit den Studierenden sprechen wolle. Wenn diese Leute irgendwann mal an Arnaulds Stelle sitzen, haben sie unserer Lieblingsjuristin immerhin was entgegenzusetzen. Nach der Sendung auf France Culture waren wir Mittag essen gewesen. Sie war stinksauer, sagte immer wieder, am meisten ärgere sie nicht mal diese Juristin, von der sei nichts anderes zu erwarten gewesen, aber unser Kollege Arnauld, der sei miserabel damit umgegangen – bloß: Was will man machen, so wachsen die nun mal auf, sie glauben, sie haben immer recht, auch wenn sie einen Scheiß verstanden haben. Zum Glück steht die neue Generation schon in den Startlöchern, von den Männern aus unserer kann man diesbezüglich echt nichts erwarten, in manchen Dingen sind sie einfach völlig blind für alle Nuancen.

Ich erzählte ihr, dass wir im Kurs über ihren Podcast mit Stephanie gesprochen, das Thema der *allumeuses* angeschnitten und angeregt über *Anatomie eines Skandals* diskutiert hatten.

Na, sind Sie bereit zum Gespräch mit meiner Kollegin?, frage ich den Kurs, während sich alle an ihren Plätzen einrichten. Ich schlage vor, wir machen weiter, wo wir letztes Mal aufgehört haben, als wir über *allumeuses* sprachen, und reden heute über die jüngeren Kontroversen zum Thema Kleidung.

Was meinen Sie denn damit genau, Madame?, erkundigt sich Juliette.

Na, Sie erinnern sich doch sicher, wie ich Ihnen von der italienischen Lehrerin erzählt habe, die eine Schülerin mit bauchfreiem Shirt vor der ganzen Klasse fragte: Was glaubst du, wo du bist, auf der Salaria?

Ach du Schande! Aber, ähm, was genau ist eigentlich die Salaria?

Eine Straße in Rom, antworte ich. Und ein stadtbekannter Straßenstrich. Jedenfalls kam diese Lehrerin in die Klasse, um eine Kollegin zu vertreten, sah das Mädchen, das sich gerade von einem Klassenkameraden filmen ließ, und noch ehe sie sich setzte und die Klasse begrüßte, bemerkte sie ganz beiläufig, in der Schule solle man sich nicht aufführen wie eine Hure. Hinterher – aber darüber haben wir doch schon geredet, wissen Sie das wirklich nicht mehr? – gab es Stimmen, die meinten, die Lehrerin habe das Mädchen ja nur zur Räson rufen wollen, sie darauf hinweisen, dass sich manche Dinge in der Schule nicht gehören und so weiter, aber faktisch hat sie, wie gesagt, mit diesem ordinären Spruch die Vorstellung reproduziert, dass die Art, wie eine Frau sich anzieht und benimmt, rechtfertigt, wie man sie behandelt. Da wir damals nicht weiter darauf eingehen konnten, hätte ich gern, dass Sie mir heute sagen, wie Sie über diese Frage denken – und darüber, dass Frauen schon vor dem Kleiderschrank ein präventives Verhalten annehmen sollen.

Da ich Sie inzwischen alle eine Weile kenne, glaube ich bereits zu wissen, was die Frauen sagen werden: Keine von ihnen stört sich an kurzen Röcken, Schminke oder transparenten Oberteilen. Aber mich interessiert, wie Sie argumentieren, welche Gründe Sie anführen und – vor allem – ob die Männer ihrer Meinung sind.

Das ist doch klar, meldet Juliette sich zu Wort. Alle sollten tragen dürfen, was sie möchten, und dass ich Leggings oder Jeggings anhabe oder mein Bauchnabel gepierct ist, bedeutet noch lange nicht, dass ich keinen Respekt verdiene.

Seh ich genauso, sagt Maryse. Alles andere stützt doch nur das Vorurteil, dass man selber Schuld hat, wenn man belästigt oder vergewaltigt wird.

Genau, pflichtet Cyndelle bei. Ich reg mich eh nur noch auf, wenn Leute von Schamgefühl, Anstand, Sittsamkeit und all dem Quatsch reden, der bloß die *rape culture* zementiert hat.

Offenbar sind sie sich alle einig. Seltsam nur, dass Thomas diesmal so schweigsam ist. Also frage ich ihn rundheraus: Und Sie? Was meinen Sie dazu, Thomas?

Na ja, ich seh das ein bisschen anders, wollte mich aber heute mal zurückhalten und nicht wieder der Spielverderber sein. Wenn Sie mich jetzt aber schon fragen, muss ich doch sagen, dass mir der Ausdruck *»rape culture«* vorkommt wie eine klassische *tarte à la crème*, eine völlig hohle Phrase, die trotzdem alle nachplappern. Und wenn ich wirklich ganz ehrlich sein soll: Ich finde, eine Frau, die sich aufreizend anzieht, will auch gesehen werden, und wer darauf Wert legt, wie er auf andere wirkt, sollte gewisse Dinge bedenken, zu seinem eigenen Schutz, und

Genervtes Stöhnen erhebt sich, aber bevor Maryse, Cyndelle oder Clementine ihren Kommilitonen in Stücke reißen, lasse ich lieber Alice antworten. Und die macht das toll: In wenigen Sätzen zieht sie einen Vergleich zwischen der Minirock- und der Kopftuch-Debatte, mit dem sie aufzeigt, dass in beiden dieselbe Dynamik greift.

Sogar die Worte sind identisch, sagt sie. Wenn eine Muslima von Gleichaltrigen belästigt wird – oder sogar von ihrem

Bruder oder Vater –, muss sie sich regelmäßig anhören, es sei ja auch schamlos, ohne Kopftuch aus dem Haus zu gehen, und es aufzusetzen sei eine Frage des Respekts vor ihren Mitmenschen.

Thomas wendet ein, das Kopftuch habe damit nichts zu tun, das sei eine religiöse Sache, um die es ihm ja gar nicht gehe, er habe nur sagen wollen, dass man sich so oder so anziehen kann und eine Frau nicht erwarten darf, dass niemand sie behelligt, wenn sie – vor allem abends – halbnackt in der Gegend rumläuft.

Doch Alice erläutert gewohnt unaufgeregt und professionell, dass die beiden Dinge zwar verschieden aussähen, der Unterschied in Wahrheit aber bloß ein gradueller sei: Sobald man einer Frau die Verantwortung dafür zuschiebt, schlimme Gedanken in Männern anzuheizen oder wenigstens billigend in Kauf zu nehmen, lässt sich jedes männlich-machohafte Verhalten rechtfertigen. Dahinter steckt stets dieselbe Prämisse: Im Gegensatz zu weiblichem Begehren lässt das männliche sich angeblich nicht kontrollieren. Die Kurzfassung dessen also, was Cyndelle *rape culture* genannt hat – Sie waren das doch, die den Begriff ins Spiel gebracht hat, oder? Apropos, kennen Sie eigentlich die Kontinuumstheorie?

Ja, sagt Juliette. Das ist die Idee, dass es ein Kontinuum der Gewalt gibt, das sich von sexistischen Sprüchen, Catcalling und so weiter über Grapschen in der Metro bis zu körperlichem Missbrauch und Vergewaltigung erstreckt – eine gerade Linie, auf der sich nur das Ausmaß der Gewalt ändert, aber nicht der Umstand, dass man es mit Gewalt zu tun hat.

Und dann ist da die Selbstzensur, ergänzt Cyndelle. Man traut sich nicht mehr allein raus, geht früh nach Hause, passt auf, wie man sich anzieht, und ist ganz besessen davon, unbedingt vorsichtig zu sein.

Sieht man ja auch in den sozialen Medien, sagt Maryse,

wenn eine Frau ein Foto postet, das rein gar nichts mit Sex zu tun hat, aber alle kommentieren, sie sei eine alte Hexe, die eh keiner anfassen will, oder man sehe ja gleich, was sie für eine sei, und sie bräuchte sich nicht zu wundern, wenn ihr was passiert.

Aber jetzt mal im Ernst, platzt es aus Thomas heraus, ihr könnt doch ein Wort – ein vielleicht unangemessenes, meinetwegen, aber halt trotzdem nur ein Wort – nicht auf dieselbe Stufe stellen wie einen Faustschlag! Das wäre ja, als würde man ein Kilo Äpfel und ein Kilo Nägel in einen Sack stecken und dann mit den Nägeln einen Kuchen backen wollen! Mit dieser Gleichmacherei wird doch

Nein, unterbricht ihn Juliette, das ist keine Gleichmacherei. Es hängt eben alles zusammen, darum spricht man von *rape culture.*

Versteht mich nicht falsch, natürlich rechtfertigt nichts eine Vergewaltigung, weder Alkohol noch Drogen noch ein sexy Outfit. Und wenn die Frau dem Mann beim Sex sagt, er soll aufhören, muss er das tun, ganz klar. Aber wenn sie nichts sagt, wenn sie nicht Nein sagt oder Schluss oder Hör auf, woher soll er es dann wissen? Kann schon sein, dass der Typ ein Idiot ist, aber ohne klare Ansagen will ich mal sehen, ob ihr das verstehen würdet.

Ach je, ihr Kerle kriegt einfach immer sofort einen Herzkasper, wenn ihr eure Privilegien bedroht seht. Ihr seid in eine Gesellschaft geboren worden, die auf männlicher Herrschaft beruht, und wollt den Kuchen nicht teilen. Wann kapiert ihr endlich, dass wir da nicht mehr mitspielen und das süße Leben für euch vorbei ist! Basta, es reicht!

Basta, es reicht!, wiederhole ich im Geiste und linse zu der grinsenden Alice.

Basta, es reicht! Garantiert denkt sie gerade ganz genau dasselbe.

24

Basta, es reicht, ich kann nicht mehr. Als ich aus der Praxis meiner Therapeutin komme, bin ich erledigt. Schließe mich in mir ein. Satzfetzen schwirren mir durch den Kopf, herausgesprudelte Worte, halb erzählte Szenen, vielleicht gerade noch rechtzeitig unterbrochen von irgendeiner plötzlichen Assoziation. Ich versuche, all das nicht zu wichtig zu nehmen, nicht daran zu denken.

Warum kann man nicht einfach spielen wollen?

Ich zünde eine Zigarette an, wähle Carlottas Nummer, lege jedoch schnell auf, als sie nicht sofort abnimmt, soll wohl nicht sein, womöglich besser so, schön sind die, die Schuhe da im Schaufenster, die muss ich haben, aber nein, keine zehn Pferde kriegen mich in den Laden, auf gar keinen Fall werfe ich so viel Geld für ein Paar Stiefel raus, die ich dann bestenfalls ein- oder zweimal trage. Ich werfe die Kippe in den nächsten Mülleimer, zünde mir gleich eine neue an, wähle die Nummer von Alice, lege auf, bevor sie rangehen kann.

Spielen, genau. Wie, wenn man die Hand übers Feuer hält. Immer näher, bloß mal sehen, was passiert, aber dann zieht man sie wieder weg, man will sich schließlich nicht verbrennen.

Ich konzentriere mich auf meine Schritte, einer nach dem anderen, passe auf, wo ich hintrete, wenn ich mir jetzt wieder das Knie ruiniere, wie komme ich dann morgen zur Maison de la Radio?

Wenn ein Mann mir gefällt und ich merke, dass auch ich ihm gefalle, was hält mich dann auf? Ein Kuss, eine Berührung: Wo steht geschrieben, dass wir danach im Bett landen müssen? Ganz oder gar nicht? Um jeden Preis?

Auch heute schaffe ich es nach der Therapie nicht, an irgendetwas anderes zu denken. Wie immer.

Warum sollte man sich selbst bestrafen?

Ich schaffe es nicht, nein, erst recht nicht jetzt, wo das Wort »Bestrafung« mir die Sicht versperrt. Besessen bin ich von diesem verfluchten Wort, »Bestrafung«, kriege es nicht aus dem Kopf.

Es stimmt, ich bestrafe mich selbst, meine Therapeutin hat recht. Wenn ich etwas tue, das nicht in mein Moralsystem passt – in *meines*, das hat sie betont, nicht in ein allgemeines, wen juckt das schon, nein, in mein ganz eigenes, über viele Jahre in manischen und depressiven Phasen planlos gezimmertes Moralsystem –, finde ich immer eine Weise, mich zu bestrafen. Sobald ich mein Wort nicht halte, eine Verabredung absage, ein Versprechen breche: Das geht nicht, das tut man nicht, sagt man nicht, denkt man nicht mal, wie kannst du nur mit einem anderen ins Bett gehen – auch wenn du mit *ihm* gar nicht mehr schläfst, und wie kann eine Frau noch Frau sein, wenn sie keinen Sex hat, er liebt mich, er liebt mich nicht, besser tot als …

Und da ich im Grunde immer, wirklich immer nachgebe und das auch noch etwas Gutes sein soll, weil man seinem Begehren doch nachgeben *muss*, wenn man keine lebende Tote sein will, muss ich mich bestrafen, muss ich leiden, muss ich die Angst vor der Leere ertragen, die sich in mir auftut und den Mann gar nicht betrifft, vor einer Leere, die ich mir ganz allein schaffe, das Rezept kenne ich aus dem Effeff, ich gebe nach und stürze mich in den Abgrund, der mich stets mit offenen Armen empfängt: Ich habe schon auf dich gewartet, lang nicht gesehen! Wer weiß schon, ob der Körper das verlangt, ob er es ist, der an den Ort des Verbrechens zurückwill, ob es überhaupt ein Verbrechen gegeben hat, wenn die einzigen Erinnerungen daran verdeckt sind? Ob eines Tages wirklich etwas vorgefallen ist, früher, vor langer, langer Zeit, da war einmal eine Prinzessin, die kein Prinz je wecken kam, kein Kuss für sie, keine Berührung, kein »Tut mir leid«, nur ein Eindringling, der sie hat weiterschlafen lassen: Wenn du das erzählst, mach ich dich fertig!

Ich konzentriere mich wieder auf meine Schritte, einer nach dem anderen, passe auf, wo ich hintrete, wähle noch mal Alice' Nummer, diesmal lasse ich ihr Zeit zum Rangehen, Hallo? Anna, bist du das?

25

So ist das nun mal: Wenn die Wahrheit nicht zur Nachricht wird, kann man sie mit ins Grab nehmen.

DRITTER TEIL

#MeToo

Ich kann bis heute nicht sagen, wann mich das Gefühl verließ, geliebt zu werden. Ich weiß nur, dass ich eines Tages kein kostbarer kleiner Schatz mehr war. Diejenigen, die mich ursprünglich geliebt hatten, wandten sich von mir ab. Ihre fehlende Anerkennung und Wertschätzung trafen mich tief. Ich war untröstlich und wie gelähmt. Kummer und Schmerz überwältigten mich. Ich wusste nicht, was ich falsch gemacht hatte.

Bell Hooks

und wenn wir sprechen haben wir Angst
unsere Worte werden nicht gehört
und sind nicht willkommen
doch wenn wir schweigen
haben wir immer noch Angst.
So ist es besser zu sprechen
sich zu erinnern
wir waren nie bestimmt zu überleben.

Audre Lorde

1

Alice meinte, sie müsse etwas Wichtiges mit mir bereden, sich jemandem anvertrauen. Wo ich sei, wollte sie wissen, und ob wir uns heute Nachmittag treffen könnten – besser nicht im Sender oder an der Uni, sondern an einem ruhigen, diskreten Ort. Da ich nicht weit weg von zu Hause war und wusste, dass *er* nicht da sein würde, lud ich sie zu mir ein. Ich führte sie ins Wohnzimmer, ging in die Küche, um Tee zu kochen, und kam mit einem Tablett zurück, auf dem neben der Kanne und der Zuckerdose eine Schachtel Venchi-Pralinen lag, die ich auf dem Heimweg besorgt hatte, weil ich wusste, dass sie die am liebsten mochte.

Jetzt, wo wir zusammen auf dem Sofa sitzen, wickelt Alice eine Nusspraline aus, steckt sie sich in den Mund und sagt: Mmh, köstlich! Dann zieht sie ihr Handy aus der Tasche, tippt kurz darauf herum und spielt mir eine Sendung vor, die ein paar Tage zuvor auf France Culture gelaufen ist.

Die Moderatorin ist bekannt und beliebt, man hat ihr ein eigenes Journal anvertraut. In dieser Folge spricht sie mit einer Psychoanalytikerin über das Erbe von #MeToo. Ich höre aufmerksam zu, obwohl es zumindest anfangs so klingt, als ginge es wieder mal nur um das Übliche. Als ich Alice fragend ansehe, bedeutet die mir, mich noch etwas zu gedulden. Und tatsächlich, kurz darauf kündigt die Moderatorin einen Einspieler an: ein vor einiger Zeit von einer Kollegin von France Inter aufgezeichnetes Interview, anhand dessen man über eine Frage sprechen könne, die – so ihre Worte – »den Männern Angst macht«.

Die Kollegin bin natürlich ich, sagt Alice und nimmt sich noch eine Nusspraline. Ist aber nicht der Punkt, wirst du ja sehen. Egal, wir reden danach, verschaff dir erst mal selbst einen Eindruck, ich will dich nicht beeinflussen. Sag mal, willst du keine Praline?

Ich rief eine Freundin an, mit der ich Jura studiert habe. Wir gingen einen Kaffee trinken, und ich habe ihr erzählt, was vorgefallen war, musste es selbst erst mal richtig verstehen, das Erlebte in Worte übersetzen. Dann sprachen wir darüber, dachten auch an unsere Strafrechtsvorlesungen und kamen zu dem Schluss, dass es eine Vergewaltigung gewesen war. Und das, obwohl es mir erst ausgesprochen schwerfiel, das zu akzeptieren – weniger aus Scham, als weil ich eine kannte, die mit dreizehn vergewaltigt worden war, und zwar brutal. Was mir passiert war, war psychisch hart, klar, aber ja nicht körperlich gewalttätig, sodass ich mich scheute, mich mit ihr zu vergleichen. Was mir passiert war, war doch gar nicht so schlimm, nicht so traumatisch. Dieses Mädchen stand eines Nachts in einer Gasse plötzlich einem völlig Fremden gegenüber. Und ich … Na ja, irgendwie hatte ich mir das Ganze ja auch selbst zuzuschreiben, fand ich, ich hatte ihm ja halbnackt die Tür aufgemacht, mich zum Schlafen in ein Bett mit ihm gelegt, vielleicht in einer aufreizenden Haltung, und ich kannte ihn gut. Trotzdem wollte ich an diesem Abend nicht mit ihm schlafen. Ich hatte dazu nicht die geringste Lust.

Der Einspieler endet, und die Moderatorin fährt fort: Diese junge Frau sagt also, sie sei vergewaltigt worden. Erst fällt es ihr schwer, die rechten Worte für das zu finden, was ihr passiert ist, doch dann kommt sie zu dem Schluss, es habe sich um eine Vergewaltigung gehandelt, obwohl sie den Mann nackt in Empfang genommen hat, in der Erwartung, Geschlechtsverkehr mit ihm zu haben. Ist es denn – sie wendet sich wieder ihrem Studiogast zu – Ihrer Meinung nach plausibel, in diesem Fall von Vergewaltigung zu sprechen?

Als die Psychoanalytikerin antwortet, wie sehr sie das authentische Bedürfnis der jungen Frau berührt habe, zu benennen, was ihr zugestoßen ist, fällt die Moderatorin ihr ins Wort.

Das versteh ich nicht, platzt sie heraus. Meinen Sie nicht auch, dass es für viele Menschen unbegreiflich ist, wenn etwas eine Vergewaltigung gewesen sein soll, obwohl es vorher den eindeutigen Wunsch nach Verkehr gegeben hat? Das ist doch vielen Frauen schon passiert, dass sie mit einem Mann ins Bett gegangen sind und es hinterher bereut haben. Aber deshalb glaubt man doch nicht gleich, man wäre vergewaltigt worden! Wo ist die Grenze zwischen einem miesen Date, schlechtem Sex – nennen Sie es, wie sie wollen – und einer Vergewaltigung? Finden Sie nicht auch, dass diese Grenze seit #MeToo zu durchlässig geworden ist? Die Männer sind ja inzwischen völlig verunsichert.

Die Männer sind verunsichert, wiederholt Alice und drückt auf Stopp. Die Armen, mir kommen gleich die Tränen! Sie seufzt. Du machst dir keine Vorstellung, wie kalt mich das beim ersten Anhören erwischt hat. Willst du denn wirklich gar keine Praline? Sie sieht mich fragend an: Aber ich wollte dich ja nicht beeinflussen, also sag selbst, was du davon hältst, ganz ehrlich. Sind die Männer verunsichert?

Ich bitte sie, die Sendung noch einmal abzuspielen, ignoriere die Pralinen, die sie mir vor die Nase schiebt, freue mich aber doch, dass noch ein paar übrig sind. Beim Hören mache ich mir Notizen, lese sie mir dann noch einmal durch und denke einen Moment darüber nach.

Also: Erst mal ist mir schleierhaft, wie die Moderatorin darauf kommt, die Frau habe Sex mit dem Mann erwartet. Das sagt sie doch gar nicht, nicht mal im Ansatz. Stattdessen betont sie, wie schwer es ihr fiel, das, was ihr passiert ist, mit dem Überfall auf die Dreizehnjährige zu vergleichen. Schon da verzerrt die Kollegin also die Tatsachen, obwohl die arme Psychologin versucht, sie darauf hinzuweisen, wie unsicher die Frau ist, wie schwer sie sich tut, die passenden Worte für das Erlebte zu finden. Aber am meisten irritiert mich, wie sie diesen Auszug aus dem Kontext reißt. Letztlich wissen wir als Hörerinnen doch gar nicht, was da wirklich abgelaufen ist.

Eben, knurrt Alice. Sie benutzt einen Teil meines Interviews mit dieser Frau für ihre Zwecke und verdreht komplett ihre Geschichte. Ich spiel dir jetzt mal das komplette Interview vor.

Sie greift nach dem Handy, fängt an zu suchen. Sicher, dass du die letzte Praline nicht willst? Echt nicht?

Alice und ich sind mittlerweile gute Freundinnen. Wir sind uns viel ähnlicher, als ich bei unserer ersten Begegnung glaubte, auch wenn ich bereits 2017, an jenem Abend in der Maison de la Radio, geahnt habe, dass uns etwas verbindet. Vieles unterscheidet uns natürlich auch: Sie ist jünger als ich, hat eine Tochter und kann, seit sie nicht mehr raucht, Schokolade nicht widerstehen, während ich sie mir verkneife, wieder mal Diät halte, im Lockdown hab ich's mit Nutella übertrieben, darum gibt es für mich jetzt erst mal keinen Zucker, keinen Kakao, keinerlei Süßkram, aber abgesehen von ihrer Tochter und der Ernährung ist da doch ein Verbundenheitsgefühl, ein Knacks, den wir beide mit uns herumtragen. Das habe ich erst mit der Zeit gemerkt, vor allem in den Pandemie-Monaten, in denen wir uns viel erzählt haben. Sie war ziemlich überfordert damit, sich um ihre Achtjährige beim Distanzunterricht zu kümmern und gleichzeitig Sendungen bei France Inter zu machen, irgendwann war es ihr zu viel, und ich habe sie vertreten, obwohl *ihm* das gar nicht passte, immer musst du die Mutter Teresa für andere spielen, und was ist mit mir? Zähle ich gar nicht? Er halte mein Geschrei nicht mehr aus, sagte er – wörtlich –, warum musst du immer so schreien, wenn du live bist? Aber wir hatten nun mal keine Kinder, nur uns beide, also konnten wir doch auch mal für andere da sein, oder? Zu dieser Zeit hat Alice mir erstmals von ihrer Mutter und ihrer Kindheit erzählt.

Hab's gefunden!, ruft sie jetzt und klickt die Sendung vom 19. Januar 2020 an.

Die junge Frau erzählt, und nach und nach erfährt man, dass der Besucher ihr Ex war, dass sie mit ihm auch nach der Trennung in Verbindung geblieben war und dass sie sich zwar lang nicht gesehen hatten, sie aber einverstanden gewesen war, ihn zu beherbergen, als er wegen eines Termins einen Schlafplatz in Paris brauchte.

Ich dachte zurück an meine erste Liebe, an meine Jugend, und freute mich darauf, ihn wiederzusehen. Dummerweise stand ich, als er ankam, gerade unter der Dusche. Ich hatte nicht mehr gewusst, um wie viel Uhr er genau kommen wollte, und bekam im Bad eine Nachricht aufs Handy: Er stand vor dem Haus, fragte nach dem Türcode. Ich machte im Bademantel auf, was mir ziemlich unangenehm war, ich wollte ihm keine falsche Vorstellung vermitteln. Das Gefühl verflog dann aber schnell, und wir gingen etwas essen. Er sollte bei mir schlafen, das war so ausgemacht, aber ich hatte klargestellt, dass ich mit jemandem zusammen bin und er bei mir nur übernachten würde, damit er nicht ins Hotel musste. Beim Essen haben wir uns gut unterhalten, uns an unsere Teenagerzeit erinnert, und weil mein Partner, der an diesem Tag nicht in der Stadt war und wusste, dass ich meinen Ex treffen würde, mir ständig Nachrichten schrieb, sagte er: Der muss ja echt verknallt in dich sein, schön! Dann gingen wir früh ins Bett, waren beide ziemlich müde. Ich bin sofort eingeschlafen. Später in der Nacht bin ich dann aber aufgewacht, und er war auf mir, in mir. Ich kriegte kein Wort raus, konnte nur an meinen Partner denken. Danach ist er eingeschlafen, aber ich lag die ganze Nacht wach. Ich konnte nicht erwarten, dass er endlich ging.

Das Interview ist lang. Wann immer Alice um Erläuterungen bittet, liefert die Frau sofort Details nach oder wiederholt das Gesagte in anderen Worten, um sich verständlicher zu machen. Mit dünner Stimme schildert sie ihr Bedürfnis, am nächsten Morgen irgendjemandem davon zu erzählen, ihr wachsendes Unbehagen, die Abscheu vor ihrem Ex und sich selbst, die Schuldgefühle, den Zorn. Ein paar Tage danach, erzählt sie, bekam sie eine SMS von dem Ex, von wegen er hoffe, was da passiert sei, würde ihrer Freundschaft nicht schaden. Da, sagt sie, habe sie sich noch mieser gefühlt, nicht bloß, weil ihm offenbar nicht einmal bewusst war, was er getan hatte, sondern auch, weil sie sich jetzt selbst Vorwürfe machte. Warum nur hatte sie ihn in ihr Bett gelassen? Warum war sie nicht wütend geworden? Wieso hatte sie nicht reagiert? Ihn nicht rausgeworfen? Sondern alles passiv über sich ergehen lassen?

Beim Hören fülle ich meinen Block mit Notizen. Ab und zu werfe ich einen Blick zu Alice, die mal nickt, mal lächelt, mal fast die Luft anzuhalten scheint. Das Erste, was sie mir damals von ihrer Mutter erzählte, war: Diese Frau kann einfach nicht zuhören. Ich meine, schränkte sie dann sofort ein, wenn ich an Leute denke, die ihre Eltern schon als Kind verloren haben, schäme ich mich fast, aber es war trotzdem nicht leicht, bei einer Mutter aufzuwachsen, die immer alles besser wusste und mich laufend kritisiert hat. Ihr Lieblingsspruch war: Das wirst du bereuen. Und wirklich, jedes Mal, wenn ich etwas nicht genau so machte, wie sie wollte, bereute ich es hinterher. Ich wollte so dringend geliebt werden, dass ich mich selber sabotierte, nur damit sie recht behielt. Selbstvertrauen lernt man so natürlich nicht. Besonders, weil jeder meiner Fehlschläge für meine Mutter ein Triumph war: der unwiderlegbare Beweis, dass sie immer recht hatte.

Mir fehlen die Worte, sage ich, als die Sendung vorbei ist. Ich setze einen Tabakstick in meinen Iqos, drücke die Heiztaste und ziehe. Ob ich jetzt endgültig auf E-Zigaretten umgestiegen sei, will Alice wissen, und ich erkläre ihr, dass ich abwechsle, zu Hause nur der Iqos, denn *er* kann den Rauchgestank nicht ausstehen, und da hat er recht, ich mag auch keine stinkenden Aschenbecher. Aber zurück zu unserer Kollegin: Die hat ja praktisch alles auf den Kopf gestellt, nur um die Message durchzudrücken, dass höchstens die Frau hier irgendeine Schuld trifft! Soll sie halt dem Kerl nicht nackt die Tür aufmachen und ihn scharf machen. Unglaublich! Mal abgesehen davon, dass es auch aus berufsethischer Sicht völlig inakzeptabel ist, ein Fragment so aus dem Kontext zu reißen, Studiogäste zum Kommentar zu drängen und ihnen dann über den Mund zu fahren, wenn sie die Sache anders sehen als man selbst. Wo sind wir denn?! Und wir wundern uns noch, wenn die Leute uns nicht mehr trauen und sich lieber in den sozialen Medien informieren, als eine Zeitung zu lesen oder Radio zu hören. Pfft. Was meinst du, kann man da was tun?

Wohl kaum. Allein schon, weil die Kollegin letztlich nur ausspricht, was so viele denken, einschließlich der Leitung von Radio France. Die plappert bloß nach, was sie in der Redaktion hört – und was inzwischen überall geraunt wird.

Aber was will sie damit denn bitte beweisen? Kennst du sie übrigens? Mir ist das Vergnügen bisher zum Glück erspart geblieben … Aber ich kapier das wirklich nicht: Was soll das Ganze? Der Stick ist aufgeraucht, ich lege den Iqos weg und sehe Alice fragend an.

Na ja, sie will eben die armen Männer verteidigen, die heute gar nichts mehr dürfen, ohne dass man ihnen Missbrauch unterstellt. Statt zu versuchen, das Konzept der *rape culture* zu widerlegen – wozu sie vermutlich gar nicht fähig wäre, obwohl es ihr im Grunde genau darum geht –, schürt sie in ihrem Publikum die Sorge, das Kontinuum zwischen Sexismus und Missbrauch könnte die Grenze aufweichen, die ihrer Meinung nach zwischen einer miesen Bettgeschichte und einer Vergewaltigung bestehen sollte. In diesen Irrsinn zieht sie dann auch noch die arme Psychologin mit rein, die gar nicht mehr weiß, wo ihr der Kopf steht. Für die ist ein Studiogast halt einfach eine Strohpuppe, anhand derer sie ihren Hörerinnen und Hörern beweisen kann, dass sie recht hat. Kommt dir das vielleicht irgendwie bekannt vor?

Okay, aber warum ausgerechnet diese Frau, die du interviewt hast? Was kann die denn dafür?

Ich beiße mir in die Wange, höre aber sofort wieder auf und schnappe mir ein leeres Pralinenpapier. Ich falte es einmal, zweimal, dreimal aufeinander, ich lerne langsam, mir nicht mehr wehzutun.

Überhaupt nichts! Sie wird einfach nur benutzt!

Alice' Stimme überschlägt sich, die Emotionen überwältigen sie. Vielleicht denkt sie an ihre Mutter, daran, wie oft sie sich von ihr hat manipulieren lassen. Oder an ihren Mann, der ihrer Mutter sehr ähnlich war, auch das hat sie mir anvertraut. Auch er wusste immer alles besser, und als sie sich dagegen auflehnte, hatte das nur den Effekt, dass er sie wegen einer zehn Jahre Jüngeren sitzenließ.

Ich lege das Pralinenpapier auf den Tisch. Inzwischen ist es ein fester, kleiner Ball.

Alice schnäuzt sich. Es ist wirklich unglaublich, knurrt sie, wie du gesagt hast. Das uralte Klischee: Wenn keine körperliche Gewalt im Spiel ist, kann es auch kein Missbrauch sein. Nimmt das denn nie ein Ende?!

2

Aber echt, nimmt das denn nie ein Ende?! Genau das schrieb auch Daniele vor ein paar Tagen auf Instagram. Dumm nur, dass er damit ganz genau das Gegenteil meinte wie Alice. Zum Kotzen.

Gut, ich bin nicht objektiv. Das ist auch schwer, nach allem, was zwischen Daniele und mir vorgefallen ist: Wenn es um ihn geht, kann ich mich nicht neutral ausdrücken. Aber dass ausgerechnet er sich bemüßigt fühlt, den Instagram-Post von P. R. zu kommentieren, in dem dieser uns erklärt, »der berühmte Pfiff nach einem hübschen Mädchen auf der Straße, der die Commedia all'italiana inspiriert hat, gilt heute als Catcalling; nimmt das denn nie ein Ende?«, bringt mich wirklich fast dazu, mich zu übergeben.

Und überhaupt, die Commedia all'italiana: Wollen wir über die mal reden? Wollen wir – auch wenn ich mich damit vielleicht unbeliebt mache und wieder so massakriert werde wie damals bei meinem Bericht – einmal ganz offen aussprechen, dass die meisten dieser Filme, mit denen die Boomer aufgewachsen sind (und auch wir, die Generation X), vor Sexismus und Vorurteilen nur so strotzen? Wollen wir zugeben, dass da früher oder später ein wenig gesunde Selbstkritik durchaus angezeigt wäre? Und dass *wir* die üben müssen, die Eltern und Lehrkräfte der jungen Menschen, die in ein paar Jahren herausfinden müssen, wie man anständig miteinander umgeht?

Danieles Kommentar zum Post von P. R. habe ich nur zufällig gesehen. Wobei, heute, wo man in den sozialen Medien mühelos rausfinden kann, was aus ehemaligen Schulkameraden und Kommilitoninnen wurde – aus Ex-Partnern und -Partnerinnen, seien wir ruhig ehrlich –, war es vielleicht doch nicht bloß Zufall. Ich hatte ein paar Leuten online nachspioniert, um zu sehen, was sie so trieben, zuvorderst meinem Ex-Mann, der jedoch nicht auf Insta ist und sein Facebook-Profil auch nur spärlich bespielt; mal abgesehen von Kinderfotos (die Armen!) und anderem langweiligen Krempel gibt es da nicht viel zu sehen. An dem Satz, mit dem er ein Foto von einem Altar beschriftet hatte, blieb ich allerdings ein Weilchen hängen: »Die Schönheit und Pracht des Wahren und die Missbildung macht uns beide bewusst.« Hm, dachte ich beim Lesen, irgendwas verstehe ich hier offensichtlich nicht, aber was? Steckt da nicht mindestens ein falscher Bezug drin? Auf wen oder was bezieht sich das »beide«? Schon hing ich wieder in einem meiner Assoziationsstrudel: Bestimmt bezog es sich auf seine Frau und mich, denn schließlich hatten wir ihn »beide« geheiratet. Mit der Missbildung konnte dann nur ich gemeint sein: Einer wie der hält die Mutter seiner Kinder doch nicht für missgebildet!

Aber lassen wir meinen Ex und seinen kryptischen Satz beiseite und kehren wir zurück zum Kommentar von Daniele, sonst verliere ich noch den Faden – oder Sie verlieren ihn beim Lesen –, dabei gibt es wirklich einen straffen Faden zwischen dem Sexismus einer bestimmten Form der Commedia all'italiana, in der die Frauen nichts als hübsche Püppchen sind und die Männer nur dran denken, sie ins Bett zu kriegen, und diesem Kommentar auf Instagram, zwischen #MeToo und dem

Umstand, dass Daniele mittlerweile an der Uni lehrt. Apropos: Wie geht er da wohl mit seinen Studentinnen um? Machtmissbrauch an der Uni, oder begnügt er sich damit, schönen Frauen auf der Straße nachzupfeifen und darüber zu jammern, dass er das angeblich nicht mehr darf?

Okay, ich bin nicht objektiv, klar, aber finden Sie es denn normal, dass Leute sich fünf Jahre nach #MeToo ernsthaft noch beklagen, weil sie hübschen Frauen »jetzt« nicht mehr nachpfeifen dürfen, ogottogott, »nimmt das denn nie ein Ende?!«. Ganz zu schweigen von den übrigen Kommentaren unter dem Post, zum Beispiel von dem Typen, der schrieb: »Ja, kein Ende in Sicht, zu viele Irre, alles dröge Gutmenschen«, oder von dem, der meinte: »Da reicht schon ein harmloses Kompliment wie ›Du hast schöne Augen‹, und zack klicken die Handschellen!«

Aha. Laut Carlotta kommt auch in Italien jetzt alles ans Licht, und #MeToo ist nicht mehr bloß ein leises Flüstern. Den Eindruck hab ich eigentlich nicht, im Gegenteil: Mir scheint, ans Licht kommt vor allem der Widerstand all derer, die sich in den Achtzigern über die haarsträubenden Komödien mit Jerry Calà oder Massimo Boldi totgelacht haben.

Wenn ich mit *ihm* darüber spreche, sagt er, ich sei tatsächlich kein bisschen objektiv, schere alles über einen Kamm, man könne doch Jerry Calà nicht mit der wahren Commedia all'italiana vergleichen, mit Filmen wie *I mostri* oder *Viva Italia!*, Mensch, das sind doch die Filme, wegen denen ich mich in Italien verliebt habe! Jetzt fang du bitte nicht auch noch an mit dieser *cancel culture!*

Und ja, vielleicht sollte man da wirklich präzisieren (sollte man?), vielleicht hat er ja recht (hat er?), denn es ist klar, dass Filme wie *Diebe haben's schwer, Scheidung auf Italienisch, Wir waren so verliebt* oder *Die unglaublichen Abenteuer des hochwohllöblichen Ritters Branca Leone* echte Meisterwerke sind, kein Zweifel, und die Liste ist natürlich lang. Aber was machen wir mit all dem Mist, der in den Achtzigern herausgekommen ist – weitere Titel spare ich mir –, in dem Frauen wie Ware behandelt werden, wie verfügbare, hirnlose Körper? Und wo wir schon so offen reden: Warum soll man nicht auch einen Klassiker wie *Amore mio aiutami* kritisieren, in dem Alberto Sordi am Strand von Sabaudia seiner Frau, gespielt von Monica Vitti, nachstellt und sie schlägt, weil sie sich in einen anderen verliebt hat? Oder den mutmaßlich über jeden Zweifel erhabenen Totò, wenn der in *Totò und die Frauen* unser gesamtes Geschlecht als »nervig, anmaßend, melancholisch, leichtsinnig, gehässig, oberflächlich, egoistisch, neidisch, habgierig … ja, auch habgierig« beschreibt und alle sich vor Lachen biegen? Geht's noch? Dasselbe gilt für etliche Romcoms: Was für ein Mist! Auch wenn ich die als Mädchen super fand und gar nicht verstand, was für ein Zerrbild von Beziehungen die zeigen, wie passiv darin die Frauen sind, die immer nur auf ihren Retter warten. Nur vor was soll der uns eigentlich retten?

Carlotta meint, auch in Italien käme jetzt alles ans Licht, aber ich bin da skeptisch. Das bleibe ich auch, als ich später noch einmal auf das Insta-Profil von P. R. schaue und in den Kommentaren lese: »Dass du in deinem Alter noch von ›Mädchen‹ sprichst, sagt eigentlich alles«, und sofort laut lachen muss, so ein Lachen, das einem unaufhaltsam aus dem Bauch aufsteigt, dann aber – zumindest bei mir – immer in Tränen endet, als gäbe es in meinem Körper ein Geheimfach, das fest verschlossen bleibt, solange ich alles unter Kontrolle habe, aber jedes Mal aufspringt, wenn ich entspanne, und dann, ja dann besteht wirklich Gefahr, dass »es nie wieder aufhört«. Als ich mich wieder gefangen habe, sehe ich nach, wer diesen Kommentar verfasst hat, und – wer hätte es gedacht?! – es ist natürlich eine junge Frau, die diesen Typen nicht mehr alles durchgehen lässt, immerhin, und

3

Sie sagen: #MeToo hat mit dem Kampf gegen sexualisierte Gewalt nichts zu tun. Vergewaltigung ist eine Straftat; das Spiel der Verführung und der Austausch von Gefälligkeiten auf der Basis von Sex oder Macht sind aber Instrumente, die Männern und Frauen mehr Freiheit ermöglichen.

Sie sagen: #MeToo war eine Kampagne, um Frauen ins Denunziantentum zu treiben und die Unterschiede zwischen Mann und Frau zu kriminalisieren.

Sie sagen: Eine Richterrobe kann Missverständnisse mit dem Chef nicht aus der Welt schaffen – die Justiz kann nie eindeutig feststellen (Moment mal, ist das nicht ihr Job?), was zweideutig ist. Wann hört ihr Frauen endlich auf mit diesem unsinnigen Gejammer?

4

Sollen jetzt etwa wir Frauen um Verzeihung bitten?

Wir hätten's übertrieben, sagen sie, mit all diesem Gerede von #MeToo, »Nur Ja heißt Ja« und *rape culture*, mit dem ganzen Gefasel des neumodischen, intersektionalen, woken Feminismus.

Und, seid ihr zufrieden?, fragen sie. Jetzt, wo die meisten Männer nicht einmal mehr wagen, die Bürotür zu schließen, wenn sie mit einer Kollegin sprechen, aus Angst, irgendeine durchgeknallte Tussi könnte sie anzeigen oder – noch schlimmer! – an den Social-Media-Pranger stellen? Und mal unter uns, glaubt ihr etwa, eine, die wirklich vergewaltigt wurde, hört gern, wie alle anderen »Ich auch!« schreien, nur, weil ihr Date nicht gut lief und der Kerl, nachdem er tausendmal gefragt hat, ob er sie anfassen darf, zu früh gekommen ist oder es ihr nicht richtig besorgt hat?

Sie sagen, die Männer seien verunsichert: Was wollen diese Frauen bloß von uns? Uns fertigmachen? Unser Leben zerstören? Unsere glücklichen Familien? Unseren guten Ruf und unsere Jobs?

Sie sagen: Passt bloß auf, dass ihr euch nicht selber auf die Opferrolle festnagelt! Und überhaupt, von wegen Opfer: Viele nutzen diesen #BalanceTonPorc-Quatsch doch nur aus, um irgendwem eins auszuwischen!

Sie sagen: Jetzt mal im Ernst, sexueller Missbrauch ist ein Verbrechen, und ihr solltet euch schämen – ja, *schämen*, wirklich schämen solltet ihr euch dafür, alles über einen Kamm zu scheren, Belästigung und Flirten, schlechten Sex und Vergewaltigung. Dabei seid ihr euch ja nicht einmal untereinander einig! Seid ihr wirklich so bescheuert? Was ist denn mit dem Appell von Catherine Deneuve, Brigitte Lahaie und Catherine Millet in der *Le Monde?* Frauen von Welt sind das, die lassen sich nicht von einem Haufen frustrierter, verbiesterter Verliererinnen beeinflussen! Nein, die kapieren, wie absurd diese Lynchjustiz ist, die wegen eines geraubten Kusses oder eines zu persönlichen Themas beim Arbeitsessen sämtliche Männer kastriert und als Monster brandmarkt; die können sich selbst gegen zudringliche Typen wehren und haben Sex, wann ihnen danach ist; die sagen nicht erst Ja und drängen sich dann zwanzig Jahre später, wenn kein Hahn mehr nach ihnen kräht, ins Rampenlicht, indem sie behaupten, ein Regisseur, Journalist, Schauspieler oder Schriftsteller hätte sie vergewaltigt. Die verteidigen die sexuelle Befreiung, die sie sich in ihrer Jugend erkämpft haben! Die wissen, dass es Freiheit nur gibt, wenn man sich auch mal zu viel davon herausnehmen kann. Und überhaupt kann man ja wohl auch eine Vergewaltigung überwinden, da hat Catherine Millet ganz recht!

Jetzt sollen also wir Frauen um Verzeihung bitten. Sollen ein für alle Mal zugeben, dass hinter #MeToo das finstere Antlitz des Puritanismus lauert, der die Frau zum ewigen Opfer der männlichen Libido machen will – ein »McCarthyismus des Reißverschlusses«, wie Michele Serra es formuliert hat, auch so ein »Mann von Welt«, den man bestimmt nicht für konservativ oder gar rechts halten kann. Seht ihr denn nicht, was in den USA abgeht? An den dortigen Unis müssen die Dozenten sich ja schon dafür entschuldigen, dass sie weiße Heteros sind, und vor lauter #MeToo und #BlackLivesMatter darf man gar nichts mehr sagen, da herrschen nur noch *cancel culture* und freidrehender Woke-Wahn!

Jetzt sollen *wir* um Verzeihung bitten. Die Frauen. Nicht alle, klar. Es gibt auch welche, die sich das ersparen, die clever genug sind, sich aus diesem #MeToo-Irrsinn herauszuhalten, welche, die den Preis der Freiheit kennen und sie notfalls mit Zähnen und Klauen verteidigen, die sich nicht der Meinung anschließen, jeder Fick sei eine Vergewaltigung, jeder Mann ein Schwein, jedes Einverständnis eine Kapitulation. Viele haben versucht, sie zum Schweigen zu bringen; »Schämt euch!«, haben sie geschrien, und »Verräterinnen!«. Aber das sind arme Irre, die alle Männer vorverurteilen, so wie die Herzkönigin aus *Alice im Wunderland* mit ihrem »Erst die Strafe, dann das Urteil«. Merken die gar nicht, dass es keinen Sinn hat, allen ihr Leid unter die Nase zu reiben (sprich: andere anzuschwärzen)? Wissen die nicht, dass manche Chancen niemals wiederkommen, dass alles, was passiert, ein Teil des großen Puzzles ist und – ob schön oder hässlich – eine Erinnerung bleibt, eine Erfahrung, die einem irgendwann nutzen kann?

5

Auch Alessio würde man heute unterstellen, dem Woke-Wahn verfallen zu sein. Das musste ich denken, als ich vor ein paar Tagen eine Mail von ihm las, bei der er mich in CC gesetzt hatte, weil es darin um unser Haus in den Bergen ging. Wir müssen überlegen, was wir mit der Ferienwohnung tun wollen, in der wir früher immer die Weihnachtsferien und die letzte Augustwoche verbrachten, die inzwischen aber niemand mehr nutzt, nicht mal Alessio und seine Frau mit ihren Kindern, denn die sind mittlerweile Teenager, die sich dort bloß langweilen würden und lieber mit ihren Freunden in Urlaub fahren. Jedenfalls, als ich die Mail öffnete und das »Sehr geehrte*r« in der Anrede an den Menschen vom Katasteramt las, musste ich laut lachen – was hatte sich mein Bruder dabei nur gedacht? Als ob ein Katasterbeamter in einem winzigen Bergdorf auf inklusive Anreden Wert legt! Ihn darauf anzusprechen hätte allerdings nichts genutzt, Alessio hatte immer schon seinen eigenen Kopf und vielleicht auch ganz recht: Wenn niemand den Stier bei den Hörnen packt und seinen Mitmenschen so etwas auch mal aufdrängt, darf man nicht meckern, wenn Gewohnheiten sich nicht ändern. Aber inklusive Anrede hin oder her, jetzt will ich dringend mit ihm sprechen. Ich komme gerade nach Hause, habe einen Moment Zeit und beschließe, ihn anzurufen.

Vollbepackt mit Einkaufstaschen komme ich zur Tür herein – seit Tagen war der Kühlschrank leer, und darauf, dass *er* daran denkt, kann ich lange warten, also habe ich nach der Arbeit im Supermarkt um die Ecke noch ein paar Sachen besorgt. Ich stelle alles in die Küche und schreibe Alessio eine WhatsApp, um zu fragen, ob es ihm passt oder ob er gerade mit einem Klienten spricht. Kaum habe ich die Nachricht abgeschickt, ruft er auch schon zurück.

Schnell stecke ich mir die AirPods ins Ohr, damit ich beim Reden die Einkäufe wegräumen kann. Dann frage ich ihn, wie es in der Kanzlei läuft, und er meint, Langeweile käme sicher keine auf, er müsse wohl sogar jemanden einstellen, der ihm zur Hand geht.

Darf ich dir mal was vorlesen, das gestern einer auf Instagram gepostet hat?, frage ich ihn, während ich eine Packung Spaghetti zur übrigen Pasta ins Regal neben dem Kühlschrank stopfe. Ich wüsste gern, was du als Mann aus etwa derselben Generation davon hältst.

Um wen geht's denn?

Spielt keine Rolle – wichtig ist nur, dass er ein großes Tier in der italienischen Literaturszene ist und für gewisse Dinge eigentlich sensibler sein sollte. Moment, ich les dir vor, was er geschrieben hat … Ach Mist, wo hab ich jetzt schon wieder mein Handy hingelegt? Ich hebe die Tüten hoch, suche im Regal: Fehlanzeige. Egal, das taucht schon wieder auf, jedenfalls geht es um einen Post, in dem der Typ sich beklagt, dass man heutzutage keiner Frau mehr nachpfeifen darf, ohne angezeigt zu werden.

Hm, das stimmt so aber nicht. In Italien ist Catcalling nicht per se eine Straftat, zumindest nicht, solange es nicht mit Störung der öffentlichen Ordnung einhergeht.

Ach so?, sage ich. Inzwischen habe ich mein Handy gefunden und Instagram geöffnet.

Ja. Nach geltender Gesetzeslage kann man sich entweder auf einen Paragraphen im Strafgesetzbuch berufen, der sich auf verbale Belästigung bezieht, muss dann aber eine Störung der öffentlichen Ordnung nachweisen, oder man versucht's mit einer Anzeige wegen Stalking – dann muss die Belästigung aber mehrfach erfolgt sein. Im Grunde kann man so was in Italien also gar nicht anzeigen. Darüber sprach ich gestern erst mit einer Freundin, die meine Meinung als Anwalt hören wollte.

Hm, okay, aber ich will deine Meinung als Mann, nicht als Anwalt. Mich interessiert, was du von einem Typen hältst, der … Krass! Das glaub ich jetzt nicht!

Was denn?

Er hat's gelöscht! Den Post! Heute früh war er noch da, jetzt ist er weg. Stattdessen steht da … Moment, ich lese es dir vor, und

Warte, warte!, unterbricht er mich. Erzähl mir erst mal, was er vorher gepostet hatte, sonst komm ich nicht mehr mit.

Während ich ihm knapp den Post und die Kommentare schildere, räume ich Milch, Käse und Joghurt in den Kühlschrank. Dann lese ich ihm den neuen Text vor:

> Aufgrund der Reaktionen, die ich – vor allem privat – darauf bekam, habe ich meinen gestrigen Post zum Thema Catcalling gelöscht. Ich gebe zu, dass ich die Sache nicht anders sehen kann als gestern dargelegt. Vielleicht bin ich einfach zu alt, um meinen Blick auf die Welt noch zu ändern. Sicher gehöre ich einer Generation an, für die all das, was heute mit derart despektierlichen Begriffen belegt wird, einfach nur hieß, ein »richtiger Mann« zu sein. Offenbar hat diese Art, ein »richtiger Mann« zu sein, auf Weisen zu Leid geführt, die zu verstehen mir noch immer schwerfällt. Ich danke den Menschen, die sich bemüht haben, es mir zu erklären, auch wenn ich nicht weiß, ob es ihnen gelungen ist.

Auch wenn ich nicht weiß, ob es ihnen gelungen ist, wiederhole ich. Was ist denn daran kompliziert? Ist es so schwer zu verstehen, dass eine Frau kein Hund ist? Und auch keine Katze oder sonst irgendein Tier, das auf Pfiffe hört? Was für ein Idiot.

Och, jetzt übertreib mal nicht, immerhin hat er's versucht, das sagt er doch, antwortet Alessio lachend. Aber Spaß beiseite, nach dem, was er schreibt, gehört dieser Typ – aber hey, wer ist das denn jetzt überhaupt? Wieso willst du das nicht verraten? Kennst du ihn? Na, jedenfalls gehört er offensichtlich zu der Generation Männer, die in dem Glauben aufgewachsen sind, sie müssten ihre Männlichkeit beweisen. Und wer weiß, wem er sie womöglich wirklich beweisen musste? Das Problem ist, dass wir immer noch dieser *rape culture* hörig sind – bis zum Hals stecken wir da drin. Weißt du nicht mehr, was für Prügel ich als Kind immer einstecken musste, wenn ich mit deinen Barbies spielen wollte? Ich hab zwar trotzdem weiter damit gespielt, weil ich vor Papa nicht klein beigeben wollte, aber du hast keine Ahnung, wie oft ich mich gefragt habe, ob mit mir etwas nicht stimmte, ob ich wirklich ein Junge war. Ich tat es aus Trotz, aber fühlte mich mies dabei, verstand nicht, wieso ich so gern mit Puppen spielte und Fußball doof fand, dabei war doch sonnenklar, dass ich nur deine Aufmerksamkeit wollte. Auch in der Schule hieß es dauernd, »das ist was für Jungs« und »das ist was für Mädchen«, aber das weißt du ja selbst, wir waren auf denselben Schulen. Und daran hat sich nichts geändert, das seh ich bei meinem Sohn: Aus der Grundschule kam er mal voller Schrammen und blauer Flecken nach Hause.

Wie?! Das Krümelchen? Was war denn los?

Das wollte er erst weder mir noch seiner Mutter verraten, aber dann ist es doch aus ihm herausgeplatzt. Seine Lehrerin hatte gesagt, er führe sich auf wie ein Mädchen. In der Pause haben die anderen ihn deswegen aufgezogen, riefen ihn andauernd »Mädchen, Mädchen!«. Anfangs hat er sie einfach links liegen lassen, aber dann kam es doch zum Streit: Schimpfwörter und Fäuste flogen. Und weißt du, was die Lehrerin gesagt hat, als ich mit ihr darüber reden wollte? Sie fühlte sich vollauf im Recht, sie meinte, so würden die Kinder wenigstens ordentlich abgehärtet, heute seien die ja alle Jammerlappen. Das war 2016. Noch mal: 2016! Nicht im vergangenen Jahrhundert.

Ich bin gerade dabei, die Einkaufstüten zu falten. Die letzte zerknülle ich vor Wut einfach. Die Vorstellung, dass es immer noch Lehrerinnen und Lehrer gibt, die nicht begreifen, wie toxisch diese Geschlechterklischees sind, macht mich stinksauer. So wird das wirklich nie ein Ende nehmen.

6

Heute hat *er* mich auf einen Artikel in der *Le Monde* hingewiesen: Es geht um ein gerade in den USA erschienenes Sachbuch über die Krise der Männlichkeit.

Ich lese, dass der Autor für den *Guardian* und die *New York Times* schreibt und ein Forschungszentrum leitet, das sich mit der Zukunft der Mittelschicht beschäftigt.

Ich lese, dass der Typ der Meinung ist, beim *gender gap* hätten inzwischen die Männer das Nachsehen, Frauen würden in alle Spitzenpositionen drängen und wenn man nicht achtgebe, würden sie dank ihrer eindeutigen (eindeutigen?) strukturellen Vorteile in Sachen Bildung bald die Welt beherrschen. Bislang habe der Sexismus sie zurückgehalten, aber jetzt, wo die Bremsen gelöst seien, gebe es für sie kein Halten mehr, und mit den Männern gehe es abwärts. Die Folgen: Verlustangst, Identitätskrisen, Frust. Die Männer lassen sich von Populismen verführen und folgen jedem, der ihnen die nötigen Waffen an die Hand gibt, um ihren Mannesstolz wiederzuerlangen.

Ich lese. Und das Blut steigt mir in die Schläfen.

Aha, jetzt wollt ihr also auch noch unser Mitleid? Dass die Mami kommt und euch zudeckt? Was fällt euch eigentlich ein!

Ich stehe in seinem Büro, bin fuchsteufelswild.

Du bist ja süß, erwidert er, ohne auch nur von seinem Computer aufzusehen. Hast du nicht selbst gesagt, nichts sei jemals einfach schwarz oder weiß? Vielleicht solltest du etwas weniger ideologisch sein, etwas objektiver. Was ist denn aus deiner Rücksicht auf Nuancen geworden?

Aber Nuancen sind mir grade ziemlich schnuppe. Jetzt stehen die Kerle mit dem Rücken zur Wand, müssen zugeben, dass ihre Dominanz nicht ihrer angeblich natürlichen Überlegenheit entsprungen ist, sondern dem Sexismus, und dann fangen sie an zu flennen? Also lege ich nach: Wo wart ihr denn, als eure Mütter und Großmütter kaum Luft zum Atmen hatten?, frage ich. Warum sollte ich jetzt Mitleid mit eurer fragilen Männlichkeit haben, wenn euch unsere Unsichtbarkeit nie einen feuchten Kehricht interessiert hat?

Was hat denn Unsichtbarkeit damit jetzt zu tun? Du schmeißt schon wieder alles durcheinander.

Jede Menge hat die damit zu tun! Für euch war alles super, solange wir brav den Mund gehalten und gekuscht haben, weil ihr ja schließlich »richtige Männer« sein musstest.

Ach du meine Güte, jetzt fang bitte nicht wieder mit dieser Missbrauchskiste an! Und spar dir bitte auch den Zynismus, du

Ich mache kehrt und marschiere davon. Wie kann er es wagen? Wo ist er denn, während ich mich von früh bis spät abplage, weil: Wenn ich es nicht tue, kümmert sich niemand um all den Kram, auf den ich auch keinen Bock habe, den ich aber trotzdem erledige; ich erledige ihn und halte den Mund, was soll's, *er* muss schließlich schreiben und lesen, *er* hat eine »Idee«, lass mich in Ruhe, sonst geht sie mir verloren!, und da hat *er* doch keine Zeit für Schmutzwäsche oder kochendes Wasser, ja, nicht mal zum Kaffeeaufsetzen, und zur Mietersitzung gehst schon du, oder? Die Sache mit der verloren gegangenen Idee bringt mich so richtig auf die Palme. Glaubt der vielleicht, nur er hätte Ideen? Meint er wirklich, mich würde es nicht stören, einen Satz halbfertig stehen zu lassen und in die Küche zu rennen, weil der Timer klingelt, den ich jetzt immer anstelle, seit mir mal die Kartoffeln verkohlt sind – auch da habe ich gearbeitet, und plötzlich rief er: Was stinkt denn hier so?, und ich im Laufschritt in die Küche, zu spät, alles verbrannt, Kartoffeln, Topf und Kochfeld, seither stelle ich immer den Timer, trotz dieses nervenzerfetzenden Gebimmels, ja, ja, ich komm ja schon, das Wasser kocht, der Braten brät, die Wäsche ist fertig, und nie, wirklich nie steht er mal auf, wenn er den Timer hört, denn da ist ja noch der halbe Satz, die gute Idee, immer irgendetwas eben, während mir meine Idee verloren geht, mein halber Satz und die Geduld.

Ich und Zynismus? Niemals, *je suis formelle.* Auch eine dieser zahlreichen unübersetzbaren französischen Wendungen, die, wenn man sie dennoch übersetzt, verblassen, genau wie umgekehrt auch viele italienische, wenn man sie ins Französische überträgt. *Je suis formelle.* Übersetzt: »Da bin ich sicher«. Aber »Da bin ich sicher« trifft es einfach nicht, wenn man eine rein formale Gewissheit meint, eine, die bloß an der Oberfläche kratzt, nicht in die Tiefe dringt. Denn bin ich wirklich überzeugt, dass ich tief drinnen nicht zynisch bin? Eine Gelegenheitszynikerin, quasi, je nach Situation?

Nein, ich bin nicht zynisch, höchstens bin ich *fleur bleue*, ein bisschen sentimental, wie *er* mich auch einmal genannt hat, und damit hatte er womöglich recht, vielleicht bin ich tatsächlich hoffnungslos romantisch. Aber das mag er schließlich an mir, das hat ihn schon berührt, als wir uns das erste Mal begegnet sind und er spürte, dass er mir vertrauen, sich nackt, verletzlich zeigen konnte. Doch wenn man in Paris *fleur bleue* ist, hat man verloren, dann machen sie dich fertig und kreuzigen dich, hier zählt nur, wer Erfolg hat, wer »es schafft«, alle anderen sind *personne*, niemand, und tatsächlich hat eine meiner Studentinnen mir mal von einem Typen erzählt, der *quelqu'un*, jemand, war, weil er in den sozialen Medien so viel Furore machte: Haben Sie gesehen, wie viele Follower der hat, Madame? Wer richtig auf den Putz haut und Tacheles redet, der ist jemand, nicht diese Schlaffis, die immer meinen, die Dinge seien zu komplex für ein klares Ja oder Nein, es käme drauf an, man dürfe nicht zu *tranchant* sein, denn die Wahrheit stecke in den Grauzonen.

Aber wenn nicht einmal ich mich heute für Nuancen interessiere, bin ich vielleicht doch nicht bloß *fleur bleue* – auch das hängt vielleicht von der Situation ab. Manchmal bin ich das kleine Mädchen, dem die Tränen kommen, wenn sie zum x-ten Mal *Titanic* sieht, manchmal bin ich die, die ruft: So ein Blödsinn, wer glaubt denn noch an Liebe?!

Aber zynisch? Nein, das könnte ich gar nicht sein, selbst wenn ich es wollte: Wie kann ein Typ mit einer Frau ins Bett steigen und sie dann übergehen, wenn er den neuen Geschäftsführer ernennt? Und er grinst nur: Ich bin wirklich *fleur bleue.*

7

Ich will das Thema »Männlichkeit in der Krise« auch mit meinen Studierenden anpacken. Mich interessiert, was die jungen Leute von der Phrase »ein richtiger Mann sein« halten. Ihre Köpfe sind doch sicher nicht mit den Klischees gefüllt, mit denen wir aufgewachsen sind, sie haben einen frischen und naiven Blick, wobei, ob sie naiv sind, weiß ich gar nicht, das unterstelle ich nur. Aber vielleicht hatten sie andere Vorbilder, und sie sollten inzwischen wissen, dass das Einverständnis einer Frau nie trivial oder selbstverständlich ist, seit Monaten reden wir darüber schon – Krise der Männlichkeit, von wegen!

Um die Diskussion in Gang zu bringen, habe ich einen Ausschnitt aus einer Doku über das Sexualleben einer Gruppe Jugendlicher aus dem Banlieue mitgebracht, die vor ein paar Jahren auf France 2 lief. In der Szene interviewt eine Reporterin gerade zwei Jungs.

Inzwischen weiß ich, wie der Beamer funktioniert, starte nur schnell den Computer, und schon läuft das Video:

– *Was ist Einverständnis?, fragt die Reporterin.*
– *Na, wenn zwei Leute einverstanden sind, eben, antwortet der eine und zwinkert seinem Freund zu.*

– *Mit was denn einverstanden?, beharrt die Reporterin.*
– *Na mit Sex, weil sonst ist es ja Vergewaltigung, oder?, sagt der andere. Sein Freund nickt, sie sind sich einig.*
– *Und? Die Reporterin wendet sich wieder an den Ersten.*
– *Das ist halt wie so ein Vertrag.*
– *Aber wie funktioniert dieser Vertrag?*
– *Das spürt man, schaltet der Zweite sich ein, ist einfach so ein Feeling.*
– *Ein Feeling?*
– *Ja, genau.*
– *Und kann es da keine Missverständnisse geben? Die Reporterin lässt nicht locker.*
– *Nee, manche Sachen muss man nicht erst groß erklären. Sie prusten.*
– *Habt ihr mal mit einem betrunkenen Mädchen geschlafen?*
– *Na klar! Der eine lacht.*
– *Ja, sagt auch der andere und fügt hinzu, dass es mit Alkohol noch schöner sei: Da fühlt man sich viel freier.*
– *Auch das Mädchen?*
– *Glaub schon, ja.*

So.

Ich unterbreche das Video, schalte den Laptop aus, wer will, kann den Rest später noch schauen, ich habe alles auf Google Drive gestellt – auch das habe ich inzwischen gelernt.

Was meinen Sie, ist das wirklich eine Frage des »Feelings«? Muss das Einverständnis unbedingt ausgesprochen werden, oder funktioniert es auch so?

Das ist doch wohl klar! Maryse lacht. Wo haben die denn diese zwei bloß aufgetrieben, die sind ja Karikaturen ihrer selbst! Aber außer ihr lacht niemand. Ihre Kommilitoninnen wirken eher schockiert als belustigt.

Also, sagt Juliette, ich glaube, die beiden haben einfach nie gelernt zu fragen, was Frauen denken oder fühlen.

Ja, offenbar sind die vollkommen sicher, dass ihre Lust immer auf Gegenseitigkeit beruht, fügt Clementine hinzu.

Ob die sich je gefragt haben, ob einer Frau vielleicht das kalte Kotzen kommt, wenn sie daran zurückdenkt, dass sie mit so einem im Bett war? Cyndelle ist am wütendsten von allen.

Da meldet sich Thomas, der bisher geschwiegen hat. Er hält die Meinung seiner Kommilitoninnen für Blödsinn. Sicher, sagt er, die zwei Jungs sind schon ein bisschen unreif, aber wenn man euch so reden hört, könnte man fast meinen, jeder Sex sei Vergewaltigung.

Ach Thomas, um Vergewaltigung geht's hier doch gar nicht, erwidert Juliette. Wir meinen ja nur, dass diese beiden keine Ahnung haben, was Einverständnis ist.

Aber ihr wisst das natürlich ganz genau, was?

Juliette wollte nur die Wogen glätten, doch Thomas lässt sich nicht besänftigen. Stattdessen setzt er nach: Stellt euch doch nur mal einen Jungen vor, der noch nie im Leben Sex hatte. Wie soll der sich da je ohne Angst drauf einlassen, bei dem aktuellen Klima?

Was ist denn das aktuelle Klima?, will Clementine wissen.

Na, eins, in dem wir Männer uns pausenlos rechtfertigen müssen, sogar, wenn wir mit einer Frau bloß flirten.

Was redest du denn da? Kein Mensch verlangt, dass ihr euch rechtfertigt, aber es muss doch möglich sein, vor dem Sex zu reden, gewisse Dinge abzuklären – es würde ja schon reichen, wenn

Cyndelle verstummt, weiß offenbar selbst nicht recht, wie sie ausdrücken soll, was sie im Sinn hat. Ich ergreife die Chance, um zu fragen, ob sie finden, man müsse vor dem Sex wirklich alles explizit klären – ein bisschen wie vor einer OP oder einer anderen ärztlichen Behandlung. Könnte man vielleicht eine Art Einverständnisformular unterschreiben wie vor einer Coronaimpfung? Wäre das vielleicht die Lösung?

Thomas verwandelt diese Vorlage sofort: Genau, Madame, exakt das meine ich, das wäre ja

Was?, fährt Juliette dazwischen. Was wäre das?

Na ja, man würde die Liebe damit halt ... auf eine Art Vertrag reduzieren, und das kommt mir schlichtweg absurd vor. Euch nicht? Wo bleibt denn da der Spaß, die Spontaneität?

Was das Formular betrifft, das Klauseln, Vorteile und Risiken ausbuchstabiert, ehe man miteinander ins Bett geht, sind sie geteilter Meinung. Einige meinen, nur so könne man garantieren, dass wirklich alle einverstanden sind, andere finden, damit käme die Spontaneität zu kurz. Aber in Wahrheit wissen sie selbst nicht, was sie wollen, und mich überkommt erneut diese tiefe Zuneigung zu ihnen, weil sie so ernsthaft versuchen, auf einen gemeinsamen Nenner zu kommen – sogar Thomas, der im Laufe des Semesters so oft Streit gesucht, seine Kommilitoninnen provoziert und die Diskussion zugespitzt hat, gibt sich heute ehrlich Mühe, zu verstehen, wie man Missverständnisse und Leid vermeiden kann, und zwar für alle Beteiligten.

Aber woran merkt man denn, ob das eigene Begehren auf Gegenseitigkeit beruht?, fragt Maylis, der mit jeder Woche mehr auftaut, seine Schüchternheit ablegt und sich mittlerweile ab und an zu Wort meldet, ohne dass ich ihn aufrufen muss. Woher weiß man, was die andere Person will, wenn sie nichts sagt, wenn sie vielleicht selbst nicht weiß, was sie will? Da bleibt doch immer das Risiko, dass

Risiken gehören zum Leben nun mal dazu, sage ich.

Maylis' Einwurf hat offenbar alle ein wenig aus dem Konzept gebracht, und auch ich bin mir meiner Sache nicht mehr ganz sicher. Letztlich hat er nämlich recht: In Wahrheit wissen wir oft selbst nicht genau, was wir wollen. Aber dass Risiken zum Leben gehören, das weiß ich, also will ich versuchen, es zu erläutern.

Wer handelt, riskiert, sage ich, und wer nicht handelt, auch. Überlegen Sie mal: Wann immer Sie eine Entscheidung treffen, gehen Sie ein Risiko ein. Niemand kann je alle Folgen absehen; einige kennt man, andere nicht. Hinzu kommen die Langzeitfolgen, die erst recht niemand überschauen kann. Im Leben geht man ständig Wetten ein, verfährt dauernd nach dem Trial-and-Error-Prinzip. Auch – nein, vor allem! – in Beziehungen. Gefalle ich dem anderen oder nicht? Sicher kann man sich da nie sein. Also riskiert man, abgelehnt zu werden statt angenommen, verletzt zu werden statt belohnt, enttäuscht zu sein statt glücklich.

Ja, klar, sagt Clementine. Aber kann man nicht das Risiko begrenzen, indem man, bevor man mit jemand ins Bett geht, alles gründlich abspricht? Sie scheint davon überzeugt zu sein, genau wie offenbar auch Maryse und Juliette. Nur Thomas schüttelt den Kopf.

Ganz ehrlich, sage ich, ich weiß es nicht. Mir will diese Vorstellung, alles genau durchzusprechen, nicht recht in den Kopf.

Meine Rede!, sagt Thomas. Liebe – oder auch nur Sex – kann doch kein Vertrag sein!

Was das betrifft, stimme ich eher Thomas zu als Clementine und den anderen Frauen. Auch mir ist Spontaneität wichtig: Wie soll man sich denn fallen lassen, wenn man vor dem Sex erst einmal alles auflisten muss, was man mitmachen würde – oder direkt ausschließt?

Ich gehe zur Tafel, nehme erst ein Stück rote, dann doch ein Stück weiße Kreide, lege auch das wieder weg, drehe mich zu den Studierenden um, hüstle, räuspere mich – ich schinde Zeit auf der Suche nach einem Beispiel, einer Theorie, einem Zitat, nach irgendetwas, das mir hilft, in einfache Worte zu fassen, was mir durch den Kopf geht. Da kommt mir eine Idee. Mit der ersten Kreide, die mir in die Finger kommt, schreibe ich: JOHN VON NEUMANN.

Sagt Ihnen der Name was? Ich sehe sie fragend an, vielleicht hat ja tatsächlich jemand vom ihm gehört, obwohl ich das bezweifle. Nein, niemand kennt ihn, nicht mal dem Namen nach, und niemand hat auch nur den leisesten Schimmer, was ein Nullsummenspiel ist.

Von Neumann war ein Mathematiker aus dem vergangenen Jahrhundert und einer der Begründer der Spieltheorie, einer spannenden Methode, um Interaktionen von Individuen daraufhin zu analysieren, wie man unter Bedingungen der Unsicherheit die besten Ergebnisse erzielt. Eine Spielform innerhalb dieser Theorie ist das »Nullsummenspiel«, bei dem der Sieg eines Spielers automatisch die Niederlage des anderen bedeutet. Oder genauer gesagt: Was ein Spieler gewinnt, verliert der andere – und umgekehrt.

Und was hat das mit Sex zu tun?, spricht Cyndelle die Frage aus, die allen ins Gesicht geschrieben steht.

Bevor ich antworte, streiche ich mir das Haar zurück, stecke es mit einem Bleistift zusammen. Sie so aufmerksam zu sehen, so begierig darauf, zu hören, was ich sage, ist einer meiner liebsten Aspekte der Lehre. Schlagartig fühle ich mich wichtig, wertvoll.

Sex ist das exakte Gegenteil eines Nullsummenspiels, erkläre ich. Erstens gibt es dabei weder Sieger noch Verlierer. Zweitens kann man keine Gewinn-und-Verlust-Rechnung aufstellen, wie Ökonomen das bezeichnen würden. Im Grunde weiß niemand je genau, was er oder sie dabei gewinnt oder verliert, sich einem anderen Menschen auszuliefern – und Sex hat immer mit einer

Art Auslieferung zu tun. Wer sich darauf einlässt, sich auszuziehen, sich nackt zu zeigen, sich berühren zu lassen, macht sich verletzlich. Das bedeutet wiederum, dass Sex nur mit Vertrauen funktioniert. Und Vertrauen ist das exakte Gegenteil eines Vertrags: Wer vertraut, braucht keinen Vertrag. Und? Was meinen Sie? Problem gelöst?

Ich schaue mich im Raum um.

Juliette strahlt mich zufrieden an und sagt, sie fände, meine Ausführungen träfen den Nagel auf den Kopf.

Maryse sagt, sie müsse darüber erst in Ruhe nachdenken. Das klingt schon plausibel, sagt sie, aber ich habe trotzdem noch Zweifel. Vielleicht muss ich das ja nur noch mal gründlicher nachvollziehen.

Maylis nickt. Clementine und Cyndelle ebenfalls.

Am glücklichsten macht mich allerdings das Grinsen von Thomas: So sehe ich ihn zum ersten Mal grinsen, und es ist wohl auch das erste Mal, dass er sich hier im Seminar wirklich verstanden fühlt.

8

Offenbar wollte auch Vladimir Nabokov ein Problem lösen, als er *Lolita* schrieb. Offenbar wollte er es mit exakt derselben Methode angehen wie eine Schachpartie: sich den nächsten und den übernächsten Zug der Reihe nach überlegen, je nach Reaktion des Gegners. Was passiert, wenn ich den Turm in die dritte Reihe ziehe, vor den rochierten König?

Nabokov konstruierte selbst gern Schachprobleme, und Schreiben war für ihn letztlich dasselbe: Es gab immer eine Lösung, man musste sie nur finden. Im Fall von *Lolita* kam ein Meisterwerk dabei heraus – das steht zwar nicht infrage, aber ich spreche es trotzdem besser aus, damit kein falscher Verdacht aufkommt: Moment, was soll denn das jetzt werden? Die wird sich doch nicht mit einem Genie wie Nabokov anlegen wollen? Nein, wird sie nicht. Wann immer ich *Lolita* wieder lese, bleibt mir die Spucke weg; *tout se tient*, nicht mal die kleinste Schwachstelle.

Aber: Es ist eine männliche Perspektive auf ein männliches Problem, selbst wenn es wirklich Kindfrauen geben mag. Ja, die gibt es sogar ganz bestimmt, okay, aber wie viele werden das sein, verglichen mit all den richtigen Kindern, die nicht einmal ahnen, was hinter dem verzückten Blick eines Vierzigjährigen lauern kann?

Mein aktuelles Problem ist also das genaue Gegenteil von dem, das Nabokov sich gestellt und gelöst hat: Was passiert, wenn man vom Sex zwischen Erwachsenen zu strukturell asymmetrischen Beziehungen übergeht, in denen die Machtverhältnisse auf der Hand liegen? Zu Beziehungen zwischen einem Lehrer und einer Schülerin, einem Elternteil und einer Tochter, einem Vierzigjährigen und einem Teenager? Was denkt, erlebt und empfindet ein Mädchen, das sich wichtig fühlen will, das bestätigende Blicke sucht, ohne unbedingt verführen zu wollen? Oder womöglich will sie tatsächlich verführen, aber nicht, um mit dem Lehrer im Bett zu landen, sondern nur, um sich schön zu fühlen und vielleicht eine Art Wiedergutmachung von einer Welt zu erhalten, die sie bis dahin behandelt hat, als wäre sie unsichtbar und wertlos.

Doch vor diesem Problem sehe ich alt aus, uralt. Von Schach habe ich keine Ahnung, und sogar aus der Mathematik, mit der ich mich mal auszukennen glaubte, ist inzwischen eine Meinung unter vielen geworden. Sprich: Ich habe keine Werkzeuge, ich weiß nicht mal, wo ich anfangen soll, ich weiß nur, dass es in meinem Problem nicht um Lolita geht, sondern um eine Elfjährige, die sich beachtet fühlen will.

Zu persönlich? Meinetwegen. Da das Problem nicht nur mich betrifft, wechsle ich eben das Anschauungsobjekt, überlasse Anna erst einmal ihrem Schicksal und wende mich Vanessa zu. Alter: vierzehn Jahre. Staatsangehörigkeit: Französisch. Nachname: Springora. Bei einem Arbeitsessen ihrer Mutter lernte sie den Schriftsteller Gabriel Matzneff kennen und wurde seine Geliebte. Matzneff war fünfzig, sie noch ein Teenie. Über diese Lovestory (Lovestory?) spricht Vanessa Springora ausführlich in ihren Memoiren *Die Einwilligung*, in denen sie schildert, wie es für sie war, sich in einen erwachsenen Mann zu verlieben, der auf kleine Mädchen stand, ihr allerdings etwas völlig anderes vorgaukelte.

Aber zurück zum Problem. Wie ist es konstruiert? Was will ich lösen? Wer ist die Dame, und wie viele Züge fehlen zum Schachmatt?

Nehmen wir an, die Dame ist Vanessa und rings um sie verschwinden nach und nach alle Bauern, Türme und Läufer. Da sieht die Dame den König und träumt von der Krone. Mit der Zeit begreift sie allerdings, dass der König ein Hochstapler ist und das Königreich bloß Fantasie.

Ich weiß, ich weiß, jetzt denken alle, dass ich keine Ahnung von Schach habe und genauso eine Blenderin bin wie Matzneff. Aber da ich mit Mathe nicht mehr kann, nutze ich eben das Schachspiel als Metapher, weiter nichts. Wichtig ist Vanessa, die sich für eine Königin hält und eines Tages feststellt, dass sie lediglich eine Dienstmagd ist – mich erinnert das an »La Canzone di Marinella«, Fabrizio De Andrés Lied über eine junge Frau, die einfach so dem Mann folgt, der dreimal an ihre Tür klopft, und daraufhin im Frühjahr in den Fluss stürzt. Eine Vierzehnjährige, die sich in einen berühmten Schriftsteller verliebt, der tut, als mache er ihrer Mutter den Hof, in Wahrheit aber nur die Tochter ins Bett kriegen will. Ein Kind, das sich stets vorkam wie ein hässliches Entlein und sich auf einmal schön und wertvoll fühlt – und ernsthaft glaubt, es hätte seinen Traumprinzen gefunden. Das ist eine ganz andere Nummer als Humbert Humbert und Lolita, denn diesmal verliert nicht der Mann den Kopf, sondern das Mädchen, und sie wird Jahre brauchen, bis sie nicht mehr alle Männer für Monster hält.

Eine ganze andere Nummer als »Lola in Hosen, Dolly in der Schule, Dolores auf amtlichen Formularen, aber in meinen Armen immer Lolita«. Vanessa ist nur eine im Vorbeigehen abgestaubte Gelegenheit, die man wegwerfen kann, sobald der Teenie zur jungen Frau wird. Sie ist die V. aus Matzneffs autobiografischen Romanen, die eigentlich Empörung hätten auslösen müssen, stattdessen aber von »Tout-Paris« gefeiert wurden. Sie ist das Kind, das keiner schützt, nicht mal die Mutter, obwohl es alles andere als normal war, dass sie ihre Nachmittage nicht mit ihren Klassenkameradinnen verbrachte, sondern nackt im Bett eines Hotelzimmers lag. Sie ist die Frau, der nach der Affäre eines Erwachsenen mit einer Fünfzehnjährigen nichts als Schuldgefühle bleiben – und Selbstgeißelung, denn die kommt noch dazu, selbst beigebrachte Strafen, weil man schließlich ganz allein schuld ist am Begehren und der Scham: Man isst nichts mehr, macht sich Vorwürfe, weil man müde ist, und reißt sich büschelweise Haare aus, nachdem man sie zu tausend Knoten verzwirbelt hat, die man sonst ohnehin abschneiden müsste. Man beißt sich in die Wange, ritzt sich, tut sich weh, kann einfach nicht anders, der Drang ist zu stark.

Aber das Problem kriege ich nicht in den Griff, geschweige denn, dass ich es lösen kann. Was hat Vanessa auf der Couch ihrer Therapeutin wohl herausgefunden, ehe sie den Vater ihres Sohns kennenlernte? Erholt man sich je davon, dass man missbraucht wurde und die Mutter, die einen hätte schützen sollen, einfach nicht da war? Oder dass sie zwar da war, aber nichts gesehen hat? Sich, selbst wenn sie etwas gesehen haben müsste, nicht daran erinnert? Wird man danach jemals wieder richtig gesund? Ach, wieso hat das Schachgenie Nabokov sein Lolita-Problem nicht umgekehrt gestellt und mir die Lösung selbst geliefert? Wen kratzt schon Humbert Humbert?! Von mir aus mag er ja gelitten haben, doch sein Schicksal interessiert mich wenig, mich interessiert das Schicksal der Person, die eingewilligt hat, ohne zu wissen, in was, und dann jahrelang zwanghaft zum Ort des Verbrechens zurückkehrt.

In was willigt eine Teenagerin ein, die sich in einen berühmten Schriftsteller verliebt – oder in einen Lehrer? Jemand, der sich auf Liebe einlässt und später merkt, dass die gar nicht echt ist – oder nicht ausreicht? Was steht auf dem Spiel, wenn ein Mensch in eine Affäre oder Beziehung einwilligt und sich daraufhin in einem finsteren Räderwerk wiederfindet, in dem er womöglich gezwungen ist, Dinge zu erdulden, in die er niemals eingewilligt hätte, wenn er sie sich nur jemals hätte vorstellen können?

Offenbar ist Liebe das perfekte Verbrechen: das Einzige im Leben, das uns dazu verleiten kann, uns selbst aufzugeben, einen anderen statt unserer selbst zu wählen, und sei dieser andere auch unser Feind – das Einzige, dessen Grausamkeit wir im verzweifelten Versuch ertragen, seine Abwesenheit zu bannen.

Offenbar brauchen wir uns da nichts vorzumachen: Unsere wahren Süchte sind nicht die wohlbekannten nach Alkohol, Nikotin, Sex oder Arbeit, nein, unsere wahre Sucht ist uns verborgen, und man entkommt ihr nicht, egal, wie sehr man sich auch anstrengt. Ob wir ihr nachgeben oder widerstehen, spielt keine Rolle, wie jeder weiß, der schon einmal versucht hat, den Hunger zu besiegen, indem er sich den Bauch vollschlägt oder alles Essen ausspuckt, denn der Hunger unterschreibt keine Verträge, akzeptiert keinen Waffenstillstand, ja nicht einmal eine kurze Waffenruhe. Er triumphiert immer und walzt alle nieder, die sich ihm in den Weg stellen: keine Gefangenen, keine Verwundeten, nur Kadaver am Straßenrand.

Offenbar zahlt sich bestenfalls Ungehorsam aus, doch dafür müsste man erst einmal wissen, wem oder was man bisher gehorcht hat, welcher verdammte Zauberbann einen gefangen hält. Als hätte irgendjemand uns verflucht, aber niemand kann uns verraten, was an jenem Tag genau passiert ist: Niemand sonst war damals bei uns, der einzige Zeuge ist das kleine Kind, das wir alle in uns tragen, und das, weil es alles vergessen hat, keinen Laut von sich gibt.

9

In letzter Zeit denke ich oft an all die Male, bei denen ich keinen Laut von mir gegeben habe, obwohl ich die Antworten in mir trug; sie kamen nur nicht heraus, steckten fest, als hätte mein Körper sich in ein Gefängnis ohne Fenster und Türen verwandelt. Und dann denke ich auch an mein Praktikum am Method Acting Center.

Solange ich ein Skript in Händen hielt, war ich toll darin, den Subtext auszugraben, den Schlüssel zu finden, der mir die Wahrheit der Figuren erschloss – das sagte Georges mir oft. Diese Arbeit ließ sich mit dem Kopf erledigen: das Werk in seiner Gänze und zugleich in den einzelnen Szenen verstehen.

Ich hatte begriffen, dass man die Antworten nicht jenseits des Texts suchen durfte, und das fiel mir leicht. Dann folgte jedoch die Herausforderung, in sich selbst etwas aufzustöbern, das man in einem vergleichbaren Moment empfunden hatte. Georges nannte das die »Als ob«-Übung, in seinen Augen ein unerlässlicher Schritt, bevor man auf die Bühne tritt: die eigene Erfahrung identifizieren und sie dann verbergen, um authentisch die Gefühle der Figur zu zeigen.

Eines Tages, als er eine Szene kommentierte, hatte Georges gemeint, die schlechte Gewohnheit, auf der Bühne immer nur

Alltagsgefühle zu reproduzieren, ersticke die Vorstellungskraft, die ihm zufolge die mächtigste Waffe jedes Schauspielers war. Also unterbrach er die Probe und ließ uns um einen Tisch Platz nehmen, unsere Texte herausholen und Kulis, Bleistifte und Textmarker bereithalten.

Eure Zeilen stehen auf der rechten Seite, ja? Und links davon ist jede Menge schönes, blankes Weiß, richtig? Gut, dann nutzt diese weiße Seite doch mal, um zu notieren, welche Intentionen hinter den Repliken eurer Figur stehen. Schreibt die impliziten Bedeutungen auf, damit ihr im Laufe des Tags darüber nachdenken könnt, vielleicht kurz vor dem Einschlafen oder nach dem Aufwachen. Alles, was eure Figur tut – Gesten, Redewendungen, Tics, Bewegungen, Haltungen, Mimik und Atmung: Steckt rein, was ihr wollt, solange sich nur alles um den Text dreht, der ist der Angelpunkt, jenseits von ihm dürft ihr die Kraft und die Eigenschaften eurer Figuren nicht suchen.

Diese Textarbeit war mir am liebsten. Motive, Konflikte und Antriebe, Protagonisten, Antagonisten und Klimax: Tage konnte ich damit verbringen, einen Dramentext zu analysieren, mir Gedanken über die Analogien von Tschechow oder Ibsen zu machen, über die Polyphonie eines Pinters oder Mamets, und ich liebte es, wenn ein Autor mich zwang, mir Mühe zu geben, um eine Figur zu verstehen, statt mich bloß Ereignis für Ereignis durch den Plot zu jagen, Ursache–Wirkung, Ursache–Wirkung, ein Kausalkettenglied nach dem anderen, bis zum geschlossenen Ende der Handlung.

Schwierig wurde es für mich danach, auf der Bühne. Da war es, als blieben die Gedanken und Gefühle mir im Kopf stecken, sie wollten einfach nicht hinab in den Körper: Die Stimme war da, der Ton war da, aber die Gesten fehlten, stockten; als würde ich, sobald ich auf die Bühne trat, aus meinem Körper desertieren, sodass er mit einem Mal bloß noch ein Fremder war. Ich schaffte es einfach nicht, den »privaten Moment« zu spielen, wie Justine das nannte, der nicht in den Kopf wollte, wieso ich nicht mal diese banale Übung halbwegs sauber hinbekam: Das ist doch Anfängerkram, Anna, was ist los? Du musst lernen, öffentlich privat zu sein, akzeptieren, dass man dich sieht, und die Scham überwinden, denn da liegt der Hund bei dir begraben – du schämst dich! Solange du dich davon nicht befreist, wirst du deiner Figur nie Tiefe verleihen und niemals die Nähe zum Publikum herstellen, die wir auf der Bühne brauchen, na los, probier's noch mal, gib nicht auf!

Aber nein, ich schaffte es einfach nicht, ich war nicht verliebt in meinen Geruch und mein Gesicht, nicht verliebt in mich und meine Hände, mir war schleierhaft, worin der Reiz lag, sich »unabhängig von den anderen agieren zu fühlen«, wie John es ausdrückte, der ja auch immer hervorragend war, die Bühne niemals defensiv betrat, anders als so viele andere aber nie in Exhibitionismus abrutschte: Er konnte Verletzlichkeit darstellen, ohne sich dabei zu erniedrigen, verspürte nie meine Angst vor Zurückweisung, er hatte Stil, er hatte Klasse, er war witzig und verführerisch und fühlte sich – im Gegensatz zu mir – pudelwohl in seiner Haut.

Schließlich musste ich einsehen, dass ich besser einen anderen Weg einschlug. Zurück in Italien beschloss ich daher, dass die beste Art für mich, das Theater zu lieben, im Schreiben bestand, und ich kehrte zu meinem ursprünglichen Traum zurück: vom Schreiben zu leben. Ich konnte mich ja einfach mal an der Filmhochschule bewerben und mein Glück als Drehbuchautorin versuchen!

Die Filmhochschule war in Rom, und nach der Aufnahmeprüfung war ich sicher, auf dem richtigen Weg zu sein. Zwar entpuppte sich auch der bald als Sackgasse, aber in der Zwischenzeit waren da Massimo, der Motorradunfall und das Krankenhaus gewesen, die Begegnung mit meinem späteren Mann, der Umzug nach Paris, die Scheidung, das Praktikum in der Maison de la Radio und die Stimme.

Die Stimme, ja, vor allem die. In Frankreich fand ich sie wieder: jede Woche live auf Sendung, ohne dass der Körper mir dazwischenfunkte, ohne diese Scham davor, gesehen zu werden, ohne das Recht auf die Bühne, das ich mir nie hatte erobern können, ohne den Albtraum, öffentlich privat sein zu müssen. Und auch ohne Männer, denn sogar die verschwanden, solange ich auf Sendung war, in diesen einzigen Augenblicken, in denen ich mir den Luxus erlaubte, mich nicht anzupassen, Ansprüche zu haben.

10

Meine Therapeutin hatte gemeint, ich hätte zu niedrige Ansprüche: Genügsam sei ich, und ihr zufolge war genau das mein Problem.

Das Erste, was mir damals in den Sinn kam, waren Filme; es gab kaum mal einen, der mir nicht gefiel, und selbst wenn mir einer nicht zusagte, schaute ich ihn trotzdem ganz an, hatte ich erst einmal angefangen, konnte ich nicht aufhören, wollte wissen, wie er ausging, obwohl man das ja auch am Schluss oft nicht eindeutig weiß, offene Enden sind in Mode, vor allem bei Serien, da kann man sich schlau fühlen, indem man die Story selbst weiterspinnt, oder man wartet auf die zweite Staffel, und dann auf die dritte, und wenn die vierte nicht gedreht wird, hat man eben Pech gehabt – oder man hat vorher schon die Nase voll und fängt einfach eine neue Serie an. Aber ja, bei Filmen war ich genügsam, insofern hatte meine Therapeutin recht. Nur hatte sie wirklich das gemeint?

Als sie ihre Einschätzung später noch einmal wiederholte, suchte ich, kaum dass ich aus der Praxis war, im Internet nach der Definition von »genügsam«. Ich ging Listen mit Synonymen und Antonymen durch, las aufmerksam die angeführten Beispiele: »Genügsam« ist jemand, der isst, was auf den Tisch kommt, nie herummäkelt und weder Ansprüche erhebt noch

Forderungen stellt. Na ja, dachte ich da, zumindest bei Büchern bin ich gar nicht genügsam, die lese ich oft nicht zu Ende, finde die meisten geistlos und dröge. Mal passt mir der Inhalt nicht, mal stört mich der Stil, von der Form ganz zu schweigen: *abgedroschen*. Dasselbe gilt für Essen, da bin ich heikel, obwohl ich einfache Kost mag, mich allein von Pizza und Schlagsahne ernähren könnte, solange es Pizza Bianca aus Hefeteig ist und die Sahne keinen Zucker enthält.

Inwiefern sollte ich also genügsam sein? Etwa anderen Menschen gegenüber? Aber auch das ergibt keinen Sinn, sagte ich mir, die meisten Menschen finde ich genauso geistlos und dröge wie die Bücher. Sie interessieren mich nicht, faszinieren mich nicht, sie

Ich erstarrte. Nein, das stimmt nicht, dachte ich. Also, doch, es stimmt, aber nicht, wenn ich mich verliebe, und ich verliebe mich oft, und sogar, wenn ich nicht verliebt bin, gebe ich nach, ja, wenn ich ganz ehrlich bin, muss ich das zugeben. Wenn einer mich ansieht, mir zuhört und sagt, ich sei schön, gebe ich nach, wobei das mittlerweile wenigstens nicht mehr läuft wie früher, als ich sogar nachgab, wenn gar nicht der Mann mir gefiel, sondern nur die Vorstellung, ihm zu gefallen – als gäbe es mich nur, wenn jemand auf mich stand. Heute muss der Mann schon irgendwas haben: gutes Aussehen, Intelligenz, Jugend, Humor, irgendwas. Diesen Blick, der mich antörnt. Vielleicht habe ich mich vorher monatelang wie ausgeknipst gefühlt, und nur, weil er mich ansieht, fällt mir schlagartig wieder ein, dass ich einen Körper habe. Dann gebe ich nach, ob ich will oder nicht. Und wenn ich nachgegeben habe, rollt die Lawine los. Er hat gekriegt, was er wollte, aber was wollte *ich* eigentlich? Mit ihm ins Bett gehen oder mich nur lebendig fühlen? Und wieso geht es mir dann hinterher so schlecht? Soll das etwa das Leben sein? Diese gähnende Leere, das Gefühl, wertlos zu sein, der

Frust, die Enttäuschung – wieso verpisst der sich einfach und lässt mich liegen wie ein benutztes Spielzeug? Wäre Leblosigkeit dann nicht vielleicht sogar besser? Oder soll ich mich von einer Affäre in die nächste stürzen, mir alles den Buckel runterrutschen lassen, ohne Kummer oder Schuldgefühle, so, wie Carlotta es den *allumeuses* nachsagt? Aber soll das etwa Leben sein? Oder wäre ich dann nur gefühllos? Oder ziehe ich immer bloß die Gefühllosen an?

Wieso glauben Sie eigentlich alles, was man Ihnen sagt?

Das hat meine Therapeutin mich neulich gefragt, gleich nachdem sie wieder einmal gesagt hatte, ich sei genügsam.

Ich antwortete nicht sofort, schaffte es nicht, ich hätte sie am liebsten zum Teufel gejagt, ich war müde und konnte nicht mehr, und was sollte überhaupt der Vorwurf? Wie soll man denn nicht glauben, was ein Mann einem sagt? Wie soll man darauf verzichten, sich schön zu fühlen? Und wie soll man sich schön fühlen, wenn das keiner sagt? Soll man sich selbst einreden: Du bist schön, und du bist wichtig? Ich zumindest habe keine Ahnung, wie das geht, wusste es noch nie, seit meiner Kindheit versuche ich das, aber was soll das bringen, sich so etwas selber einzutrichtern? Das ist billig und zählt nicht!, sagte meine Mutter immer. Es zählt nur, was die anderen sagen – die wissen, was du wert bist.

Also schwieg ich. Meine Ohren waren heiß – bestimmt auch rot, dachte ich und grinste, obwohl es gar nichts zu grinsen gab und ich mich früher oder später endlich überwinden musste, der Therapeutin von dem geballten Groll in mir zu erzählen, den ich nie herauslasse, denn wenn ich die Tür zu meinem Groll erst mal öffne, bringe ich am Ende noch jemanden um.

Dann passierte etwas Seltsames. Mit einem Mal verrauchte die Wut, löste sich auf, und ich war wieder das kleine Mädchen, das eben Italo Calvino entdeckt hatte und den *Baron auf den Bäumen* las. Ich weiß noch genau, wie ich auf dem Bett lag, einen Apfel aß, an die eben gelesene Geschichte dachte und mir schwor, nie so zu werden wie diese Viola, die den armen Cosimo verrückt machte, obwohl sie die Starke war und immer gewann, wo Cosimo verlor. Nur: Ging am Ende nicht auch sie leer aus? Schließlich liebte sie den Kerl nicht mal, den sie statt Cosimo zum Mann nahm, oder? Trotzdem habe ich mein Leben lang – genau wie Cosimo – stets nur dabei verloren, dieses Ende umschreiben zu wollen und jemanden zu finden, mit dem ich glücklich und zufrieden bis an mein Lebensende wäre. Doch das Ende blieb immer dasselbe, und mir erging es in all den Jahren immer nur wie Cosimo, sogar als einer der Männer, die ich geliebt und verloren hatte, zurückkam und mir sagte, ich würde ihm fehlen und er wolle es gern noch mal mit uns versuchen. Doch was brachte das, nach all den Jahren zu sagen, ich würde ihm fehlen? Hätte er das nicht schon früher merken müssen? Oder hatte er mich bloß gesucht, weil ich fort war? War ihm klar geworden, wie ich gelitten hatte? Oder er wollte mich eigentlich gar nicht um Verzeihung bitten, sondern einfach bloß vögeln?

Meine Therapeutin sah mich abwartend an.

Wie lang hab ich jetzt schon nichts mehr gesagt?, fragte ich mich. Und was denkt die wohl grade? Ich zupfte mir die Fussel von meinem Wollpulli, ein, zwei, drei Fussel, dann: Kennen Sie den Film *Tout ce qui brille?* Da gibt es eine Szene, in der Lila ihre Freundin anschreit und sagt: »*Moi, il m'a dit qu'il m'aime!*, er hat mir gesagt, dass er mich liebt.« Und Ely, die Freundin, erwidert, sie mache sich nur was vor, es gebe eine Million Frauen wie sie und ihm sei sie völlig egal. Aber Lila beharrt, sagt noch mal: *»Moi, il m'aime«*, und Ely ätzt: »Hast du mal in den Spiegel geschaut? Du siehst aus wie deine eigene Mutter.« Lila hört aber nicht auf sie, ruft ihn an, hinterlässt ihm eine Nachricht und geht zu ihm nach Hause. Und da: kalte Dusche. Er ist mit einer anderen zugange, lässt sie nicht mal rein, drückt ihr nur Geld für ein Taxi in die Hand. So läuft das bei mir immer. Okay, nicht immer mit dieser finalen Demütigung, die konnte ich ab und zu vermeiden; wenn der Typ nicht mehr auf meine SMS antwortete, hab ich die Message schon kapiert. Oder ich habe es auf anderen Wegen herausgefunden, zum Beispiel, indem ich ihm heimlich gefolgt bin, aber was macht das schon, wenn ich ihn eine andere küssen sehe? Wie auch immer, selbst wenn der Typ einem kein Geld in die Hand drückt, geht man innerlich zugrunde.

Was fühlen Sie, wenn ein Mann sich für Sie interessiert?

Wieder schwieg ich, konzentrierte mich erneut auf meinen Pulli, ein Fussel, zwei Fussel, drei. Wie soll ich ihr sagen, dass ich dann schlagartig das Gefühl habe zu existieren, nicht mehr durchsichtig oder ohne Substanz zu sein, eine Rolle zu spielen, einen Platz in der Welt zu haben?

Ich fühle mich wichtig, sagte ich. Aber dann machen die immer alles kaputt. Die interessiert nicht, was ich sage, wenn sie mich im Arm halten. Ich fühle mich geborgen wie ein Kind, aber denen bedeute ich gar nichts, sie hauen einfach ab und lassen mich mit dieser gähnenden Leere zurück, mit dem Gefühl, wieder einmal jemandem auf den Leim gegangen zu sein – wie kann man nur immer wieder so dämlich sein? *Wie schaffen die anderen das bloß, dass sie immer respektiert werden?*

Dann sind Sie also wie üblich genügsam, sagte die Therapeutin und schob mir ein Päckchen Taschentücher hin. Ohne es zu merken, hatte ich zu weinen angefangen, rieb mir die Augen, zog die Rotze hoch. Ich wollte ihre Taschentücher nicht, gar nichts wollte ich von ihr, von niemandem wollte ich irgendwas. Dann ging das Geschluchze aber erst richtig los, und in meiner

Tasche war kein Tuch zu finden, also musste ich wohl oder übel aufgeben, nachgeben, und eins von ihr annehmen. Ich musste mir die Tränen abwischen und die Nase putzen. Wieder Luft bekommen.

Ja, kann sein, sagte ich schließlich. Und atmete durch. Aber wie hört man damit auf, sich zu begnügen? Inzwischen war ich nicht mehr wütend, konnte sie fragen. Wie lernt man, für sich selbst einzustehen? Ich war einfach nur traurig. Unendlich traurig.

11

Claire Roude hat keine Schwierigkeiten, für sich einzustehen. Auch sie lehrt an der Sciences Po: Sie leitet ein Seminar in Anthropologie, das sowohl meinen Studierenden als auch denen eher klassischer Fächer wie Soziologie oder Politikwissenschaft offensteht.

Wir sind uns schon ein paarmal über den Weg gelaufen, meistens bei Fakultätssitzungen, aber richtig geredet haben wir noch nie. Sie hätte vielleicht sogar gewollt, aber ich bin immer in Eile, all die Livesendungen, Podcasts und das Hin und Her zwischen Uni und Sender lassen mir kaum Zeit, mich mit meinen Kollegen zu unterhalten – und vielleicht habe ich darauf auch gar keine Lust, schließlich bin ich unsozial, wie *er* immer sagt. Heute aber lächle ich ihr zu, als sie in die Mensa kommt. Und sie packt die Gelegenheit beim Schopf, lädt ihr Tablett voll und setzt sich zu mir an den Tisch.

Ich gehe erst seit Kurzem wieder in die Mensa. Während der Pandemie hatte ich mir das abgewöhnt, aber es ist schon praktisch – und billig. Man kann etwas Warmes essen, ohne ewig am winzigen Tischchen einer knallvollen Brasserie zu warten, und es ist gesünder als Baguette *jambon-beurre* oder einer dieser Proteinriegel mit Karamellgeschmack, die mir schon zu den Ohren rauskommen.

Na, ist es okay?, fragt Claire und zeigt auf den kleinen Berg aus Bohnen und Brokkoli auf meinem Teller. Es stimmt schon, auch ich nehme in der Mensa selten Gemüse, denn meistens ist es fade und zerkocht, ungenießbar.

Ich ringe mir ein Grinsen ab, obwohl ich gar keine Lust habe, ihr zuzustimmen. Immer noch besser als dein in Butter ertränktes Schweinekotelett, denke ich, beiße mir aber auf die Zunge. Was geht mich die Ernährung einer praktisch Unbekannten an?

Freut mich, dich zu treffen, sagt sie. Ich will dir schon seit Wochen sagen, wie *chouette* ich deine Sendung auf France Inter finde; du hast einen echt klugen Blick auf das Zeitgeschehen und immer etwas zu sagen, das man nicht schon tausendmal gehört hat.

Die will irgendwas von mir, denke ich, hundertprozentig, und bingo, gleich darauf sagt sie: Ach, apropos –

Raus mit der Sprache, woran arbeitest du, falle ich ihr ins Wort; mir ist schon klar, dass sie darüber reden will.

Ich befasse mich seit Jahren mit künstlicher Befruchtung und interessiere mich aktuell vor allem für Eizellenspenden und heterologe Insemination. Seit mit der jüngsten Gesetzesnovelle die Anonymität aufgehoben wurde, werden die Paare nervös. Vor allem die Männer sind besorgt, sie fürchten, ihre Kinder lehnen sie ab, wenn sie erfahren, dass sie nicht ihre biologischen Väter sind. Das wäre doch ein prima Thema für deine Sendung, meinst du nicht?

Diese Diskussion habe ich nur oberflächlich mitverfolgt. Natürlich war die Aufhebung der Spenderanonymität oft Thema im Sender, als im Sommer 2021 das neue Gesetz verabschiedet wurde, aber ich war damals nicht dafür zuständig.

Hm, worum geht's da denn genau? Wovor haben die Männer diesmal Angst? Über künstliche Befruchtung weiß ich gar nichts, aber das Thema Männlichkeit interessiert mich.

Oh, Männer habe ich etliche kennengelernt! Ich hab mich am Zentrum für Konservierung von Sperma und Eizellen am Krankenhaus Cochin akkreditieren lassen und durfte an den Beratungsgesprächen teilnehmen, den Ärzten über die Schulter schauen. Einmischen durfte ich mich natürlich nicht, bloß beobachten. Aber während meiner Zeit dort konnte ich Kontakt zu einigen Paaren herstellen. Mit zwei der jungen Leute habe ich mich prima verstanden, und die haben mich anderen vorgestellt und zu den Treffen einer Organisation mitgenommen. Du machst dir keine Vorstellung, wie viel Material ich gesammelt habe! Ich musste nicht mal Interviews führen – war mir nur recht, das wäre knifflig geworden. Aber, um's kurz zu machen: Mit der Zeit hab ich mich mit vielen der Leute angefreundet, und jetzt, wo ich das ganze Material beisammenhabe, muss ich es nur noch ordnen und kann ein Buch daraus machen.

Claire hat ihr Kotelett noch nicht mal angerührt, ich picke inzwischen schon die letzte Bohne auf. Das wird doch kalt, sage ich, iss ruhig, ich lauf dir schon nicht weg. Das ist nicht nur eine Floskel, die Geschichte interessiert mich wirklich. Ich möchte wissen, wie diese Paare ihren Kampf gegen die Unfruchtbarkeit führen.

Claire schneidet ein Stück Fleisch ab, kaut es hastig, schlingt es noch hastiger hinunter und erzählt mir dann zwischen den Bissen von einem Mann, der in eine Krise geriet, als er erfuhr, dass er unter Azoospermie leidet und deshalb nicht Vater werden kann: Für den ist Unfruchtbarkeit praktisch dasselbe wie Impotenz, verrückt, oder? Die Leute haben so wenig Ahnung, dass viele nicht mal kapieren, dass die zwei Sachen nicht dasselbe sind. Lustig, oder?

Claire lacht, aber ich lache nicht mit. Ich finde das überhaupt nicht lustig. Nein, das Erste, was mir in den Sinn kam, während ich sie reden hörte, war das Leid dieser Männer, für die vielleicht die ganze Welt zusammenbrach: Sie können sich nicht fortpflanzen, sind dazu biologisch unfähig, und da ist es im Grunde kein Wunder, wenn es zu einem Kurzschluss von Sterilität und Impotenz kommt. Auch abseits der Vorurteile gerät Männlichkeit bestimmt leicht ins Wanken, wenn man erfährt, dass man kein Leben spenden kann. Mit Vaterschaft hat das natürlich nichts zu tun: Ein Mann, der eine Frau schwängert und sich dann abseilt, ist garantiert kein Vater. Aber erklären Sie das mal einem Mann, der sich in seinem Kind gern wiedererkennen möchte, der in dessen Gesicht die eigenen Augen, die eigene Nase sucht, doch da ist gar nichts; das Kind ist zwar sein Kind, aber es gibt keine biologische Verwandtschaft und folglich auch keine Ähnlichkeit.

Und wissen diese Leute denn, dass du ein Buch über sie schreiben willst?

Von dem Buch habe ich ihnen nicht erzählt, nein. Dass ich zu künstlicher Befruchtung forsche, wissen sie aber natürlich, ich musste mich ja vorstellen. Auch, dass ich Anthropologie lehre, wissen sie, aber alles kann ich freilich nicht verraten, sonst verfälsche ich die Studie. Je weniger sie wissen, desto besser, ich will sie schließlich nicht mit meinen Hypothesen beeinflussen. Später wird das sowieso alles anonymisiert, und damit ist das Problem erledigt.

Claire schenkt sich einen Schluck Wasser ein, trinkt und sieht mich fragend an.

Hm, sage ich. Aus meiner Sicht gibt's da schon ein Problem. Wenn du ein Buch über sie schreibst, erzählst du *ihre* Geschichte. Sie gehört *ihnen*, nicht dir. Du musst ihnen ja nicht jedes Wort vorlegen, das du schreibst, aber Bescheid sagen solltest du. Abklären, was du schreiben darfst und was sie lieber nicht veröffentlicht sehen wollen. Meinst du nicht?

Claire interessiert vor allem die Angst steriler Männer, nicht als die echten Väter anerkannt zu werden: Die ist so groß, dass viele ihren Kindern gar nicht sagen wollen, dass sie ihre Existenz einer Samenspende verdanken.

Sie ist restlos überzeugt, dass diese Männer die Wahrheit verheimlichen werden, weil sie sich nur so schützen können. Darüber *müsse* einfach geschrieben werden, sagt sie, und ob dabei von Jean, Daniel oder Olivier die Rede sei, spiele keine Rolle, was zähle, sei allein die Norm, die sich darin abzeichne. Ich dagegen kriege von so einer Heiligsprechung der Wissenschaft die Motten: Ob da Jean spricht oder Daniel, spielt sehr wohl eine Rolle, und vor allem spielt es eine Rolle, ob Jean und Daniel wissen, was Claire vorhat. Wann haben die zwei ihr Einverständnis erklärt? Wann haben sie eingewilligt, dass Claire sich ihre Geschichte aneignet?

Claire versteht nicht, was ich meine, und sieht mich schief an. Sie erwidert, die größten Entdeckungen der Anthropologie seien auf diese Weise gemacht worden, durch Feldforschung, indem man die betreffenden Gruppen beobachtet und objektiv beschrieben habe: Auch heute, wo man es mit der Objektivität nicht mehr so eng sieht und auch mal teilnehmend beobachtet, darf man auf keinen Fall die Resultate verfälschen. Glaubst du, Françoise Héritier hätte den Samo groß erklärt, worauf sie mit ihrer Forschung über Elternschaft rauswollte? Meinst du, sie hätte denen so schlüssig, wie man es von ihr gewohnt war, die Eheallianzen und das Inzestverbot erläutern können? Quatsch! Wissenschaft erfordert eben manchmal Opfer.

Mein Handy vibriert, und ich linse kurz aufs Display, erkenne allerdings die Nummer nicht und gehe nicht ran. Wenn es wichtig ist, kann die Person ja eine Nachricht hinterlassen – ich will jetzt keine Unterbrechungen. Zumindest eins muss ich noch loswerden, ehe ich mich von Claire verabschiede.

Schau, ich will mich nicht in was einmischen, von dem ich

keine Ahnung habe, aber ich meine, ich hätte gelesen, dass es heute in vielen Ländern – vor allem in den USA – Ethikkommissionen gibt, die Studien überwachen und dafür sorgen, dass alle sich korrekt einverstanden erklärt haben. Soweit ich weiß, läuft das ganz förmlich ab, mit einem Formular, das alle Teilnehmenden unterschreiben müssen.

Na, zum Glück sind wir hier nicht in den USA! Noch mal: Kannst du dir vorstellen, wie Françoise Héritier das schriftliche Einverständnis der Samo einholt?

12

Françoise Héritier ist in der Nacht auf den 15. November 2017 gestorben.

Der 15. war ein Mittwoch, und ich hatte eigentlich Seminar, doch an diesem Vormittag musste ich auf Sendung: Man hatte mir ein Interview mit einer ihrer Schülerinnen zugeteilt. Héritier hatte ich ein paar Wochen zuvor noch getroffen. Trotz ihrer Erschöpfung hat sie mich nett und zuvorkommend bei sich zu Hause empfangen und wollte mir wirklich gern erzählen, was sie über #MeToo dachte – sie hat ohnehin nie gekniffen, wenn es um Frauenrechte ging. Allerdings hat sie mir an jenem Tag nicht verraten, was ihr Lehrer Claude Lévi-Strauss zu ihr gesagt hatte, als sie nach monatelanger Forschung in Samo-Dörfern aus Afrika zurückgekehrt war. Erst nach ihrem Tod erfuhr ich das, als ihre Schülerin bei unserem Gespräch sagte: Lévi-Strauss dachte, er macht ihr ein Kompliment, aber sie war vor den Kopf gestoßen, denn die geistige Agilität einer Person zu loben ist zwar nett, aber einen Teil ihrer Identität auszustreichen ist es nicht.

Wieso, was hat Lévi-Strauss denn gesagt?, fragte ich.

Na, dass sie »ein männliches Gehirn« hat! Ich dachte, das wüssten Sie. Das wissen doch alle, Madame Héritier hat es häufig erzählt. Entschuldigung, ich hab das wohl einfach vorausgesetzt.

Nicht nur hatte ich es nicht gewusst, es ging mir auch merkwürdig nahe: Meine Gedanken verschwammen, ich verlor den Faden. Ein männliches Gehirn? Inwiefern? Das ganze restliche Gespräch über hatte ich Mühe, der jungen Anthropologin noch zu folgen, die wiederum nicht verstand, was mir daran nicht einleuchtete, dass Héritier als Erste wissenschaftlich aufgezeigt hatte, dass menschliche Beziehungen immer an der Grenze zwischen dem Erlaubten und dem Unerlaubten liegen, so, als würden die Verbote eine Ausschlusszone markieren, an deren Rändern wir uns unsere Partner suchen.

An den Rändern, wiederholte ich mechanisch, während ich an all die Male zurückdachte, die meine Mutter mir erklärt hatte, dass Männer, die was auf dem Kasten haben, immer besser seien als jede Frau, weil sie über eine strenge, kalte Logik verfügten, da seien sie uns nun mal überlegen, nichts zu machen, ist einfach so. Ich dachte daran, wie oft ich davon geträumt hatte, ein Mann zu sein, davon, wie viel leichter alles wäre, wenn ich als einer zur Welt gekommen wäre, aber das war ich eben nicht, dumm gelaufen. Hatte ich darum immer dieses Bedürfnis gehabt, mich wichtig zu fühlen? Hatte ich deshalb immer alles getan, um Aufmerksamkeit zu erregen? Hatte Donno mir deswegen die Hand in die Tasche geschoben?

Ich versuchte, mich wieder auf Héritier zu konzentrieren, darauf, wie schlüssig sie die Funktionsweisen zwischenmenschlicher Beziehungen analysiert hatte. Aber wie war das überhaupt möglich gewesen, sie »schlüssig« zu analysieren? Was ist denn je wirklich schlüssig an zwischenmenschlichen Beziehungen?

Wieder verlor ich mich in meinen Gedanken, dachte daran, wie ich zu Donno gesagt hatte, alles wäre viel leichter, wenn ich ein Computer wäre. Und es stimmte: Ich hätte niemals gelitten, mich nie mit irgendwas herumgequält, stattdessen wäre alles so schlüssig gewesen wie in der Forschung von Madame Héritier, die so nett zu mir gewesen war, trotz ihrer großen Erschöpfung, und die sich unbedingt zu #MeToo hatte äußern wollen, ewige Kämpferin für Frauenrechte, die sie war. Aber wie war das damals in den Dörfern der Samo gewesen? Hatte Héritier sich deren Einverständnis eingeholt, oder hatte sie sich ihre Geschichte einfach angeeignet wie Claire die der sterilen Väter, um ihr Theoriegebäude darauf zu errichten?

13

Juliette spricht mich schon vor dem Seminarraum an. Ein paar Tage zuvor, sagt sie, habe sie auf einer Party mit einer jungen Frau gesprochen: Eine grausige Geschichte, Madame. Als ich nach Hause kam, habe ich gleich alles aufgeschrieben. Stellen Sie sich vor, der Typ wollte kein Kondom benutzen, sie hatte schreckliche Angst, aber weil sie betrunken war, hat sie irgendwann nicht mehr darauf bestanden und es geschehen lassen, und danach hat sie nur noch mit sich selbst gehadert, fand, es sei ihre Schuld gewesen. Darf ich davon heute erzählen?

Hm, war das denn ein exploratives Interview? So wie das, das Clementine vor ein paar Wochen geführt hat?

Ähm, nicht wirklich, nein. Sie hat mich gefragt, was ich studiere, und als ich unser Seminar erwähnt hab, fing sie an, mir ihre Geschichte zu erzählen und

Moment! Bevor Sie weiterreden, muss ich Sie etwas fragen: Ist die Frau damit einverstanden?

Womit?

Damit, dass Sie ihre Geschichte erzählen! Wo läge sonst der Unterschied zwischen dem Typ, der das Kondom weggelassen hat, weil sie betrunken war, und Ihnen, die einfach weitererzählen, was sie Ihnen anvertraut hat?

Juliette hat nicht einmal daran gedacht, das Einverständnis

dieser Frau einzuholen. Als ich sage, dann könne sie das Material nicht verwenden, verhagelt ihr das gründlich die Stimmung.

Habe ich mich denn im Kurs so unklar ausgedrückt?, frage ich mich. Wie ist es möglich, dass Juliette, obwohl wir die ganze Zeit über Einverständnis und Respekt vor anderen sprechen, nicht mal auf die Idee kommt, diese junge Frau um Erlaubnis zu fragen, ehe sie sich ihre Geschichte aneignet? Ist sie die Einzige, oder haben die anderen das auch nicht verstanden? Habe ich es schlecht erklärt? Was genau habe ich falsch gemacht?

Ich lege meine Tasche aufs Pult. Ziehe die Jacke aus. Sehe Juliette an, die immer noch nachdenklich neben mir steht.

Sie haben recht, Madame. Es tut mir leid.

Keine Sorge, sage ich erleichtert, das lernen Sie schon noch, alles eine Frage der Routine. Hauptsache, Sie verstehen den Einwand.

Sie nickt. Dann stutzt sie, als hätte jemand eine Lampe in ihr angeknipst, und sagt: Jetzt weiß ich, was mich an den Kursen von Madame Roude stört! Ich sprach gestern noch mit Maryse darüber, und wir kriegten das komische Gefühl nicht so recht zu fassen, das wir immer haben, wenn sie über ihre Forschung redet. Über ihre teilnehmende Beobachtung.

Diesmal nicke ich, obwohl ich das nicht sollte – Claire ist schließlich immer noch eine Kollegin.

Vielleicht sprechen wir darüber ein andermal, sage ich. Jetzt beenden wir erst mal das Thema Sexualität und Vertrauen.

Juliette setzt sich zu Maryse – die beiden sitzen immer beieinander, sind mittlerweile unzertrennlich. Während auch die anderen Platz nehmen, hole ich meine Notizen heraus und räuspere mich.

Vertrauen, sage ich, ist ein fundamentaler Baustein allen

Zusammenlebens. Es ist kein Zufall, dass es eins der meistbeackerten Konzepte der Sozialwissenschaften ist. Vertrauen ist unerlässlich für einen Großteil unseres täglichen Tuns. Ohne Vertrauen wäre es sogar schwierig, morgens aufzustehen. Haben Sie sich schon mal bewusst gemacht, dass wir es morgens nur aus dem Bett und der Wohnung schaffen, weil wir drauf vertrauen können, dass wir abends gesund und munter wieder nach Hause kommen? Ohne Vertrauen gäbe es weder Freundschaft noch Liebe. Aber Vertrauen ist auch gefährlich, denn es macht uns verwundbar. Überlegen Sie mal: Wer kann uns verraten? Jemand, dem man nicht vertraut, kann das nicht, der kann uns höchstens enttäuschen. Nur jemand, an den wir glauben, in den wir Vertrauen setzen, kann uns verraten – und verletzen. Wenn wir vertrauen, machen wir uns abhängig vom Wohlwollen des anderen. Das gilt erst recht, wenn Sex ins Spiel kommt und wir nackt und verletzlich vor diesen anderen treten.

Sie schreiben eifrig mit, hochkonzentriert. Als ich zwischendurch einen Schluck Wasser trinke, hebt Cyndelle die Hand.

Das gilt aber vor allem für Frauen, sagt sie. Männer sind ja nicht so verletzlich. Das ist eine körperliche Sache, weil die Männer die Frauen penetrieren und die Frauen penetriert werden und

Nein, ich glaube nicht, dass diese Art der Verletzlichkeit eine Frage des Geschlechts ist, unterbreche ich sie. Die kommt nur daher, dass man sich zeigt, wie man ist. Beim Ausziehen geht es nicht bloß um Kleidung, da kann das ganze Selbst ins Wanken geraten.

Jetzt schießen die Hände nur so in die Höhe. Sogar Thomas schüttelt nachdenklich den Kopf. Während ich ihren Wortmeldungen zuhöre, komme ich mir plötzlich – und vielleicht zum ersten Mal – alt vor, oder wenigstens wie die Angehörige einer anderen Generation, die von ihrer tausend Meilen weit entfernt ist. Wie viele Jahre liegen zwischen ihnen und mir? Wie viel hat sich geändert, seit ich in ihrem Alter war? Sie könnten meine Kinder sein, und diese jungen Frauen sind sich offenbar nicht nur über ihren Wert viel mehr im Klaren als ich, sondern auch über ihre Verletzlichkeit. Als ich noch einmal betonen will, dass auch Männer verletzlich sind (man denke nur an das erste Mal, an ihre Versagensangst, an die fixe Idee, Sex funktioniere nur mit einem Dauerständer oder sie dürften erst kommen, wenn die Frau gekommen ist) und dass es auch Männlichkeitsklischees gibt, sehen sie mich irritiert an und erklären mir, Männer könnten sich nicht einmal vorstellen, was ein Übergriff auf den eigenen Körper bedeute, die hätten schließlich nicht viele Jahrhunderte Patriarchat auf dem Buckel, Jahrhunderte der Gewalt und Unterdrückung, sie hätten keine Ahnung, wie es ist, gegen eine Wand gedrückt und gewaltsam penetriert zu werden oder nach einer Vergewaltigung schwanger zu sein – das aber sei die Geschichte, die jede Frau mit sich herumtrage, selbst wenn sie nicht alles am eigenen Leib erlebt hat, doch ihre Mütter und Großmütter, die haben es erlebt, und so was wird von Generation zu Generation weitergegeben, das tragen wir heute alles mit uns rum, Madame, und so was wird man nicht so einfach los, meinen Sie nicht?

Wieder diese Zuneigung. Und vielleicht haben sie recht, es gibt ja wirklich dieses fürchterliche Etwas namens transgenerationales Trauma: die vererbten, ausgesprochenen und unausgesprochenen Geheimnisse einer Familie. Wie kann ausgerechnet ich plötzlich alles vergessen, was ich mühsam bei der Psychoanalyse gelernt habe?

Allerdings: Gerade weil ich dutzende, vielleicht hunderte Stunden mit meiner Therapeutin angesammelt habe, weiß ich sehr wohl, dass in der Sexualität eine Kluft zwischen dem besteht, was man sagt, und dem, was man möchte: ein Bereich des Ungesagten, der sogar uns selbst verschlossen bleibt, eine Reihe von »du sollst« und »du sollst nicht«, die uns manchmal zwingt, uns zu verbiegen, als hinge unser Leben davon ab.

14

Wo ist der Punkt, an dem alles entgleist? Ab wann ist nichts mehr zu retten, und man gibt nach, verbiegt sich? Darüber denke ich nach, als ich nach dem Kurs nach draußen gehe – durch eine Seitentür, um bloß nicht von Kollegen oder Studierenden aufgehalten zu werden. Zu vieles geht mir heute durch den Kopf, ich will nur noch nach Hause, selbst die Metro ist mir zu viel, denn auch dort könnte ich jemandem begegnen. Besser, ich gehe heute zu Fuß, vielleicht kriege ich so den Kopf frei.

Doch wie schnell ich auch gehe, die Gedanken halten Schritt. Fast zwanghaft grüble ich über diese Verständnislosigkeit nach, die manchmal zwischen zwei Menschen entsteht, über den Moment, ab dem der eine dem anderen einfach nicht mehr zuhört: Er hat seine Meinung, seine Sichtweise, und hält, obwohl es gar nicht um Leben und Tod geht, so verbissen daran fest, als stünde sein ganzes Dasein auf dem Spiel.

Das kommt auch bei den Studierenden vor: Sie erzählen von einem Artikel oder einer Hausarbeit, man stellt eine Frage, und sie reagieren gar nicht darauf, hören nicht zu, folgen nur ihrem Gedankenstrang und versuchen nicht mal, zu verstehen, was man von ihnen wissen will. Es kann ja sein, dass man sich irrt, sie falsch verstanden hat, aber warum machen sie sich nicht einmal die Mühe, kurz innezuhalten und die Möglichkeit eines Einwands zuzulassen?

Aber auch mit *ihm* kommt das vor, wenn er vom islamischen Fundamentalismus und der Redefreiheit anfängt, vom Laizismus und den Gesetzen der Republik, und er nicht einmal zuhört, wenn ich fragen will: Meinst du nicht, dass es vielleicht einen Konflikt bei der Integration und dem Versuch gibt, die kulturellen Eigenheiten von Menschen aus anderen Ländern zu tilgen? Hat das nicht womöglich mit einem Identitätsanspruch seitens der jungen Leute zu tun, mit einer gewissen Unzufriedenheit gegenüber denen, die verlangen, dass sie ihre Vergangenheit vergessen, und dafür praktisch nichts im Tausch anbieten? Er hört nicht zu, zieht einfach seinen Stiefel durch, spricht ohne Sinn und Verstand von Multikulturalismus und den Auswüchsen des Wokeismus, was schaust du mich da so an, die reden doch selber vom Wokeismus, oder? Und ich gebe nach, sage okay, hast ja recht, genauso, wie ich nachgebe, wenn ich mich meinerseits sagen höre: Warum sollte man sich nicht frei entscheiden können, sich komplett zu verschleiern?, obwohl es mir (wirklich!) schwerfällt zu verstehen, welche Freiheit eine Frau haben soll, die beschimpft oder geschlagen wird, wenn sie abends ohne Schleier auf die Straße geht.

Immer kommt der Moment, an dem ich nachgebe. Ich bin zu erschöpft, um noch mehr zu sagen, das sowieso niemand hört, und dann entgleist es, geht schief.

Genau wie im Schlafzimmer, wenn man Einspruch gegen die Erwartungen eines anderen erheben will, der darüber längst hinaus ist – was soll's, jetzt ist es ja eh zu spät, oder?

Ich denke an all die Male, als ich keine Lust hatte, nur wegwollte, die Fäuste ballte und aus tiefster Seele wünschte, ein Mann würde die Hand aus meiner Bluse nehmen, mir nicht die Hose aufknöpfen, mich nicht einmal mehr küssen, meine Güte, wie oft soll ich das denn noch sagen, aber vielleicht war es doch nicht oft genug oder zu leise. Oder zu spät? Trotzdem, ich habe es gesagt, und es hat nichts genutzt, und dann kam der Moment, in dem es wirklich zu spät war und ich mich nur noch fragte, wann er endlich kommt, wann er endlich fertig ist, und dabei an anderes dachte. Ob es draußen wohl noch regnet? Ob ich gleich ein Taxi für die Heimfahrt kriege? So oft habe ich mir schon gesagt, ich würde – wolle! – ihn nie wiedersehen, ehe mir der Gedanke kam, dass er mich bestimmt selbst nicht wiedersehen will, denn das klebt einfach an mir, es hört auf, ist aber nie vorbei.

Ab wann genau hört der andere einem nicht mehr zu?

Ich versuche, die Sache von der anderen Seite zu sehen, der von Pierfrancesco, Daniele, Federico. Ich versuche es.

Was hätte ich getan, wenn die andere Person »Nein« gesagt hätte? Oder »Warte«, oder auch »Nicht jetzt«?

Ich stelle es mir vor. Und denke sofort: Entschuldigung.

Ich hätte um Entschuldigung gebeten, weil ich nicht kapiert habe, dass ich zu weit gegangen bin, zu schnell war. Ich hätte um Entschuldigung dafür gebeten, mir angemaßt zu haben, ich hätte verstanden, wo ich rein gar nichts verstanden hatte. Ich hätte um Entschuldigung gebeten und mich dafür geschämt, was ich getan habe. Entschuldigung. Es tut mir leid.

Mich dagegen hat noch kein Mann jemals um Entschuldigung gebeten. Nie. Höchstens war das Gegenteil der Fall. Und wenn mal einer aufgehört hat, tat er es verärgert, irritiert, fragte mich, was mir eigentlich einfiele, für wen ich mich hielt: Was soll das denn? Was willst du? Erst stehst du drauf, dann plötzlich nicht mehr?

Zu Hause fange ich an, das Buch zu lesen, das ich mir gerade gekauft habe. Im Schaufenster von Gallimard sah ich zufällig, als hätte es auf mich gewartet, ein Sachbuch mit dem Titel *Céder n'est pas consentir:* Nachgeben heißt nicht zustimmen. Ich ging in den Laden, blätterte es durch. Die Autorin sagte mir nichts, auf der Klappe stand nur, sie sei Psychoanalytikerin – eine Lacanianerin, genauer gesagt, und weil es Lacanianer in Frankreich in allen Formen und Farben gibt, wollte ich es genauer wissen. Als ich sah, dass sie eine Schülerin von J.A.M. war, hätte ich es fast wieder weggelegt. Die sind doch eine Sekte, dachte ich. Aber statt meinem Instinkt zu vertrauen, habe ich nachgegeben und das Buch gekauft.

Zehn Minuten später lasse ich es frustriert sinken. Wieso falle ich darauf nur immer wieder rein? Jedes Mal, wenn ich etwas von Lacan-Anhängern lese, stehe ich im Wald. Warum hätte das heute anders laufen sollen? Aber, denke ich, vielleicht liegt es diesmal auch an meinem Widerstand, bestimmt stellt sich mein Unbewusstes quer. Also versuche ich es noch mal ernsthafter, mit gezücktem Stift, ich folge dem Faden, lasse mich voll darauf ein, assoziiere, aber nein, nichts zu machen, es bringt nichts, ich komme nicht mit, stehe verwirrt in einer Welt, in der die Grenzen zwischen Lust und Trieben fließend sind, wo fängt denn jetzt die Lust an, und wo hört die Libido auf? Wann kommt das Begehren unter die Räder des Wiederholungszwangs?

Ich kann nicht mehr folgen, sosehr mich zunächst die Idee gefesselt hat, dass man im Moment der Zustimmung nie genau weiß, was (oder warum) man eigentlich zustimmt, und Zustimmung daher immer ein Akt ist, der mich jenseits von mir verpflichtet, mich an einen Ort versetzt, an dem ich akzeptiere, etwas zu verlieren, um etwas anderes zu bekommen. Ich lese: »Im Fall eines Missverständnisses findet der Zustimmende sich in der Fremde wieder, und ein Abgrund tut sich auf.« Ich lese: »Einverständnis ist stets eine Wette auf das eigene Leben, ausgehend von der Beziehung zu einem anderen.« Ich lese: »Es gibt keine Zustimmung ohne Körper.« Ich lese: »Wenn wir ›Ja‹ sagen, sagen wir immer zugleich ›Ich weiß nicht‹.« Und da bleibe ich stecken. Fragmente alter Träume steigen in mir auf, Stücke eines Puzzles, dessen Bild mir fremd ist, der dürre Körper meiner Mutter, ich, wie ich ertrinke, den metallischen Geschmack von Blut im Mund. Die Autorin gibt mir das Gefühl, all meine Opfer seien sinnlos. Offenbar hat Begehren mit Schuldgefühlen nichts zu tun, offenbar besteht der einzige Fehler darin, das eigene Wesen aufzugeben, offenbar ist es eine Sünde, sich selbst zu bestrafen. Ich fahre mich in den Untiefen der Ohnmacht fest.

Wo versucht diese Psychoanalytikerin, mir mein Trauma zu erklären? Ich erkenne mich kein Stück in Emma wieder, dem achtjährigen Mädchen, das allein in ein Geschäft geht, um Bonbons zu kaufen, und von einem alten Mann missbraucht wird, der – schau mal, was ich da hab! – ihre Hand auf sein Geschlecht legt, sie anfasst und streichelt; und sie erstarrt, verdrängt alles. Und als Freud sie später fragt: Wieso haben Sie Angst davor, allein in ein Geschäft zu gehen?, erinnert sie sich nur noch, wie sie als Vierzehnjährige in eine Bäckerei ging und sich plötzlich schämte: Drei Kerle sahen sie lachend an, und sie rannte davon. Trotzdem, eine unheimliche Vorstellung: Hinter welcher meiner Erinnerungen verbirgt sich vielleicht ein ganz reales Trauma? Was ging der Lehrerhand in meiner Hosentasche an der Mittelschule voraus?

Aber ich schweife ab.

Ich bin nicht Emma, aber ich bin auch nicht Camille, die Protagonistin in Jean-Luc Godards Film *Die Verachtung*, die ins Auto eines Produzenten steigt, als ihr Gatte Paul sie diesem vermeintlich abtritt: die Frau als Tauschobjekt zwischen ihm und dem mächtigen Mann, der ihn als Drehbuchautor engagiert. »Liebst du meine Füße?«, fragt sie Paul, als sie mit ihm im Bett liegt. »Ja«, antwortet er. »Und meine Beine?« »Die auch.« »Und meinen Po?« Paul liebt alles. Alles an ihr liebt er, nur sie selbst nicht. Und sie stimmt einem Missverständnis zu, das sich dann in Verachtung übersetzt. Die Psychoanalytikerin interessiert sich hier für ein Wortspiel: Der Begriff *»mépris«* aus dem Originaltitel bedeutet zwar »Verachtung«, ähnelt aber sehr dem Wort *»méprise«*, was Irrtum bedeutet. Ein kleines »e« macht den gesamten Unterschied. Als gäbe es einen automatischen Übergang vom Irrtum zur Verachtung, eine mir ganz neue Erkenntnis, trotz all der Verachtung, die ich gegenüber allen verspüre, die mich getäuscht haben. Aber ich habe nicht viel mit Camille gemein. Sie lässt ihre komplette Verachtung an Paul aus. Und nach dem Irrtum geht sie fort, lässt ihn im Regen stehen. Ganz anders als ich, die Missverständnisse immer nur heruntergeschluckt hat und gewöhnlich erst Jahre später Verachtung empfindet. Der Hass kommt hinterher, lähmend, nutzlos und immer zu spät. Wenn der andere nicht mal mehr weiß, worum es bei dem Missverständnis überhaupt ging, mich vielleicht sogar auf einen Kaffee einlädt, na los, komm mit, wir haben uns doch so lang nicht gesehen!

15

Eine Woche später kommt Thomas nach dem Seminar auf mich zu und meint, er müsse mit mir reden. Etwas würde ihn beschäftigen, sagt er, und ihm sei gar nicht wohl dabei.

Hätten Sie fünf Minuten für mich Zeit, Madame?

Klar, antworte ich, gehen wir doch einen Kaffee trinken. Aber nicht hier, der Kaffee in der Cafeteria ist miserabel, beim letzten Mal hab ich ihn nicht mal ausgetrunken; außerdem ist es woanders ruhiger, da werden wir nicht alle zwei Minuten unterbrochen.

An der Ecke Rue Saint-Guillaume und Rue de Grenelle gibt es ein Café, das Le Basile, wo die Studierenden häufig essen. Jetzt, am Nachmittag, ist es dort ruhig, der Kaffee ist nicht übel, und manchmal gibt es leckere Croissants. Ich schlage Thomas vor, dorthin zu gehen.

Wir setzen uns auf die Terrasse, es ist Anfang Frühling und dafür warm genug; heute scheint sogar die Sonne. Ich habe Hunger, hatte vor dem Seminar keine Zeit, etwas zu essen, also bestelle ich einen *café au lait* und ein Croissant. Thomas nimmt ein Bier.

Keine Sorge, Madame, ich hab heute keine Kurse mehr, sagt er, als ich über seine Bestellung staune, was ich aber ohnehin sofort bereue, ich bin ja nicht seine Mutter, doch Thomas ist nicht der Typ, der sich von so etwas aus der Ruhe bringen lässt. Er brauche das, meint er, um offen reden zu können. In den letzten Wochen, fährt er fort, habe er viel nachgedacht: Nie hätte er ernsthaft geglaubt, dass ein Mann einer Frau Gewalt antun könne, ohne es zu wollen; bis jetzt habe er nie das Schweigen beachtet, das dem Sex vorausgehen oder auf ihn folgen könne. Wissen Sie, Madame, meine Freunde und ich fanden immer, #MeToo wäre vor allem ein Vorwand, den die Frauen erfunden hätten, um sich für schlecht zu Ende gegangene Affären zu rächen oder sich in den Mittelpunkt zu stellen. Aber die Diskussionen im Kurs haben mich zum Umdenken bewogen, und außerdem hab ich darüber mit Maylis geredet – mit dem arbeite ich an einer Longform, wissen Sie, der ist echt cool, und unter vier Augen ist er auch gar nicht so schüchtern, aber egal, ich wollte

Der Kellner kommt mit einem vollen Tablett, stellt Bier, *café au lait* und das Croissant vor uns ab; Thomas ist verstummt. Er zückt sein Portemonnaie, nein, Madame, kommt gar nicht infrage, ich lade Sie ein, schließlich wollte ich mit Ihnen reden, bitte, lassen Sie mich zahlen, und außerdem bin ich doch der Mann, oder?

Ich grinse und lasse ihn machen. Na gut, sage ich, an manchen Klischees können wir von mir aus gern festhalten.

Jetzt grinst auch er. Entspannt sich. Und als der Kellner wieder geht, erzählt er mir, am meisten habe ihn verunsichert, als Maylis ihn gefragt habe, ob er beim Sex schon mal weitergemacht hätte, ohne zu merken, dass die Frau vielleicht gar nicht wollte.

Darüber hab ich viel nachgedacht, sagt er, und als dann die anderen heute meinten, sie würden manchmal einfach schweigen, weil sie nicht die Kraft haben, dem Mann zu sagen, er soll aufhören, oder weil sie ihn nicht kränken wollen oder das Gefühl haben, es sei zu schwer, das zu stoppen, wenn es erst mal läuft, da hat mich das völlig aus dem Tritt gebracht.

Er trinkt einen Schluck Bier und sieht mich fragend an. Da ich nichts sage, fährt er fort: Ich musste daran denken, wie

Er stockt, verstummt erneut, sieht mich wieder an. Aber ich will ihn lieber ausreden lassen, finde es für Fragen noch zu früh.

Ich krame meine Zigaretten aus der Tasche. Mein Feuerzeug finde ich nicht; komisch, sonst habe ich das immer in der Schachtel. Aber Thomas hält mir schon seines hin, gibt mir Feuer und nutzt die Unterbrechung, um sich ebenfalls eine anzuzünden.

Maylis meint, er hätte mit seiner Freundin darüber geredet, und die hätte ihm gestanden, dass es manchmal leichter sei zu schweigen, als sich rechtfertigen zu müssen. Zu behaupten, sie sei müde oder so. Aber wenn das sogar einem wie Maylis passiert, der seit Jahren in derselben Beziehung ist und keiner Fliege was zuleide tun kann, dann ist ja wohl niemand davor gefeit, oder, Madame?

Ich sage noch immer nichts. Mir scheint, er kennt die Antwort längst. Vermutlich muss er sie nur vor jemandem aussprechen, der ihn – seiner Meinung nach – versteht, ohne ihn zu verurteilen oder alles bloß wegzuwitzeln, wie ein Altersgenosse es vielleicht täte.

Aber, meint er schließlich, warum ich Ihnen das alles erzähle: Heute im Kurs hatte ich einen richtigen Kloß im Hals. Ich musste an was denken, das vor knapp zwei Wochen passiert ist. Ich war bei einer Freundin, die ich schon ewig kenne. Gelaufen ist da nie was, wir waren immer nur Freunde, aber na ja, es war halt trotzdem so eine Freundschaft, bei der auch immer irgendwie was in der Luft lag, oder zumindest hab ich das immer so empfunden. Wenn man den ganzen Tag zusammen rumhängt, kommt's schon mal vor, dass man sich an der Hand oder am Arm berührt, und außerdem sieht sie verdammt gut aus … Na ja, an diesem Abend haben wir jedenfalls ein bisschen zu viel getrunken, wir haben gelacht, ich hab sie gestreichelt, dann geküsst und … Na, Sie wissen ja, wie das ist, eins führt zum anderen, ums kurz zu machen: Wir sind im Bett gelandet, aber wenn ich jetzt daran zurückdenke, bin ich mir nicht mehr sicher, ob sie das auch wirklich wollte. Ehrlicherweise hab ich mich das damals gar nicht gefragt. Nein hat sie bestimmt nicht gesagt, da bin ich mir sicher, aber vielleicht wollte sie trotzdem nicht, vielleicht hätte ich explizit fragen sollen. Jetzt bin ich vollkommen verwirrt. Ich hatte ziemlich viel getrunken … Ich weiß auch nicht … Aber sie hat ja auch hinterher nichts gesagt, vielleicht zerbreche ich mir also nur zu sehr den Kopf. Was meinen Sie dazu, Madame?

Und seither haben Sie nichts von ihr gehört? Etwas Besseres fällt mir nicht ein, sein Privatleben geht mich nichts an, das ist nicht meine Rolle, ich bin seine Dozentin, und selbst wenn ich seine Mutter wäre, stünde es mir nicht zu. Ich kann ihm nur empfehlen, mit dieser Frau zu reden, vor allem, wenn sie seine Freundin ist. Letztlich ist sie die Einzige, mit der er das besprechen sollte.

Stimmt, sagt er, ich muss sie anrufen. Es war mir zu peinlich, darum hab ich's noch nicht gemacht, aber Sie haben recht, Madame, das ist das einzig Richtige: mit ihr reden, die Sache klären und sie, wenn nötig, um Entschuldigung bitten. Genau, vielleicht muss ich vor allem das tun: Sie um Entschuldigung bitten.

16

Warst du mal mit einer im Bett, die zu viel getrunken hatte? Das frage ich *ihn*, als ich abends nach Hause komme.

Aber nein, er hatte noch nie Sex mit einer Betrunkenen, nicht mal, wenn eine sich ihm praktisch auf den Bauch gebunden hat, das macht doch keinen Spaß, mit einer zu vögeln, die nicht mal mehr weiß, wer du bist!

Ich habe ihn gefragt, kannte die Antwort aber eigentlich bereits. So einer ist er nicht. Eine verwöhnte Nervensäge, okay, aber kein Arsch. Und selbst wenn er meint, er müsse immer kriegen, was er möchte, wie früher, als er noch klein war und seine Mutter ihn verhätschelte – das typische Einzelkind einer Hausfrau eben –, würde er nie im Leben die Schwäche eines anderen Menschen ausnutzen, im Gegenteil: Wenn er merkt, dass jemand Hilfe braucht, ist er für ihn da, sonst hätte ich ihn mir nie als Partner ausgesucht. Zwar lässt er ab und zu den Zyniker raushängen, aber er ist einfach keiner, selbst wenn er noch so viel nicht versteht oder nicht ernst nimmt, sogar mir gegenüber und bei wichtigen Themen, wie zum Beispiel, wenn er sagt, heute dürfe man als Mann ja überhaupt nichts mehr, die Frauen würden langsam unerträglich, und wir streiten: Wieso geht ihm das bloß nicht in den Kopf? Was gibt es da nicht zu verstehen, was will er nicht sehen?

Ein Riesenglück hast du mit dem! Das hat Alice vor einer Weile mal zu mir gesagt. Mir ging es damals nicht gut, ich war daheim geblieben, und sie besuchte mich. Während wir uns unterhielten, kam er ins Wohnzimmer, um ein Dossier zu holen, das er für die Arbeit brauchte, und setzte sich ein Weilchen zu uns. Alice, die ihm noch nie begegnet war, fand ihn herrlich. Und ja, wenn er sich Mühe gibt, ist er wirklich toll: blitzgescheit, humorvoll, charmant. Er kennt sich mit so vielem so gut aus, dass er in jedes Gespräch einsteigen und darin glänzen kann. Im Gegensatz zu mir zeigt er seine besten Seiten vor allem Fremden gegenüber. Obwohl ihn das kein Stück betrifft, fragte er nun auch Alice nach ihrer Tochter und hörte aufmerksam zu, wie sie von ihren Scherereien im Lockdown erzählte. Und obwohl ihm die Welt des Journalismus ein Gräuel ist, zuckte er nicht mal mit der Wimper, als sie sich über die zunehmend düstere Atmosphäre in der Redaktion ausließ. Obendrein kannte er den Luberon, die Region, in der Alice geboren ist, er war als Kind häufiger dort gewesen, und zack folgten zwanzig Minuten Plauderei über die von Lavendelfeldern umringte Abtei von Sénanque, die Felsendörfer und die Weinberge sowie darüber, wie einen in diesem Teil der Provence der Mistral sogar im Sommer fast von den Füßen reißt: Wer das nicht gewohnt ist, hält es nicht aus, der kauft sich ein Haus, weil er sich in die Landschaft verliebt, steckt seine ganzen Ersparnisse in die Renovierung und verkauft es dann nach nicht mal einem Jahr wieder und flieht mit eingezogenem Schwanz nach Hause.

Ein Riesenglück hast du mit dem, sagte Alice also, als er fort und wir wieder unter uns waren. Er liebt dich wirklich, das sieht man gleich daran, wie er dich anschaut.

Ja, das tut er, sagte ich. Dann aber wechselte ich das Thema, erkundigte mich, ob es mit ihrer Tochter inzwischen besser lief, jetzt, wo der Präsenzunterricht wieder begonnen hatte, machte ihr ein Kompliment für ihren himmelblauen Pulli – exakt dasselbe Blau wie ihre Augen –, und nein, du hast kein bisschen zugenommen, aber wenn du willst, können wir zusammen an der Seine joggen gehen, wenn ich wieder gesund bin! Es wäre zu kompliziert gewesen, ihr zu schildern, wie die Dinge wirklich standen; ich wusste es ja selbst nicht recht. Klar, er liebte mich und ich ihn auch, er war der einzige Mann, mit dem ich es aushielt, der einzige, von dem ich mich nicht bedroht fühlte, aber war das wirklich Liebe? Die Art Liebe, in der Freundschaft und Gefühle harmonieren, der Alltagstrott und die Lust aufs Vögeln? Wann hatten wir eigentlich das letzte Mal miteinander geschlafen?

Dir dagegen würden ein paar Kilo mehr ganz gut stehen!, sagte Alice. Da hatte sie recht, und was nutzte es außerdem, auf meine Linie zu achten? Wie lange hatten wir schon keinen Sex mehr?

Er ist anders. Das dachte ich von Anfang an: Er ist nicht gefährlich, er ist keiner dieser Typen, die einen nur ins Bett kriegen wollen und sich hinterher verdrücken, die immer an erster Stelle stehen müssen und einen erdrücken, auslöschen, aussaugen.

Er ist anders, ihm kann ich vertrauen, das sehe ich auch heute noch so. Aber wann hat er aufgehört, mich zu begehren? Wann war er das letzte Mal zärtlich? Manchmal werde ich fuchsteufelswild, will ihn nur noch anschreien, dass ich so nicht mehr weitermachen kann, dass ich weder seine Mutter bin noch seine beste Freundin, sondern seine Partnerin, und mit einer Partnerin hat man doch auch mal Sex! Schon klar, dass das nach fünfzehn Jahren nicht mehr alle naselang passiert, aber wann war eigentlich das letzte Mal?

Dann sehe ich, wie ihn ein Film anrührt, in dem ein alter

Mann, der seinen Sohn sein Leben lang nur kritisiert hat, ein zartes Mädchen kennenlernt und ihr Mut zuspricht, und mir geht das Herz auf. Vor allem, wenn er dann, beschämt von seiner Rührung, mit brüchiger Stimme knurrt: *»Mais quel petite nature!«*, und mir klar wird, dass genau das sein Vater immer zu ihm gesagt haben muss, worauf eine Welle der Zuneigung über mich hinwegschwappt. Dann verzeihe ich ihm die Abende, an denen er einschläft, während wir vor dem Fernseher sitzen, und wenn er aufwacht, geht er ins Bett, ohne ihn auszuschalten, das kann ich ja dann tun, genauso wie ich auch die Gläser und Teller in die Spüle räume, die benutzten Tassen, die er auf dem Schreibtisch stehen lässt, und wie ich vorm Schlafengehen noch überprüfe, ob die Haustür abgeschlossen und das Gas in der Küche abgedreht ist. Ich verzeihe ihm, sogar all die Male, an denen er, damit ihm eine »Idee nicht verloren geht«, keinen Finger krumm macht, obwohl der nervtötende Timer klingelt, sodass ich aufstehen muss und mir meine Ideen verloren gehen, meine Zeit und ich selbst.

Ich habe ihn lieb – sehr lieb. Nur reicht mir das manchmal nicht aus, aber das behalte ich für mich, muss ja nicht jeder wissen.

Und vielleicht hat Alice wirklich recht, ich habe ein Riesenglück mit ihm, das finde ich auch, zum Beispiel, wenn ich daran denke, was vor einigen Monaten passiert ist, als ich an der Tür stand und es nicht über mich brachte, sie dem Typen vor die Nase zu knallen, der einfach nicht lockerließ, und dann kam *er*, sagte: »Kein Interesse, danke!«, und machte sie zu. Er kommentierte das gar nicht weiter, fragte nicht, wieso ich nur ständig »Nein danke« sagte, während der Typ stur blieb, bis mir fast die Tränen kamen. Einfach zugemacht hat er die Tür. Dann hat er sich zu mir aufs Sofa gesetzt und gesagt: Keine Sorge, Anna, alles in Ordnung.

17

Heute Nacht bin ich mehrmals aus dem Schlaf geschreckt wie bei einer Panikattacke. Nein, es ist nicht alles in Ordnung. Ich stand auf, schlurfte eine Viertelstunde ziellos durch die Wohnung, dann schenkte ich mir einen Bourbon ein und trat auf den Balkon, stand dort reglos in der Kälte, zündete mir eine Zigarette an und nippte am Whiskey – was hatte ich da bloß Schlimmes geträumt? Oder raubte mir doch etwas anderes den Schlaf?

Ich trank noch einen Schluck und dachte an das, was gestern vorgefallen war. Darum kriege ich kein Auge zu, sagte ich mir, nicht wegen irgendwelcher Albträume, dieser Überfall ging mir nicht aus dem Kopf, ich sah vor mir, wie sich die Aufzugtüren öffneten, wie die junge Frau herauskam und der Typ mit der Kapuze auf sie zustürzte, ich sah die Angst in ihren Augen, dann den Schmerz, als sie um Hilfe schrie, sich gegen die Stiche wehrte, schließlich zusammenbrach, ich sah die Freundin, die zu ihr eilte, sie in den Arm nahm und versuchte, sie bei Bewusstsein zu halten, und ich sah die blutigen Turnschuhe, als der Typ davonrannte, fort von den herbeilaufenden Studierenden, schon war er an der Treppe, auf der Straße, niemand hielt ihn auf, und unterdessen kamen der Notarzt und die Polizei, sie riegelten den siebten Stock ab, massenweise junge Leute drängten aus Hörsälen und Seminarräumen auf die Flure, die Gendarmen schickten sie weg, ließen niemanden mehr hinein in die Nummer 45 der Rue des Saints-Pères.

Wer saß in dieser Nacht neben dem Bett der jungen Frau im Krankenhaus? Und wer war bei mir? Wieso war ich allein?

Ich trank den Bourbon aus und zündete mir noch eine Zigarette an.

Wo nichts am rechten Platz liegt, da ist Unordnung.

Das gestern geschah ganz plötzlich. Ich hielt wie jeden Mittwoch meinen Kurs ab, und irgendwann fiel Maryse mir einfach ins Wort und sagte: Madame, es ist was Furchtbares passiert, alle reden nur noch davon. Ich griff nach meinem Smartphone und fand dutzende Benachrichtigungen darauf, während des Kurses stelle ich es immer stumm. Tatsächlich: Weniger als hundert Meter von der Sciences Po entfernt, im Hauptgebäude der Université Paris Cité, hatte sich eine Tragödie abgespielt. So hieß es auf der Website von *Le Monde* und *Libération*, so hieß es in den Fernsehnachrichten, und so hieß es auch bei France Inter. Alice hatte mir geschrieben, wollte wissen, wo ich war, ob es mir gut ging. Mein Chefredakteur hatte angerufen, jede Menge WhatsApps – auch von der Zeitung – waren eingegangen, und auch *er* hatte versucht, mich zu erreichen, fünf verpasste Anrufe.

Die Aufregung ging durch die Decke, als die Pressestelle der Uni um 14:45 Uhr folgenden Tweet absetzte: »Infolge des Überfalls auf dem Campus Saint-Germain steht die Universitätsgemeinschaft unter Schock, ein psychologisches Beratungsteam steht bereit.«

Eine Stunde später schickte die verantwortliche Person auf dem Campus eine Nachricht über den Verteiler der Uni, in der stand, wer immer das Bedürfnis habe, Lehrpersonal und andere Angestellte, Studentinnen und Studenten, könne sich gern an die psychologische Beratungsstelle wenden. Ergänzt wurde dieses Angebot von einer langen und absurden Liste von Ratschlägen: genug essen und trinken, sich von den Medien fernhalten, einen Arzt aufsuchen, ausreichend schlafen, keine Rauschmittel konsumieren.

Den Tweet hatte ich rasch selbst gefunden und war erst mal perplex: Was war das für eine seltsame Weise, auf eine Tragödie zu reagieren? Seit wann twitterte eine Uni über derart heikle Themen? Die Mail leitete Maryse mir weiter, die allen, die sie kannte, schrieb und fragte, ob sie wüssten, wo ihre beste Freundin Pauline war – sie hatte an diesem Nachmittag einen Kurs in Saint-Germain gehabt, und niemand konnte sie erreichen.

Wir alle waren sprachlos, nicht nur Maryse, die sich immer größere Sorgen machte, es immer wieder vergeblich bei Pauline versuchte und am liebsten sofort loslaufen und sie suchen wollte, sondern auch die anderen, die alles auf Twitter mitverfolgten. Und auch ich, die ich sie eigentlich beruhigen wollte, schwieg: Ich hatte Angst und keinen Schimmer, was ich sagen sollte. Dieser Überfall hatte sich nicht tief im Wald oder in finsterster Nacht ereignet, sondern am helllichten Tag, mitten in der Stadt, an einer der renommiertesten Unis des Landes, keine hundert Meter entfernt. Ebenso gut hätte er hier passieren können, an der Sciences Po, wo am Eingang niemand kontrolliert wurde, niemand seine Taschen öffnen musste – wieso nur machten die das hier nicht wie am Flughafen?

Irgendwann fragte mich das jemand – ich weiß nicht mehr, wer –, und ich erwiderte nur reflexhaft: Wir können doch nicht Tag und Nacht bewacht werden.

Aber Madame, dann sind wir ja nirgends mehr sicher!

Offenbar war der Täter der Ex dieser Studentin.

Offenbar hatte sie kurz zuvor mit ihm Schluss gemacht: Er war zu eifersüchtig gewesen, zu besitzergreifend.

Nicht mal zu Hause ist man sicher. Offenbar.

Meine Studentinnen haben recht: Wir sind nirgendwo sicher.

Die ganze Geschichte glich einem Erdbeben: Die Erde bebte, aber mir war so, als träte mir zum ersten Mal ein scharfes Bild vor Augen. Das Puzzle nahm Gestalt an, erst die Ecken, dann die Ränder, schließlich auch die Mitte – immer dieselbe Gewalt, immer dieselbe Dynamik; auch wenn die Darsteller von Zeit zu Zeit die Rollen tauschten, war das Drehbuch immer identisch, »ein Geschlecht vergeht, das andere kommt nach, die Erde aber bleibt ewiglich, es sind alle Dinge so voll Mühe, dass es niemand ausreden kann, und siehe, da waren die Tränen derer, die so Unrecht litten und hatten keinen Tröster, und die ihnen Unrecht taten, waren zu mächtig, dass sie keinen Tröster haben konnten«.

Und das ist nicht mal unbedingt eine Frage von Mann oder Frau, obwohl meine Studentinnen mir da bestimmt widersprechen würden. Aber was macht es schon aus, welchem Geschlecht man angehört, wenn jemand über dich herfällt, um dich zu vernichten?

Was unterscheidet am Ende meinen gewalttätigen Ex-Mann von der Juristin, die mir ein Messer in den Rücken stieß, als ich bloß eine unbekannte Journalistin war? Oder einen Federico, der die Freundin seines besten Freundes vögelt, von der Chefredakteurin, die einem die Idee klaut und sie vor dem Chef als ihre eigene ausgibt?

Ist das Problem der Sex oder der Machtmissbrauch? Die Tat oder die Gleichgültigkeit ihr gegenüber?

Wer ist schlimmer, Matzneff oder Vanessas Mutter? Olivier Duhamel, der seinen Stiefsohn missbraucht hat, oder die Mutter von Camille Kouchner, die ihrer Tochter nicht glaubt und sie bezichtigt, sich alles nur ausgedacht zu haben? Mein pädophiler Lehrer Donno oder meine Mutter, die immer so perfekt war, dass sie sich nicht mal vorstellen konnte, dass so etwas ihrer eigenen Tochter passieren könnte, und dann auch noch an einer Privatschule?

Wo am rechten Platz nichts liegt, ist Ordnung.

Ich muss an die schöne koreanische Serie über die junge Autistin Woo Young-Woo denken, die trotz aller Hürden Anwältin wird. Ihr Vater zieht sie groß, nachdem die Mutter sie beide nach der Geburt verlassen hat. Die Mutter will nichts aufgeben, weder ihren Status noch ihre Karriere, sie bringt es einfach nicht über sich, all das für ihre Tochter zu opfern. Der junge Mann, der sie geschwängert hat, ist ihr viel zu ärmlich, seine Herkunft zu bescheiden für eine wie sie, die Erbin einer der bedeutendsten Kanzleien Koreas. »Wäre ich ein Wal, hätte meine Mutter mich nicht verlassen«, sagt Young-Woo einmal: Walmütter bleiben sogar bei ihren Kälbern, wenn sie von Harpunen aufgespießt werden; die Jäger sind nicht hinter den Kälbern her, aber durch sie kommen sie an die Mütter, die bei ihnen bleiben, weil sie klein sind und sie brauchen.

Etwas ist faul im Reich der Menschen, denn dort herrschen Machtmissbrauch und berechnender Opportunismus. Und die Zeche zahlen immer die Verletzlichen und Machtlosen, die Armen und die Minderheiten.

Maryse hat vollkommen recht, wenn sie die Fahne der Intersektionalität hochhält und über Feministinnen schimpft, die die Privilegien der Weißen verteidigen, darüber, wie Schwarze Frauen gleich mehrfach unterdrückt werden, nicht nur von weißen und Schwarzen Männern, sondern auch von weißen Frauen.

Ich bin eine privilegierte Weiße, denke ich, als ich mich mit Rotstift und Papier hinsetze, um meine Privilegien aufzulisten. Ich bin in einer wohlhabenden Familie groß geworden, habe hervorragende Schulen besucht, war auf der Uni und bin dank meiner französischen Nonna zweisprachig aufgewachsen. Und doch gab es an meiner Eliteschule ein pädophiles Schwein, das Mathematik unterrichtete. Als ich zum ersten Mal nach Frankreich kam, hat ein anderes Schwein mich in die Apotheke geschleift, mir die Pille danach gekauft und sich verdrückt. Später habe ich geheiratet, und mein Mann war noch ein größeres Schwein, wurde jedes Mal handgreiflich, wenn er betrunken war, und machte mir die Hölle heiß, weil ich ein Bankkonto eröffnen wollte.

Ich kam in privilegierten Verhältnissen zur Welt, als Tochter eines Anwalts und einer Hausfrau, die das Haus immer blitzsauber hielt. Ordnung, innen wie außen. Eine Mutter ohne jeden Knacks. Ohne Fehltritt. Und doch übersah sie das Wichtigste. Sie sah es nicht, und sie hörte es nicht, und selbst wenn sie etwas gehört hätte, hätte sie nicht gewusst, was sie tun sollte, denn sie war zwar perfekt, aber auch unsicher: so unsicher, dass sie ihre ganze Aufmerksamkeit auf Staubkörner und Knitterfalten richten musste, um nicht daran zu denken, was sie hätte tun können, aber nicht getan hat. So schlimm war ihr die Vorstellung, sich in irgendetwas verwickeln zu lassen, dass sie lieber alles von sich abprallen ließ. Ich dagegen habe mich immer kopfüber in die Welt gestürzt, habe das Leben ausgekostet, um mich selbst lebendig zu fühlen, auch wenn ich damit gegen die Wand lief. Und ich gab nach, gebe immer noch nach, denn irgendwem oder irgendetwas muss ich doch nachgeben, wenn mich sonst niemand hört oder sieht. Oder?

Ich denke an meinen Ex-Mann, der heute wieder in Italien lebt, noch einmal geheiratet hat und sogar Vater wurde. Ich denke an die Frau, die ich in seiner Wohnung antraf, als ich – mit einem Kollegen als Begleitschutz – dort ein paar Bücher abholen ging. Er nannte sie seinen »Stern«, genau wie mich früher. Mach mir mal einen Kaffee, hat er zu ihr gesagt. Und zieh dir einen Rock an, wenn ich hier fertig bin, führ' ich dich aus. Unterdessen prüfte er nach, ob auf der ersten Seite der Bücher, die ich abholen wollte, mein Name stand: Wenn nicht, war es sein Buch – oder kannst du mir das Gegenteil beweisen? Ich denke an diese Frau und spüre einen Stich im Herzen. Darf sie wohl mit einer Freundin essen gehen, oder ist ihr das verboten? Verfügt sie über ein eigenes Bankkonto, oder hat sie sich von dieser Idee verabschiedet? Beschimpft er sie? Schlägt er sie? Vielleicht hat die Geburt der Kinder ihn ja verändert, oder sie spielt seine Spielchen eben mit, bringt ihn gar nicht erst in Rage. Alles ist möglich im Leben, nur nicht, dass Gewalt von allein aufhört, denn das tut sie nie, diese Bestie.

Ich denke an Daniele, der inzwischen ebenfalls geheiratet hat – und wieder geschieden ist. Angeblich ist seine Ex-Frau Psychologin: Hat sie wohl vor der Hochzeit schon kapiert, mit wem sie es zu tun hat? Nahm sie die Pille, oder musste auch sie eines Morgens in die Apotheke? Vielleicht war sie ja keine, die einfach nachgibt, vielleicht aber auch schon, immerhin hat sie ihn geheiratet – er ist ein Narzisst, und solche Typen wittern ihre Beute überall, fressen sich an ihr satt und werfen dann die Reste weg.

Ich denke an Federico, Massimos besten Freund, der jeden Sommer nach Kuba fliegt – aus humanitären Gründen, wie er sagt, doch Massimo hat mir erzählt, dass er dort nur für den Sex hinreist, immer ein paar Kleider und Kettchen im Gepäck, um Frauen hinters Licht zu führen, vielleicht heiratet er mich ja und holt mich hier raus?

Ich denke an die Juristin vom Centre national de la recherche scientifique, die so gern die freigeistige Revoluzzerin spielte, und wen juckt da schon die Einvernehmlichkeit, irgendwann reicht's doch auch mal mit den Opferstorys, immer diese lächerliche Jammerei!

Ich denke an meine Kollegin, die Anthropologin, die nie auf die Idee kam, dass die Gefühle und das Leid anderer Menschen ihr nicht gehören, dass niemand – auch nicht mit guten Absichten – sich das Recht anmaßen darf, sie zu benutzen, ohne den Betreffenden Bescheid zu sagen und ihr Einverständnis einzuholen.

Das Drama des Missbrauchs ist immer dasselbe: Die Verletzlichkeit von Menschen, die Gewalt bereits als Kind erfahren haben, als man sie nicht ernst nahm, und die sie sich anpassten, bis sie selbst glaubten, sie seien nichts wert, vielleicht genauso wenig wie ihre Eltern und Großeltern vor ihnen, diese Gewalt, die bereits dort besteht, wo man den Mund verboten bekommt, in seinem Zimmer eingeschlossen oder niedergemacht wird, weil »du zu dumm bist und nichts taugst«, diese Bestie namens Gewalt, die zerstörerisch in jede Falte unserer Körper kriecht, uns den Glauben an uns selbst nimmt und uns dazu bringt, uns selbst die Schuld zu geben, diese Bestie, die früher oder später durchdreht, aber oft erst, wenn es zu spät ist, sich in Sicherheit zu bringen, denn man hat die gesamte Verantwortung längst übernommen, versinkt in Scham und hat nicht den geringsten Zweifel daran, wer die Schuld an allem trägt.

Nicht einmal die strengsten Gesetze können einen Menschen retten, der sich einredet, der andere würde sich eines Tages ändern, und der darum bleibt, alles schluckt, es schweigend erträgt. Ohne es zu wissen, ist man zum Tode verurteilt. Und selbst, wer überlebt, stirbt innerlich – ja, der Augapfel ihrer Mutter ist sie gewesen, aber wieso kam diese Mutter ihr dann damals nicht zu Hilfe, wieso hat sie nicht verhindert, dass sie den Verstand verliert?

18

Was ich nicht weiß, macht mich nicht heiß, sagte meine Mutter gern und zerbrach sich über manche Dinge nie den Kopf. Aber genügt es, sich über diese Dinge nicht den Kopf zu zerbrechen, um sie zu verhindern? Verschwinden sie, wenn man sie ignoriert? Reicht es, sie nicht zu kennen, um sich und seine Kinder vor ihnen zu schützen?

Die Dinge gehen nie spurlos an uns vorüber, egal, wie sehr man daran glaubt und es sich einredet.

Die Mauer, die das Unbewusste vom Bewussten trennt, ist aus Seidenpapier gemacht; auch wenn der Verstand für manches blind ist, gibt es im Kopf einen Ort, an dem die Geheimnisse sich sammeln (wirklich im Kopf? Ja, wo sitzt das Unbewusste eigentlich? Wo steckt dieser Halunke, der uns steuert?). Einen Ort, an dem jede Tat und jedes Wort geduldig, eins ums andere, bewahrt wird, in Erwartung des Moments, in dem sie donnernd über unser Leben hereinbrechen wie eine Lawine.

Oder über das Leben von unseren Kindern, diesen wandelnden Mahnmalen unserer Fehler und unserer Scham, die keinen Schimmer haben, was sie antreibt oder unter sich begräbt.

19

Es fängt alles immer wieder von vorn an, sage ich zu meiner Therapeutin, noch bevor ich auch nur meinen Schal ausziehe, kaum dass ich auf dem schwarzen Sessel ihr gegenüber Platz genommen habe, auf dem ich schon beim ersten Vorgespräch saß.

Ich gehe immer noch zu ihr, aber mittlerweile seltener. Erst ging ich nur noch einen Nachmittag pro Woche hin, dann bloß noch alle vierzehn Tage, schließlich einmal im Monat. Inzwischen gehe ich nur noch gelegentlich, wenn ich merke, dass ich ins Wanken komme, und eine Zuflucht brauche. So wie heute, wo ich vielleicht schon nicht mehr wanke, sondern umgekippt bin: Seit dem Überfall an der Uni finde ich nirgends mehr Halt.

Haben Sie gehört, was an der Paris Cité passiert ist?

Meine Therapeutin nickt; in letzter Zeit passieren solche Dinge ja öfter, aber warum möchte ich mit ihr darüber reden?

Langsam geht mir das richtig auf den Senkel, dass es immer einen anderen, tieferen, subjektiveren Grund dafür geben soll, dass man ein Thema anspricht, es ist doch wohl eine objektive Tatsache, dass wir nirgends mehr sicher sind, so objektiv wie der Krieg in der Ukraine, oder steckt da etwa auch etwas anderes dahinter, wenn man über den reden will? Wenn ich mich über etwas ärgere, steckt etwas anderes dahinter, wenn ich die Geduld verliere, steckt etwas anderes dahinter, wenn ich ihr sage

»So ein Blödsinn!«, steckt etwas anderes dahinter; ich habe die Nase voll von all diesen verborgenen Gründen, vielleicht sollte ich einfach gar nicht mehr zu ihr gehen, genau, basta, es reicht! Ich habe es so was von satt, andauernd diesen sinnlosen verborgenen Gründen nachzulaufen, wo wir doch beide genau wissen, dass es überhaupt keinen anderen Grund gibt als

Woran denken Sie?, fragt sie, unterbricht meine stumme Litanei, als wäre sie in meinen Kopf geschlüpft und hätte alle meine Vorwürfe mitangehört, dabei könnte ich selbst gar nicht mehr sagen, wen ich da eigentlich beschimpft habe, sie oder mich – mein anderes Ich, versteht sich, die einzige, ewige Zielscheibe allen Zorns.

Völlig unerwartet (unerwartet?) steigen mir die Tränen in die Augen, fließen um die Wette mit dem Rotz, und ich denke, dass ich Glück gehabt habe – und wie! Was dieser jungen Frau passiert ist, hätte auch mir passieren können, ich hätte aus dem Aufzug kommen und erstochen werden können, muss dem Himmel danken, dass ich stets mit heiler Haut davongekommen bin, auch wenn ich alles dafür getan habe, dass das Gegenteil passiert. Doch dann versiegen meine Tränen, und statt übers Erstochenwerden spreche ich über Young-Woo, die Anwältin aus der koreanischen Serie, die in der Tram einen Mann kennenlernt, dem die Vergewaltigung einer jungen Frau mit Behinderung vorgeworfen wird, und seine Verteidigung übernimmt.

Haben Sie die Serie zufällig gesehen? Auf Netflix?

Das frage ich, obwohl ich weiß, dass sie mir sowieso nicht antworten wird, sie antwortet nie auf meine Fragen, an die kommt man nicht ran, die lässt sich nie aus der Ruhe bringen, also warum frage ich sie überhaupt? Was steckt dahinter? Gibt es dafür einen Grund, oder tue ich es einfach so, in der Hoffnung, dass sie eines Tages ihre Meinung ändert, mich um Entschuldigung bittet, »Bitte entschuldigen Sie, dass ich Ihnen so oft nicht geantwortet habe«, steckt vielleicht das dahinter? Wieder einmal male ich mir aus, dass die Geschichte eines Tages anders ausgeht, wie bei Viola und Cosimo, obwohl das nie passieren wird, auch mit der Therapeutin nicht, sie wird mir nie antworten, das weiß ich genau, obwohl sie sollte, diese Serie sollte sie wirklich schauen, und auch die andere, *Squid Game*, in beiden geht es um das Einverständnis – nicht *nur*, klar, das weiß ich schon, aber Einverständnis ist in beiden ein zentrales Thema, und in der Folge, in der Woo den Vergewaltiger verteidigt (aber hat er die Frau denn wirklich vergewaltigt?), geht es genau um diese Frage der Ambivalenz, darum, in was man einwilligt, darum, wer einwilligen kann und wer nicht, darum, wer es nicht kann und wer es nicht sollte, und darum, wer nicht dazu in der Lage ist, weil er verrückt ist oder krank, sodass seine Worte sowieso nichts gelten. Wie die junge Behinderte, die sagt, sie liebe diesen Mann, ihn aber trotzdem anzeigt, allerdings gedrängt von ihrer Mutter, die steckt dahinter, die hasst alle Männer, in ihren Augen sind sie alle Zyniker, alle krankhaft egoistisch, und wie mag das erst bei einer wie ihrer Tochter enden, die zwar erwachsen wirkt, es aber nicht ist, nein, wie eine Dreizehnjährige ist sie, das sagt auch der Gutachter, der vor Gericht erklären soll, dass die junge Frau innerlich noch ein Kind sei, schutzlos und manipulierbar, dass sie zu allem Ja sagen würde, um sich ein wenig Zärtlichkeit zu erbetteln, womit sich doch die Frage stellt, wer hier eigentlich wen ausnützt.

Ja, die kenne ich, antwortet meine Therapeutin.

Verblüfft sehe ich sie an. Wer hätte das gedacht? Ich setze mein Selbstgespräch fort: Wieso liebt die junge Frau den Mann, wenn sie weiß, dass er ein Schwindler ist? Warum zeigt sie ihn an, obwohl sie einräumt, dass sie einverstanden war? Weshalb drängt die Mutter sie zur Anzeige, obwohl sie findet, dass die

Worte ihrer Tochter nichts wert sind? Wer hat in diesem teuflischen Trio wirklich die Oberhand? Die Mutter? Die Tochter? Der Mann? Wenn die junge Frau wirklich nachgibt, tut sie das dann gegenüber dem Mann, weil sie sich seine Zuneigung wünscht, oder gegenüber der Mutter, die diese Beziehung ablehnt? Wem soll man Gehör schenken, wenn jemand sagt, er oder sie sei einverstanden?

Der Experte behauptet, die junge Frau sei nicht imstande, auf sich aufzupassen, erzähle ich meiner Therapeutin. In seinen Augen ist sie – obwohl sie sich kohärent ausdrückt und die Sachlage versteht – nicht zu einem Einverständnis fähig. Aber wer ist das schon!

Das frage ich nicht etwa, ich stelle es fest.

Wenn wir um Zuneigung betteln, sind wir alle gehandicapt.

Auch das stelle ich fest, dann bin ich still.

Ich nehme meine Wasserflasche aus der Tasche, trinke einen Schluck, packe sie wieder weg und schweige weiter. Und denke an die Szene, in der Young-Woo, die sich inzwischen in Jun-Ho verliebt hat, sagt, manchmal habe sie ganz plötzlich sein Gesicht vor Augen und verspüre dann immer den Drang, ihn zu suchen, noch nie habe sie so oft an einen anderen Menschen denken müssen, und so geht es doch wohl allen Verliebten: Wer verliebt ist, würde alles geben, um die geliebte Person nicht zu verlieren.

Wenn wir um Zuneigung betteln, sind wir alle gehandicapt, wiederholt meine Therapeutin. Fühlen Sie sich denn behindert?

Und ich denke: Leer fühle ich mich. Gierig danach, zu existieren. Gesehen zu werden. Und ich denke an all die Male, die ich einen Mann angebettelt habe, er solle bleiben, und sogar gegenüber denen nachgegeben habe, die das sowieso nie getan hätten.

Kann sein, wispere ich. Behindert oder wie ein Opfer.

Ich kann selbst kaum glauben, dass ich das gesagt habe:

Wieso »Opfer«? Mich als Opfer zu fühlen widerstrebt mir zutiefst, ich will diese Rolle nicht den wirklichen Opfern wegnehmen, denen mit Spuren, Schnitten, Blutergüssen, gebrochenen Knochen und Blut. Ich bin bestenfalls ein Folterknecht, und zwar mein eigener.

Ich denke an all die Illusionen im Leben. Daran, wie voll ein jedes Dasein davon ist. Dann denke ich, dass wir uns notgedrungen Illusionen machen müssen, um die oft so unerträgliche Wirklichkeit zu ertragen. Nur verlieren wir uns dabei auch selbst aus den Augen, verirren uns, vergeuden Lust und Lebensfreude, geben Zärtlichkeit auf oder kommen wenigstens nicht vorwärts, so wie Kinder, die sich im Kreis drehen, bis ihnen schwindlig wird, als könnte nur die Angst ihnen beweisen, dass sie wirklich am Leben sind.

20

Falsche Geschichten nehmen nie ein Ende.

Wenn die Wahrheit gehört werden kann, ist es immer zu spät.

Oder zu wenig.

21

Ich bin fix und fertig, habe das Gefühl, mich endlos im Kreis zu drehen. Vor mir liegt eine lange, schnurgerade Straße, aber wo führt sie hin? Gibt es ein Ziel? Oder muss man bloß auf ewig die Zähne zusammenbeißen und weiterhasten, ohne zu wissen wohin?

Er versteht nicht, was ich meine, ist doch alles in Ordnung, was beklagst du dich? Aber wenn nichts am rechten Ort liegt, wie kann man dann sagen, es sei Ordnung?

Was beklagst du dich? Das hat mich neulich auch Carlotta gefragt.

Sogar Alice wollte wissen, was ich habe. Deine Studierenden lieben dich, deine Hörerinnen und Hörer auch, als du letzte Woche nicht auf Sendung warst, haben sie angerufen und geschrieben, sich erkundigt, was passiert sei, wann du wiederkämst. Apropos, wann kommst du denn wieder?

Ich habe mir eine Woche Urlaub genommen, aber vielleicht lege ich noch eine drauf, ich bin noch immer so müde. Vor vierzehn Tagen war ich dermaßen durch den Wind, dass ich fast gemein zu einem Mann gewesen wäre, der mich in der Sendung anrief: Die haben mir Schizophrenie diagnostiziert, sagte er, aber ich bin doch nicht schizophren, ich höre Stimmen, ja, aber die gibt es *wirklich*, wir müssen den gesellschaftlichen Normen trotzen, wie machen Sie das denn, Anna, Sie sind doch immer so mutig? Was redet der da nur für einen Quatsch?, dachte ich währenddessen. Ich musste reagieren, konnte diese antipsychiatrische Attitüde nicht einfach so stehen lassen, aber was sollte ich tun? Was konnte ich sagen, ohne ihn zu verletzen? Oder konnte ich ihn schlicht zum Teufel schicken? Fast hätte ich das sogar getan, aber na ja, wer weiß schon, was der arme Kerl wirklich durchmacht? Nur: Was hatte dieses Gefasel mit dem Thema meiner Sendung zu tun?

Und? Wann kommst du jetzt wieder?, fragte Alice noch einmal.

Tatsächlich weiß ich momentan nicht einmal, ob ich überhaupt je wiederkommen will. Wozu auch? Zu wem? Es ändert doch eh nichts, wozu bin ich schon nutze?

Manchmal denke ich, das kommt daher, dass ich keine Kinder habe, Alice hat ja zumindest eine Tochter. Okay, ihr Ex war ein Arsch und hat sie verlassen, als die Kleine vier war, aber immerhin hat er ihr ein Kind gemacht, so dämlich dieser Ausdruck auch ist, schließlich macht ja nicht der Mann das Kind, oder? Die Frau macht das, wobei, nicht einmal die, sie wartet einfach nur auf die Geburt, und dann kommt das Kind zur Welt, und selbst wenn es ihr das vielleicht eines Tages vorwirft, ist es doch da, und sie bleibt seine Mutter, denn sogar die mieseste Mutter bleibt trotzdem eine, und die Bindung zu einer Mutter ist unauflösbar, egal, ob irgendwer etwas anderes sagt.

Seine Eltern verlässt man nie ganz, nicht einmal, wenn sie sterben, Eltern-Kind-Beziehungen haben etwas Undefinierbares an sich, das sogar die Grenzen der Vorstellungskraft sprengt, dein Kind ist deins, obwohl es dir nicht gehört, es gibt eben dieses heilige Band, das nicht mal ein Blutsband sein muss, denn wer weiß als Kind schon, ob der Vater wirklich der Vater oder die Mutter wirklich die Mutter ist, man nennt sie einfach so, kennt sie schon seit jeher, als man auf die Welt kam, waren sie da, als man sein erstes Wort sagte, waren sie da, bei der ersten Liebe waren sie da, und wenn sie *nicht* mehr da sind, verschwindet ein Stück Welt, obwohl sie in Herz und Kopf für immer bleiben, weil man alles im Leben vergisst außer ihnen. Einen Partner oder eine Partnerin kann man ersetzen, aber sie?

Auch Alice meint, ich rede dummes Zeug, solle mich wieder einkriegen. Woher kommt auf einmal dieser Quatsch mit der tiefen Bindung zu den Eltern? Alice geht es viel besser, seit sie den Kontakt zu ihrer Mutter abgebrochen, sich aus ihren Klauen befreit hat und nicht mehr denkt, sie wüsste immer alles besser – und ich, was rede ich da überhaupt? Was hat meine Mutter mir gegeben? Gut, jetzt ist sie alt und baut geistig ab, sie ist nicht mehr dieselbe wie früher, tröstet dich nicht mehr, na und? Wie war es denn früher, hm? War sie da nicht ganz genauso? Hast du nicht immer gesagt, sie würde dich nicht verstehen, du könntest über nichts mit ihr reden, sie sei eben anders, nie ein Kratzer, nie ein Fehltritt?

Stimmt. Ich widerspreche mir. Behaupte eine Sache und zugleich ihr Gegenteil.

Trotzdem, wenn Alice sagt, ihre Tochter habe sie gezwungen, der Realität ins Auge zu sehen, spricht sie doch auch von einer tiefen Bindung zwischen Mutter und Kind, oder nicht? Also stimmt sie mir zu – und widerspricht sich. Wir alle widersprechen uns.

Manche Dinge können wahr sein, obwohl sie widersprüchlich sind, auch wenn die Logik sagt, das sei unmöglich, man könne nicht behaupten, alles sei das Gegenteil von allem. Das nennt man in der Philosophie den »Satz vom Widerspruch«, die einzig ewige Konstante, unabhängig von der Sprache, die man spricht, doch nicht mal das ist wahr – wobei: Es *ist* wahr, aber nur, wenn die Zeit linear ist. Wenn wir uns eine Welt denken, in der sie zirkulär verläuft, zerbröselt auch die Logik, dann ist alles immer bereits da gewesen, so wie in dem Film *Arrival*, in dem Louise von ihrer Tochter Hannah erzählt, die genauso heißt wie ich, nur dass bei mir die beiden Hs fehlen, und die mit zwölf an einer Krankheit stirbt, was Louise schon weiß, bevor sie überhaupt mit ihr schwanger ist, denn das ist das Geschenk der Außerirdischen, deren Sprache so zirkulär ist wie die Zeit – und wozu hasten wir dann immer weiter vorwärts?

Oder immer weiter rückwärts, mit der Zeit des Unbewussten, die uns immer wieder in die Vergangenheit führt.

Aber hast du nicht gesagt, die Straße, die du vor dir siehst, sei lang und schnurgrade?, fragt *er*. War das nicht anfangs das Problem?

Er versteht nicht, was ich meine, hat sich aber zu mir gesetzt, mich in den Arm genommen. Vielleicht ist er – obwohl er es sich nicht anmerken lässt – der Einzige, der mich wirklich kennt.

22

Mit das Schönste am Christentum finde ich – egal, ob man nun gläubig ist oder nicht – die Idee eines allmächtigen Gottes, der alles auf sich nimmt und am Kreuz stirbt, nachdem er in der Wüste vierzig Tage lang den Versuchungen des Teufels widerstanden hat: »Wenn du Gottes Sohn bist, so stürz dich hinab; denn es heißt in der Schrift: Seinen Engeln befiehlt er, dich auf ihren Händen zu tragen, damit dein Fuß nicht an einen Stein stößt.«

Und Jesus jagt den Teufel davon.

Seine Allmacht bedarf keiner List, er muss weder seine Überlegenheit zur Schau stellen noch seine Macht missbrauchen.

23

Trotz allen Geredes über Heilung erholt man sich von manchen Dingen nie. Sie lassen einen nicht mehr los, das sagt sogar Virginie Despentes, und die ist knallhart, im Gegensatz zu mir, sie kam nie auch nur im Ansatz auf den Gedanken, sie könnte ein Opfer gewesen sein, und wer kommt bitte auf die Schnapsidee, die Gewalt gegen sich selbst zu richten? Und doch sagt sie, sie sei von ihrer Vergewaltigung besessen, seit über zwanzig Jahren kreist sie darum, schreibt darüber, auf immer wieder neue, oftmals widersprüchliche Weisen, Lieder und Romane, Erzählungen und Filme – irgendwann hör ich mal damit auf, sagt sie sich immer wieder, doch das tut sie nicht, es kommt immer zurück, drängt sich auf, ist die Wurzel ihres Schreibens, ja, vielleicht hätte sie mit dem Schreiben nie angefangen, wenn

Wer da von Heilung spricht, der redet dummes Zeug, auch wenn man trotz allem lernt, damit zu leben. Selbstverständlich gibt es Phasen, Augenblicke, in denen es einem gut geht, in denen man sogar glücklich ist, neben den Tagen im Abgrund, die sich allerdings vorher ankündigen. Mit der Zeit lernt man, die Vorzeichen zu lesen, dieses Klopfen an der Herzwand, dem man zuruft: Still! Muss das denn ausgerechnet jetzt sein? Und ja, immer ausgerechnet jetzt muss es sein, das Herz wird winzig klein, man will es runterschlucken, aber es weigert sich: Lass mich einfach nur kräftig schlagen, dann geht es vorbei, höre auf mich!, und es geht jedes Mal vorbei.

Und jetzt, hast du etwas gelernt? Was soll ich denn gelernt haben? Nein zu sagen. Na ja, kommt drauf an. Wie, es kommt drauf an? Es kommt halt drauf an. »Nein« ist das erste Wort, das mir in den Sinn kommt: Nein, fass mich nicht an, sprich nicht mit mir, verlang nichts von mir – und vor allem beharre nicht, bitte, wenn du beharrst, gebe ich nach, ich kenne mich doch! Das »Nein« wird immer schwächer, schwammig, trübe. Wenn du beharrst, fühle ich mich schuldig und gebe nach. Ich bin immer noch das kleine Mädchen, das Nein zu einem Erwachsenen sagt und dem hinterher Zweifel kommen: Der wird schon wissen, warum er das will, ich täusche mich, verstehe es nicht, na los, reiß dich zusammen, du weißt doch, dass du nie auf irgendwas Lust hast, aber wenn du dir dann einen Ruck gibst, bist du am Ende doch oft froh darüber.

Ich gebe nach, gebe mein »Nein« auf. Allerdings hasse ich inzwischen alle, die mich dazu zwingen. Also entschuldige mal, aber wer zwingt dich denn? Das liegt doch an dir, oder? Nachgeben bedeutet nicht zustimmen. Ein einfacher Satz, versteht jeder. Nur ist Verstehen nicht gleich Handeln. Der Körper gehorcht dem Verstand nicht, selbst wenn er vielleicht trotzdem nur Befehle befolgt, nur ein armer Tropf ist, der sich unterwirft. Das eigentliche Monster wohnt zwischen Gehirn und Körper – eine Stimme, die sich dem Verstand entgegenstellt und alles durcheinanderwürfelt.

Was unterscheidet Nachgeben von Einverständnis, wenn man doch letztlich selbst einlenkt? Warum beklagst du dich darüber, dass du nachgibst, wenn du es doch selber tust? Und wenn nicht ich es tue, wer tut es dann – oder gebe doch ich nach, obwohl ich nicht will? Nur: Wer will es dann? Bedroht mich etwa jemand? Erpresst mich irgendwer? Gibt es einen Preis? Ein Versprechen?

Inzwischen weiß ich, dass manche Dinge nie ein Ende nehmen, das ist okay, ich nehme es in Kauf, auch wenn *er* es nicht weiß. Oder er weiß es doch – ja, vielleicht weiß mittlerweile sogar er es, gibt sich Mühe, zwingt sich, es nicht von sich abprallen zu lassen. Anders als Carlotta, die mich kürzlich am Telefon zur Weißglut getrieben hat, und anders als meine Mutter, vielleicht die Weltmeisterin im Abprallenlassen, selbst – nein: vor allem! – jetzt, wo sie alt ist und sich nur noch Mühe gibt, nicht krank zu werden. Ich will ja niemandem zur Last fallen, sagt sie, schon gar nicht meiner Tochter.

Aber als ich neulich bei ihr war, hat sie mir das Herz erweicht.

Sie, die ewig Verschlossene, quasselte wie ein Wasserfall, erzählte, wie seltsam ihr als Kind der Akzent ihrer Mutter erschienen war, dass sie sie einmal gefragt hatte, warum sie sich weigere, ihre Muttersprache zu sprechen, und sie erwidert hatte, Französisch sei nur äußerlich schön, im Inneren aber hässlich, affektiert, alle täten darin immer so höflich, machten einem Komplimente, seien aber innerlich schmutzig, und als meine Mutter es genauer wissen wollte, sagte meine Großmutter: Basta, jetzt reicht's aber mit der Fragerei.

Da nahm ich selbst allen Mut zusammen und stellte meiner Mutter eine Frage: Mama, was ist der Nonna eigentlich in Paris passiert, als sie ein Kind war?

Und sie erwiderte ganz treuherzig: Ach, weiß ich auch nicht, ich hab sie nie wieder danach gefragt. Das war ihr unangenehm, was hätte ich nachbohren sollen?

24

Heute Nacht hatte ich einen Traum, was mir schon lang nicht mehr passiert ist, wobei, ich träume bestimmt jede Nacht, das tun wir offenbar ja alle, auch wenn man sich morgens an nichts mehr erinnert, aber heute Morgen wusste ich beim Aufwachen noch jede Einzelheit, Szene für Szene, Wort für Wort. In dem Traum hatte ich ein Kind, war Mutter, ja wirklich, endlich hatte ich es auch geschafft, nur dass dieses Kind *ihm* irgendwie so gar nicht ähnlich sah. »Aber wer ist dann der Vater?«, fragte ich mich, streichelte meinem Kind über die Wange, suchte nach einer Spur, einem Hinweis, einem vertrauten Zug. »Wer ist der Vater?«, fragte ich mich, und langsam beschlich mich der Verdacht, der Vater könnte Alessio, mein Bruder, sein und dieses Kind gar nicht mein Sohn, sondern mein Neffe. Doch dann nannte das Kind mich »Mama« und sah auch Alessio nicht mehr so ähnlich. Wer war bloß sein Vater? Irgendwann hörte ich auf, mich das zu fragen, mittlerweile war auch meine Mutter aufgetaucht, und wir drei saßen bei Tisch: meine Mutter, mein Kind und ich. Plötzlich spielte meine Mutter mit dem Essen, als wäre sie das kleine Kind. Seltsam war auch, dass meine Mutter das Essen anfasste, nachdem sie vorher eine Taube berührt hatte: Ich herrschte sie an, sie solle das lassen, Tauben sind schmutzig, Mama, was machst du denn da? Ist dir nicht klar, dass das Kleine so krank werden kann? Aber das Kind begriff das Problem anscheinend viel besser als sie und wollte nichts essen, was seine Nonna angefasst hatte. Wenn sie es füttern wollte, schüttelte es nur den Kopf, nein, nein! Nicht mal spielen wollte es mit seiner Großmutter, sah nur verzweifelt zu mir, als flehe es mich an, es nicht mit dieser Frau allein zu lassen. Und da verteidigte ich es. Ich verteidigte mein Kind, wies meine Mutter an, sie solle es in Frieden lassen, es nicht einmal berühren. Da sagte das Kind, ich sei die beste Mama der Welt, es habe ja solches Glück, und mich überkam eine so unendlich große Freude, dass ich glaubte, mein Herz würde in tausend Stücke springen: die Gewissheit, dass die Liebe zu einem Kind mit nichts vergleichbar ist, nichts zu tun hat mit der Liebe, die man den Eltern, einem Partner oder Bruder gegenüber empfindet, denn sie ist noch viel größer – wie kann man nur so sehr lieben?

Als ich aufwachte, hatte ich gute Laune. Lächelte sogar. *Er* konnte das kaum fassen, sonst bin ich ein echter Morgenmuffel, vor allem, wenn der Wecker geht: Was war nur los mit mir, was hatte ich, was war passiert? Lächelnd dachte ich an meine Mutter, die mich nie verteidigt, sich nie hinter mich gestellt hatte – nicht etwa, weil sie mich nicht geliebt hätte, das hat sie immer, sehr sogar, sondern weil sie es ganz einfach nicht konnte, nicht mal bemerkte, dass ich hätte verteidigt werden müssen. Ich lächelte, weil ich in diesem Traum zur Mutter meiner selbst geworden war, die sich selbst verteidigen und die kleine Anna in Schutz nehmen konnte. Ich nahm sie in Schutz vor Professore Donno, vor Pierfrancesco und Federico, ich nahm sie vor allen in Schutz. Ich hatte keine Kinder, aber ich war eine wunderbare Mutter und konnte das Kind in mir beschützen. Die kleine Anna. Kein H am Anfang und keines am Ende, bloß AN-NA, so einfach, dass man es von hinten wie von vorn lesen kann.

DANKSAGUNG

Ich danke: vor allem Monica Malatesta, meinem Schutzengel, der nie aufhört, an mich zu glauben; Gemma Trevisani, die diesen Roman angenommen hat, lange bevor ich mit dem Schreiben fertig war; Arianna Curci, die mir Schritt für Schritt gefolgt ist, genau die Lektorin, die alle Autorinnen und Autoren sich erträumen; Flavia Cercato, die mir wieder gezeigt hat, wie herrlich Freundschaft ist; Marco Trabucchi und Mariarosaria Nicifero, deren Großzügigkeit mich immer wieder aufs Neue rührt und erstaunt; Letizia, Romina, Giuseppe, Andrea, Tonio, Marine und Laurence, die immer da sind, wenn sie gebraucht werden; meinen Eltern, denen ich die Zähigkeit und Duldsamkeit verdanke, ohne die Schreiben undenkbar wäre; meinem Bruder Arturo sowie Matteo, Jacopo und Orlando, meinen Sonnenstrahlen an grauen Tagen. Und Jacques, immer, für alles.

ANMERKUNG DER AUTORIN

Dieser Roman wäre so nicht möglich gewesen ohne die Sachbücher, Romane, Reportagen und Podcasts von Olivier Abel, Joe Berlinguer, Rikard Bolslavskij, Susan Brison, Lisa Bryant, Nadia Daam, Ombretta De Biase, Virginie Despentes, Delphine Dhilly, Giulia Foïs, Geneviève Fraisse, Manon Garcia, Blandine Grosjean, Ian Hacking, bell hooks, Jodi Kantor, Sonia Kronlund, Clotilde Leguil, Audre Lorde, Géraldine Muhlmann, Vanessa Springora, Victoire Tuaillon, Megan Twohey, Adèle Van Reeth, Sarah Vaughan.

ZITATNACHWEISE

Bertolt Brecht, Flüchtlingsgespräche, in: ders., Werke. Große kommentierte Berliner und Frankfurter Ausgabe, Band 18: Prosa 3. (c) Bertolt-Brecht-Erben / Suhrkamp Verlag, 1995.

Audre Lorde, Sister Outsider. Aus dem Englischen übersetzt von Eva Bonné und Marion Kraft. 2021, Carl Hanser Verlag GmbH & Co. KG, München.

Catherine Millet: Das sexuelle Leben der Catherine M. Aus dem Französischen von Gaby Wurster. 2003, Goldmann Verlag, München.

Rafaëla Anderson: Intimszenen. Aus dem Französischen von Gaby Wurster. 2002, Goldmann Verlag, München.

Jodi Kantor/Megan Twohey: #MeToo. Aus dem Englischen von Judith Elze und Katrin Harlass. 2020, Tropen Verlag, Berlin.

Zitat Sarah Vaughan aus: Anatomy of a Scandal by Sarah Vaughan © Sarah Vaughan, 2018, published by Simon & Schuster, reproduced by kind permission by David Higham Associates.

In der deutschen Übersetzung: Sarah Vaughan: Anatomie eines Skandals. Aus dem Englischen von Ute Leibmann. 2019, Bastei Lübbe AG, Köln.

Susan Brison: Vergewaltigt. Ich und die Zeit danach. Trauma und Erinnerung. Aus dem Englischen von Sigrid Langhaeuser. 2004, C.H. Beck Verlag, München.

Virginie Despentes, King Kong Theorie. In der Übersetzung von Barbara Heber-Schärer und Claudia Steinitz. © 2018, Verlag Kiepenheuer & Witsch GmbH & Co. KG, Köln.

bell hooks: Alles über Liebe. Aus dem Englischen von Heike Schlatterer. 2021, HarperCollins Verlag, Hamburg.

Audre Lorde/Adrienne Rich: »Litanei für das Überleben« in: Macht und Sinnlichkeit. Ausgewählte Texte. Hg. von Dagmar Schultz. Aus dem Englischen von Marion Kraft. 1991, Orlanda Verlag, Berlin.